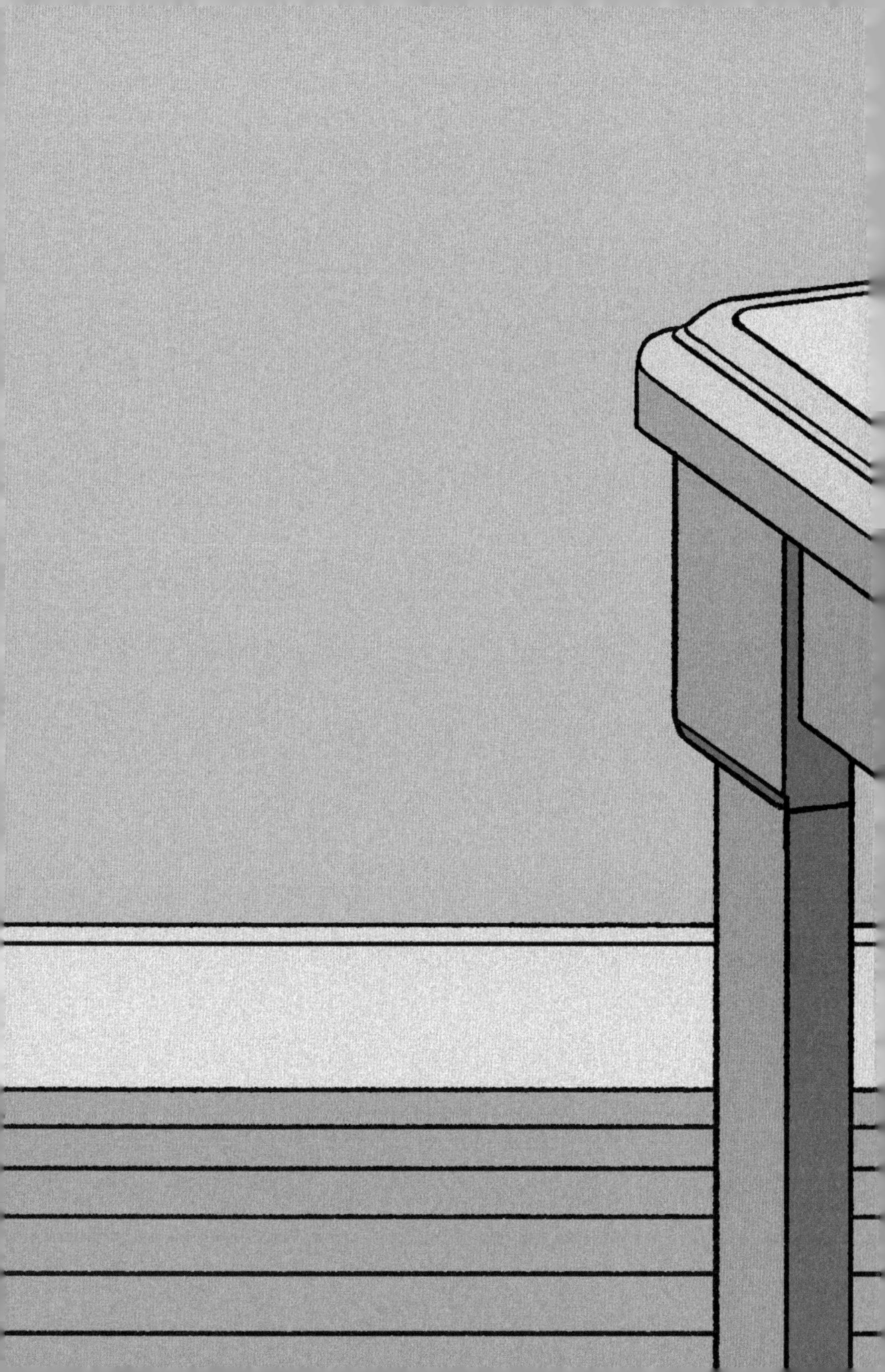

美麗的世界，你在哪裡

SALLY ROONEY

BEAUTIFUL WORLD, WHERE ARE YOU

莎莉・魯尼 —— 著

李靜宜 —— 譯

目錄

我寫作的時候，總覺得自己寫的是很重要的東西，也覺得我是個很好的作家。我想每個人都是這樣的。但在內心深處的某個角落裡，我清清楚楚知道，我是個很渺小，很渺小的作家。我發誓我知道。但對我來說，其實無關緊要。

——娜塔莉亞・金茲柏格[1]《我的職業》

（迪克・戴維斯譯）

---

1 Natalia Ginzburg，1916-1991，義大利作家。

1

有名女子坐在飯店酒吧裡，望著門。她外表潔淨清爽：白色上衣，金髮塞在耳後。瞄了一眼顯示訊息頁面的手機螢幕之後，她又抬眼看著門。三月底的此時，酒吧很安靜，她右手邊窗外的太陽正開始沉入大西洋。時間是七點零四分。然後七點零五分，零六分。她看似意興闌珊地飛快檢查了一下指甲。七點零八分，一名男子走進門來，瘦小，黑髮，一張窄窄的臉。他四處張望，打量其他顧客的面容，然後掏出手機，查看螢幕。窗邊的女人發現他，但沒盯著他看，也不打算引起他的注意。他們兩人看起來年紀差不多，二十幾三十出頭。她沒理他，任由他站在那裡，直到他自己看見她，走過來。

妳是艾莉絲？他說。

我是，她回答說。

噢，我是菲力克斯。對不起，來晚了。

她語氣溫和地回答說：沒關係。他問她想喝什麼，然後到吧檯去點。女服務生問他最近可好，他回答說：很好，妳呢？他點了伏特加和通寧水，以及一杯啤酒。他沒拿著整瓶通寧水回座位，而是手腕一個迅速熟練的動作，就把通寧水全倒進玻璃杯裡。坐在桌邊的這女人手指敲著啤酒杯墊，等待著。自從這個男子進來之後，她顯現在外表的態度就變得更機敏，更有活力。她望著窗外的夕陽，彷彿被景色吸引了，儘管她之前完全視而不見。男子回來，放下酒，一滴啤酒濺出來，她看著那滴酒順著他的酒杯表面迅快滑落。

妳說妳剛搬到這裡來，他說，對吧？

她點頭，啜一口酒，舔舔上唇。

妳爲什麼要這樣做？他問。

什麼意思？

我的意思是，通常來說，大家不太會搬到這裡來，都是從這裡往外搬，這比較正常。妳搬來這裡不是因爲工作吧？

噢，不是，不算是。

兩人瞬間互瞥一眼，證明他期待得到更進一步的解釋。她表情閃爍，彷彿還拿不定主意，接著露出不算拘謹，甚至有點意在言外的微笑。

這個嘛，我一直想找個地方搬，她說，後來我聽說鎭外有棟房子——我有個朋友認識屋主。他們一直想賣掉房子，但始終沒賣掉，後來就想在賣掉之前找人搬進來住。反正呢，我覺得住在海邊很不錯。很可能是一時衝動吧，其實。所以——但事情就是這樣，並沒有什麼別的原因。

他喝酒，聽她講。講到後來，她似乎有點緊張，略微喘不過氣來，還露出自嘲的表情。他不為所動地看著她的表演，然後放下杯子。

好吧，他說，所以妳之前住在都柏林，是嗎？

我待過很多地方，有一陣子在紐約。我是從都柏林搬來的沒錯，我想我告訴過你了。可是之前我一直住在紐約，去年才回來。

那妳住在這裡的時候打算做什麼？找工作或什麼的？

她沉吟一晌。他微笑，輕鬆靠在椅背上，眼睛仍看著她。

不好意思，問這麼多問題，他說，但我想我還沒搞清楚來龍去脈。

沒關係，我不介意。可是我不太擅長回答問題，你也看見了。

那麼，妳是做什麼工作的？這是我的最後一個問題。

她報以微笑，但表情有點緊繃。我是個作家，她說。你何不說說你是做什麼的？

啊，我做的工作不像妳這麼特別。我很想知道妳寫的是什麼，但我不會問。我在鎮外的倉庫工作。

做什麼？

嗯，做什麼，他沉思似地重複了一遍她的問題。從貨架上取下訂購的貨品，放進推車，送去包裝。一點都不刺激。

所以你不喜歡？

當然不喜歡，他說，我恨死那個鬼地方了，可是他們又不會付錢讓我去做我喜歡的事，對吧？工作就是這樣，要是眞有那麼好，你不收錢都肯做。

她微笑，說這倒是眞的。窗外的天空開始變暗了，遠處露營車營地的燈一盞盞亮起：車外是海風侵蝕的冷白燈光，車窗裡則是較爲溫暖的黃色燈光。吧檯的女服務生走出櫃檯，拿抹布擦拭空桌。這個名叫艾莉絲的女子盯著她看了一會兒，目光再度回到男子身上。

這裡的人平常有什麼休閒娛樂？她問。

和其他地方差不多吧。附近有幾家酒吧，巴利納有間夜店，開車去大概二十分鐘左右。當然也有遊樂場，不過多半都是小孩玩的。我想妳在這裡應該還沒認識什麼朋友，對吧？

我搬到這裡之後，你大概是第一個和我聊天的人。

他挑起眉毛。妳很害羞嗎？他說。

你說呢？

他們看著彼此。她似乎不再緊張，但有點疏離，而他的目光在她臉上游移，彷彿想拼湊出結論來。但經過一兩秒鐘之後，他好像覺得自己終究未能成功。

我想妳或許很害羞吧，他說。

她問他住在哪裡，他說他和朋友合租一棟房子，就在附近。他望著窗外說，從他們現在坐的地方也可以遠遠看到那棟房子，就在露營車營地再過去一點。他俯身越過桌子想指給她看，但後來又說天色太暗了。反正就在那邊，他說。就在他俯身靠近她的時候，兩人眼神相觸。她垂下視線，看著自己的腿。而他抽身坐好，忍住不笑。她問他爸媽是不是也還住在這裡。他說他媽媽去年過世，爸爸「天知道在哪裡」。

欸，其實，他八成是在高威還是哪裡，他又說，並沒有亡命阿根廷之類的，可是我已經好幾年沒見過他了。

你媽的事，我很遺憾，她說。

嗯，謝謝。

我也很久沒見過我爸了。他——不太可靠。

菲力克斯的視線從杯子抬起來。哦？他說，酒鬼，是嗎？

呃，他——你知道嗎，他很會編故事。

菲力克斯點點頭。我還以爲這是妳的工作，他說。

她聽了這句話臉紅起來，讓他很意外，甚至有些驚慌。很好笑，她說，無所謂啦。

你想再喝一杯嗎？

喝完第二杯，他們又喝第三杯。他問她有沒有兄弟姐妹，她說有，有個弟弟。他說他也有個兄弟。第三杯酒快喝完的時候，艾莉絲臉頰粉紅，眼神木然但明亮。而菲力克斯看起來和剛進門的時候沒有兩樣，神態和語氣都沒變。但隨著她的視線在室內游移得越來越頻繁，對周遭環境的注意力越來越渙散，他也開始更加密切且警覺地注意她。她晃動空杯子裡的冰塊，自得其樂。

你想去看看我的房子嗎？她問。我很想帶人去看，但不認識半個可以邀請的人。我是說，我想邀朋友來，只是他們散布各地。

在紐約。

大部分都在都柏林。

房子在哪裡？他說，我們可以走路過去？

當然可以。事實上，我們也非走路不可，因爲我不會開車。你會嗎？

我現在當然不能開，我不會冒險的。但我會開車，我有駕照。

眞的啊，她喃喃低語，好浪漫喔。你想要再喝一杯，還是我們現在就走？

他蹙起眉頭，也許是因爲聽見她的這個問題，或是她這個問題的措辭，也或許是她用上了「浪漫」這個形容詞。她埋頭翻找皮包，沒抬眼看他。

好，我們走吧，有何不可呢，他說。

她站起來，開始穿外套。是一件米白色的單排釦風衣。他看著她折起一邊袖口，與另一邊衣袖齊長。站直起來，他只比她高一點點。

有多遠？他說。

她對他露出戲謔的笑容。你後悔了嗎？要是走累了，你隨時可以丟下我，掉頭離開，我很習慣。我是說走路，不是被拋棄。不過，被拋棄嘛，我或許也習慣了，不過這不是可以對陌生人坦白承認的事。

他就只是點點頭，沒回答她說的話，臉上那略顯嚴肅的表情盡是容忍，彷彿經過這一兩個鐘頭的交談之後，他已經發現她個性裡愛表現「機智」與愛用冗長贅句的這一面，決定要視而不見。離開的時候，他對女服務生道晚安。這個舉動似乎讓艾莉絲有點驚訝，她轉頭，彷彿要再看那個女人一眼。走到外面的步道時，她問他是不是認識那個服務生。在他們背後，海浪輕拍海岸，空氣冰冷。

在那裡工作的那個女生？菲力克斯說，沒錯，我認識她。席妮德。爲什麼問？

她一定會覺得很好奇，你幹嘛在那裡和我聊天。

菲力克斯語氣平淡地說：她會有什麼想法也很正常。我們要往哪邊走？

艾莉絲雙手插在風衣口袋裡，開始往上坡路走。她在他的語氣裡聽到了某種挑釁，甚至絕決的意味。但這並沒讓她退縮，反而讓她意志更加堅定。

爲什麼，你常在那裡和女人見面嗎？她問。

他得加快腳步才跟得上她。這個問題太奇怪，他回答說。

是嗎？我想我是個奇怪的人。

要是我和別人在那裡見面，和妳有關係嗎？他說。

你的事情當然和我一點關係都沒有，我只是好奇而已。

他似乎思索了一下，又用更平靜，但沒那麼篤定的語氣再說一遍：沒錯，我看不出來和妳有什麼關係。幾秒鐘之後，他又補上一句：提醒一下，提議要在那家飯店見面的人是妳耶。我不常去那裡。所以沒有，我並不常在那裡和別人見面，好嗎？

好，無所謂，是因爲你說吧檯後面那個女生對我們爲什麼見面，「會有想法也很正常」，才勾起我的好奇心。

噢，我只是相信，她應該看得出來我們在約會，他說，我就只是這個意思。

儘管沒回頭看他，但艾莉絲臉上開始露出比之前更開心的表情，或者應該說，是另一種開心。你認識的人看見你和陌生女人約會，你不在意？她問。

妳指的是會很尷尬或什麼的嗎？我不覺得有什麼困擾，不會。

沿著濱海道路往艾莉絲家走去的途中，他們聊起菲力克斯的社交生活，或許應該說是艾莉絲抓著這個話題不放，問了一個又一個問題，而菲力克斯仔細思索之後一一回答。兩人都拉高嗓音，因爲海浪的聲音很大。她提出的問題，他並不意外，所以回答得很快，只是都很簡短，除了她直接問到的事情之外，什麼資訊都不多透露。他告訴她，他往來的多半是以前在學校認識，或現在因爲工作而認識的人。這兩個圈子略有重疊，但並不太多。他沒反問她問題，或許是因爲她之前對他所提出的問題反應冷漠的緣故，但也或許是因爲他不再有興趣了。

到了，她終於說。

在哪裡？

她拉開一道小小的白色大門，說：這裡。他停下腳步，看著位在斜坡上方，翠綠花園盡頭的這幢房子。所有的窗戶都是暗的，看不見房子立面的任何細節，但他的表情清清楚楚顯示，他知道他們人在哪裡。

妳住在牧師宅邸？他說。

噢，我不曉得你知道這個地方。我在酒吧的時候就該告訴你了，我並不是想要故作神祕。

她拉著大門，等他進來。他跟著她走進大門，但眼睛仍然凝望著這幢矗立在他們上方，俯望大海的房子。周圍黝暗的綠色花園在風中颯颯作響。她步履輕盈地沿步道往上走，一面在皮包裡掏找鑰匙。鑰匙的聲音清晰可聞，就在皮包的某處，但她好像找不著。他站在那裡，什麼也沒說。她爲耽擱了這麼久而道歉，然後打開手機的手電筒功能，照亮皮包內裡，也在房子門階上映出一道冰冷的灰光。他雙手插在口袋裡。找到了，她說，然後打開門鎖。

門裡是個寬敞的玄關，鋪有紅黑花紋的磁磚。上方是盞石紋玻璃燈罩的燈，牆邊一張精巧細長的小桌，擺了隻木雕水獺。她把鑰匙丟在桌上，迅速瞥了牆上那面有污漬的幽暗鏡子一眼。

妳自己一個人租了這整棟房子？他說。

我知道，她說，這房子眞的太大了，要讓屋子暖和起來得花好多錢。可是這房子很漂亮，對不對？而且他們沒收我租金。我們到廚房去？我把暖氣打開。

他跟著她穿過玄關，走進寬闊的廚房，一邊是整排固定的廚具，另一邊有張餐桌。水槽上方是一扇面對後院的窗。他站在廚房門口，等她去櫃子裡找東西。她轉頭看他。

你想坐就坐下吧，她說，但你如果喜歡站著，那就繼續站著也沒關係。你要喝杯葡萄酒嗎？我這裡只有葡萄酒，沒別的酒。不過，我想先喝杯水。

如果妳眞是作家的話，那妳寫的是什麼東西呢？

她轉身，有點困惑。如果我眞是作家？她說。你該不會以爲我是在騙你吧？如果我想騙你，應該會捏造個更好的說法吧。我是小說家。我寫書。

妳靠寫書賺錢，對吧？

她彷彿意識到這個問題另有深意，於是又瞥了他一眼，才繼續倒水。是啊，我是，她說。他還是看著她，然後在餐桌旁坐下。餐椅的椅座是黃褐色皺紋布面，襯有厚墊。

所有的東西看起來都整潔非常。他食指指尖搓搓光滑的桌布。她把一杯水擺在他面前，然後也找張餐椅坐下。

你以前來過這裡嗎？她說，你知道這個地方。

我沒來過，只是從小就知道這個地方。我不認識住在這裡的人。

我自己也不太認識。屋主是一對年紀比較大的夫婦。太太是藝術家，我想。

他點點頭，沒說什麼。

如果你想看看的話，我可以帶你逛一圈，她說。

他還是什麼都沒說，這次甚至連頭都沒點。她並沒因此而顯得心煩意亂，彷彿只是印證了她心裡一直醞釀著的懷疑，再次開口時，仍舊是那平板單調，近乎嘲諷的語氣。

你一定覺得我瘋了，竟然自己一個人住在這裡，她說。

免費住？他回答說，去你的，不住才是瘋了。他毫不彆扭地打個哈欠，看看窗外，又或者只是看著窗戶，因為外面很暗，玻璃只能映出室內的景物。我很好奇，這裡有幾間臥房？他問。

四間。

妳住哪間？

聽到這個唐突的問題，她起初眼睛動也不動，繼續瞪著她的玻璃杯，幾秒鐘之後，才抬起目光看他。在樓上，她說，臥房全部都在樓上，你要我帶你去看看嗎？

有何不可呢，他說。

他們從餐桌旁起身。二樓樓梯平臺鋪了條綴灰色流蘇的土耳其地毯。艾莉絲推開她的房門，打開一盞小立燈。左邊是張大雙人床，地板沒鋪地毯。有面牆嵌有壁爐，爐面貼碧玉色的磁磚。右邊，一扇可上下拉開的大窗俯瞰海洋，望向幽深的暗黑處。菲力克斯走到窗前，靠近玻璃，讓自己的暗影遮住反射的燈光。

這裡白天的風景一定很好，菲力克斯說。

艾莉絲還是站在門邊。是啊，很漂亮，她說，但其實傍晚的時候更漂亮。窗前的他轉身，用鑒賞的目光打量屋裡的其他東西，而艾莉絲則看著他。很棒，他總結說，很棒的房間。妳待在這裡的時候準備寫書嗎？

我想我應該會寫寫看。

妳寫的是什麼樣的書？

噢，我也不知道，她說，關於人的吧。

這樣有點太含糊了。妳寫的是哪一種人，像妳這樣的人？

她平靜地看著他，彷彿要告訴他：她知道他玩的是什麼遊戲，也許，只要他玩得夠好，她甚至會讓他贏。

你認爲我是哪一種人？

她平靜冷淡的目光裡似乎有什麼東西觸動了他，他發出尖叫似的短促笑聲。欸，這個嘛，他說，我才剛認識妳幾個鐘頭，還沒辦法斷定妳是哪一種人。

那你斷定之後會告訴我吧，我希望。

或許會。

有那麼幾秒鐘的時間，她就這樣站在房間裡，靜靜的，一動也不動，看著他走動，假裝欣賞各種東西。他們知道，他們兩人都知道，接下來會發生什麼事，雖然他們也都無法清楚解釋自己怎麼會知道。他繼續到處看，她不爲所動地等待，直到最後，或許是已經沒有力氣再延緩無可避免的事情發生，所以他謝謝她，走出房間。她送他走下樓梯——走到一半。她站在樓梯上，看著他走出前門。這是無可避免的事。他倆事後都覺得很不好受，也都不太確定這天晚上爲何會以這樣的失敗收場。獨自站在樓梯上，她回頭看著二樓樓梯口。順著視線望去，她發現自己的房門沒關，透過樓梯欄杆，瞥見裡面的一小片白牆。

2

親愛的愛琳，我一直在等妳回我的上一封信，但實在等太久了，所以我——妳想像得到嗎！——還沒收到妳的回信，就又寫了一封新的信。我的理由呢，是因爲我已經蒐集了太多素材，如果等妳回信，恐怕我就要開始忘記了。妳應該知道，我們的通信是我得以掌握生活，記錄生活的方式，進而能在這個迅速退化的世界裡保存住我某些部分——若非如此則幾乎可以說沒有價值，甚至完全沒價值——的存在……我之所以寫這一段，主要是希望妳會因爲沒回我信而心懷歉疚，確保我這一次能得到迅速的回覆。說起來，妳不寫信給我，究竟都在幹嘛呢？可別說妳在工作。

想到妳在都柏林付的房租，我都快抓狂了。妳知道現在都柏林的房租比巴黎還高嗎？更何況——別怪我這麼說——巴黎有都柏林所沒有的。其中一個問題就是，都柏林很平，這不是形容詞，而是實際的地形景貌，所以一切都只能在單一的平面上發生。其他的城市有地下鐵系統，讓城市增加了深度；有些城市還有陡峭的山丘或摩天大樓，因而拓展了高度。但都柏林只有灰撲撲矮墩墩的房子，以及在街上跑的電車。而且也沒有像歐陸其他城市的那種中庭或屋頂花園，如果有的話，至少可以讓平坦的表面有點起伏，即使不是眞的垂直起伏，至少在概念上有。妳以前有沒有這樣想過？說不定妳就算沒有，也很可能在潛意識裡有過這樣的想法。在都柏林很難爬到很高，或潛到很低的地方，很難迷失自己，很難失去其他人，也很難有透視感。妳或許會認爲這就是讓城市得以有系統運作的民主方式——因爲如此一來，一切都可以面對面發生，我的意思是，大家都可以站在相同的立足點。然而，這也就給了天空足以宰制一切的地位。無論走到哪裡，天空都不會被任何東西戳穿或破壞。妳也許會說有啊，都柏林有尖塔[2]，我承認尖塔確實破壞了天空的完整，但卻是最細微最細微的干擾，掛在那裡像條捲尺似的，彷彿只是爲了要強調周圍其他大樓的渺小。天空宰制一切的效果對住在都柏林的人來說絕非正面。沒有任何東西可以阻擋妳看見天空，就像提醒妳「人終會一死」的警語似的。眞希望有人替妳把天空挖破一個洞。

我最近一直在思考右翼政治的問題（我們不都是嗎），以及保守主義（社會力）如何與貪婪的市場資本主義勾結。其中的關聯並不明顯，至少在我看來是如此，因爲市場無法保存任何東西，只會吞噬現存社會景觀的所有面向，消化後抹除全部的意義與記憶，排洩出來，成爲交易。這樣的過程，何「保守」之有呢？令我吃驚的還有「保守主義」（conservatism）這個概念本身的誤謬，因爲沒有任何東西可以被保存（conserve），我的意思是，比方時間只能單向流動，無法逆轉。這是非常基本的概念，所以我最初思考這個問題的時候，覺得自己好聰明，但再想想，卻開始懷疑自己是不是白癡。但這對妳來說有任何意義嗎？我們無法保存任何東西，特別是社會關係，除非改變它們的本質，或以不自然的方式遏止它們與時間的部分互動。看看保守主義分子對環境做了什麼：他們所謂的保存其實就是榨取、掠奪和摧毀，「因爲我們向來都這麼做的」——但也就因爲這樣，現在我們所要保存的地球已經和以前不一樣了。我想妳可能會覺得這些想法還非常不成熟，甚至覺得這並未依循辯證法論證。但我目前就只有這些抽象的想法，我必須寫出來，寫給妳看（不管妳願意還是不願意）。

今天我在這裡的一家店想找點吃的當午餐，突然有了最詭異的感覺——我毫無來由地意識到這樣的生活簡直太不可思議了。我的意思是，我想到其他人——大部分生活在妳我都認爲是極度貧窮環境裡的人——從未見過或踏進像這樣的商店。而這，這一切，

---

2 Spire，又名光明紀念碑，高一二〇公尺，為都柏林地標。

卻是靠他們工作才能維繫！這樣的生活型態，像我們這種人的生活！裝在塑膠瓶裡的各種品牌飲料，事先包裝好的午餐，裝在密封袋裡的糖果餅乾，以及店裡烘焙的糕點——這一切全是靠著世界上的勞動力所累積而成，靠著燃燒化石燃料，靠著在咖啡和蔗糖農場彎腰辛勤工作換來的。就爲了這個！這間便利商店！想到這裡，我開始覺得暈眩。我是真的覺得頭暈想吐。我彷彿突然想起自己的生活只是一檔電視節目——每一天都有人爲了製作電視節目而死，以最可怕的方式邁向死亡的終點，不管是孩童還是婦女，皆是如此，只爲了提供包在一層又一層用過即丟的塑膠包裝裡的各色午餐，讓我得以選擇。這是他們用生命換來的——這是人類的大實驗。我想我快吐了。當然，像這樣的感覺並不會永遠持續。或許這一整天我都會覺得很不舒服，甚至是一整個星期——但又怎樣？我還是得買午餐啊。如果妳擔心我，請放心，我還是買了午餐。

結束這封信之前，我談一下我郊區生活的近況。這棟房子大到離譜的地步，彷彿會在不經意之間隨時長出之前沒見過的新房間來。這裡很冷，有些地方也很潮濕。從這房子到我前面提到的那間便利商店，步行需要二十分鐘，我覺得我的時間差不多全都浪費在步行往返，買我上一趟忘記買的東西。這裡的生活或許稱得上非常有助塑造性格吧，等我們下回見面，我的個性八成會讓妳大爲驚訝。大約十天前，我和一個在貨運倉庫工作的人約會，他很看不起我。老實說（我向來對自己很誠實），我想我已經忘了如何進行社交對話了。我努力讓自己看起來像是習於與人互動的人，但根本不敢想像我當時都做出了什麼表情。就連寫這封電子郵件，我都覺得內容有點鬆散，不知所云。里爾克[3]有首詩的結尾是這樣的：「此刻孤獨者，將長久孤獨／就醒來，閱讀，寫長長的信／在林蔭小徑上不停地／徘徊，落葉紛飛。[4]」就我的現況來說，這幾句詩的描述再貼切不過，遠非我所能及。只不過現在是四月，而且樹葉也沒紛飛。請原諒我這封「長長的信」。我希望妳能來看我。永遠永遠愛妳的艾莉絲。

---

3 Rainer Maria Rilke，1875-1926，生於奧匈帝國轄下的布拉格，為重要的德文詩人。

4 出自里爾克詩作〈秋日〉（*Autumn Day*）。

3

星期三中午十二點二十分，有名女子坐在都柏林市區一間多人共用辦公室的辦公桌後面，滑動螢幕上的文字檔。一頭黑髮用玳瑁髮夾鬆鬆夾在腦後，身上是一件灰色毛衣，紮進黑色煙管褲裡。她滑動電腦滑鼠油潤滑溜的滾輪，迅速檢視文字檔，眼睛飛快左右掃視行距窄小的一行行文字，偶爾停下來輕點一下，刪除或增添符號。她最常修改的是在「WH Auden」裡加上兩個點，讓全篇統一成「W.H. Auden[5]」。整個文字檔看完，她打開搜尋功能，在「符合」選項裡輸入「WH」。沒有符合的項目。她把文件捲回開頭處，一行行文字和段落飛快掠過眼前，幾乎無法辨識。這時她顯然滿意了，儲存，關閉檔案。

一點鐘，她告訴同事說她要去吃午飯，他們在各自的電腦螢幕前對她微笑揮手。她穿上外套，走到辦公室附近的咖啡館，坐在窗邊的位子，一手拿三明治吃，一手翻讀小說《卡拉馬助夫兄弟們》。她不時放下小說，用紙巾擦手揩嘴，四處張望，彷彿要確定有沒有人在看她，然後才又回頭看書。一點四十分，她抬頭，看見一名高個子的金髮男子走進咖啡館。他穿西裝打領帶，脖子掛了條塑膠證件帶，一面走一面講電話。是啊，他說，我星期二聽說了，不過我會再打電話過去，替你查查看。看見坐在窗邊的女子，他迅速揚起空著的那隻手，用嘴形說了個無聲的：嗨。他繼續對著電話說：不，我想你不會收到副本。他眼睛看著女子，不耐煩地指指電話，手比了個嘴巴動不停的動作。她微笑，把弄著書頁的邊角。好，好，那男子說，聽我說，我現在人不在辦公室，等我回去就弄。是啊，好，好，很高興和你談談。

男子掛掉電話，走到她桌邊。她上下打量他，說：噢，賽蒙，你一副大人物的模樣，我很擔心你會被暗殺。他拉起證件帶，用挑剔的眼神仔細看了看。就是這個東西，他說，讓我覺得自己眞有這麼重要。我可以請妳喝杯咖啡嗎？她說她正準備要回去上班。好吧，他說，那我可以買杯外帶咖啡，陪妳走回辦公室嗎？我有件事情想請教妳的意見。她闔上書，說好啊。他走向櫃檯的時候，她站起來，拂掉飄落在她膝上的三明治碎屑。他點了兩杯咖啡，一杯加牛奶，一杯沒加，把幾個銅板丟進小費罐裡。女子走到

5 Wystan Hugh Auden，1907-1973，知名詩人，生長於英國，後移居美國，曾獲普立茲詩歌獎。

他身邊，取下髮夾，重新夾好。蘿拉試禮服情況還好吧？男子問。女子抬頭，迎上他的目光，發出有點悶住的奇怪嗓音。噢，還好，她說。你知道我媽來了吧，我們明天要碰面，一起去找婚禮穿的衣服。

他露出溫和的微笑，看著他們的咖啡在櫃檯後面一步步製作完成。說來好玩，他說，我之前做了個惡夢，夢見妳結婚了。

那算什麼惡夢？

妳沒嫁給我，而是嫁給別人。

女子笑起來。你都跟你辦公室裡的女生這樣說話的嗎？她問。

他轉身看她，有點調皮地回答說：天哪，才沒有，要是這樣我麻煩就大了。並沒有。沒，我從來不和同事調情。要是有的話，也是她們主動來找我。

我猜她們都是中年婦女，希望你能娶她們的女兒。

對中年女性的這種負面文化刻板印象，恕我不能苟同。就人口統計學的分類來說，她們是我最喜歡的一類人。

年輕女人有什麼問題嗎？

就只是有點……

他揮著手一一細數：愛爭執、善變、性化學作用、舉棋不定，甚至可能還包括庸俗。

你可從來沒交過中年女友喔，女子指出。

我也不是中年人，年紀還不到，謝謝妳。

離開咖啡館時，男子替女子拉著門，讓她走出去。她大方接受，沒道謝。你想問我什麼？她說。他陪她一起沿著馬路走回她的公司，說他的兩個朋友之間出了問題，想聽聽她的意見。他的這兩個朋友，她似乎都知道，也叫得出名字。這兩人原本是住在一起的室友，後來有了某種曖昧的性關係。一段時間之後，其中一個開始和別人約會，仍舊單身的這個雖然想搬走，卻沒有錢，也無處可搬。這其實是感情問題，而不是住處的問題，女子說。男子同意，但又說：可是，我覺得她最好還是搬離那間公寓。我的意思是，在夜裡，她顯然可以聽見他們做愛的動靜，實在不太妙。這時他們已經走到她公司外面的臺階前了。你可以借她一點錢啊，女子說。男子說他已經說過要借錢給她，但她拒絕。這其實讓我鬆了一口氣，他說，因爲我本來就不想捲入太深。女子問他另一位朋友怎麼說，男子說那位朋友覺得自己沒做錯什麼，因爲前一段關係自然而然結束，他還能怎樣，難道要永遠保持單身嗎？女子做個鬼臉說：天哪，沒錯，她眞的必須搬走。我會幫她留意一下。他們又在臺階上站了一會兒。順便告訴妳，我收到婚禮請帖了，男子說。

噢，對，她說，是這個星期發的。

妳知道嗎，他們還說我可以攜伴參加。

她看著他的那個表情，似乎是想弄清楚他究竟是不是在開玩笑，但接著，挑起眉毛。很好，她說，他們可沒要我攜伴。不過考慮到目前的情況，我想他們若是那樣做，或許就太沒品了。

妳希望我自己一個人去，表達我們立場一致嗎？

她沉吟一晌，問：幹嘛，你有想帶去的人啊？

這個嘛，帶我現在交往的女孩去，也許。如果妳覺得沒關係的話。

她說：嗯。接著又說：你交往的是個大人吧，我希望是。

他微笑。哈，我們稍微友善一點可以嗎，他說。

你在我背後也說我是女孩嗎？

當然沒有。我什麼也沒說。只要有人提起妳的名字，我就很不安，連忙走出去。

女子不理會他的回答，問道：你什麼時候認識她的？

噢，我也不知道。大概六個星期前吧。

她該不會又是個二十二歲的北歐女人吧，你說？

噢，她不是北歐人，他說。

女子露出誇張的厭煩表情，把咖啡杯扔進公司門外的垃圾桶。男子看著她，又說：如果妳比較希望我一個人去，那我就一個人去。我們可以隔著宴會廳，遠遠相望。

噢，你講得一副我絕望到不行的樣子，她說。

天哪，我沒這個意思。

她沉默了好幾秒鐘，呆呆站在那裡望著往來車輛，然後高聲說：她試穿禮服的時候看起來好美。我是說蘿拉，因爲你剛才問我。

他仍舊看著她，回答說：我想像得出來。

謝謝你的咖啡。

謝謝妳的建議。

下午接下來的時間，女子在辦公室裡，使用同樣的文字編輯器，開啓新檔，移動撇號，刪除逗點。在關閉某個檔案和開啓另一個檔案之間的空檔，她總會查看自己的社群媒體動態，但表情動作絲毫不因爲看見的最新資訊而有所改變：一則可怕的自然災害報導，某人心愛寵物的照片，一名女記者坦率談論死亡威脅，一個需要熟悉很多網路哏才能勉強理解的晦澀笑話，譴責白色霸權的慷慨激昂論述，推特上一則準媽媽營養品的廣告。她與世界的關係，從外表看起來完全沒有改變，沒有任何人能透過觀察而得知她對眼前所見的感受。一段時間之後，沒有什麼特別觸因，她突然關掉瀏覽器視窗，重新打開文字編輯器。偶爾會有某個同事突然問她一個和工作有關的問題，她便回答；有時也會有同事和全辦公室的人分享某件有趣的事，大家便哄堂大笑。但大部分時間，工作都在靜默中持續進行。

下午五點三十四分，女子再次從掛勾上拿起她的外套，和還在辦公室裡的同事道再見。她拉開纏在手機上的耳機線，插進耳機孔，沿著基爾戴爾街走向拿騷街，接著左轉，迂迴往西。步行二十八分鐘之後，她停在北碼頭新蓋的公寓大樓前，走進大門，爬上兩層樓，打開有點破損的白色大門門鎖。屋裡沒有其他人，但從內部的格局和陳設看來，她並非獨居。一間昏暗的小客廳，有扇面河但拉上窗簾的窗戶，毗連的小廚房有爐子、迷你冰箱和水槽。女子從冰箱裡拿出一個包覆保鮮膜的碗。她撕開保鮮膜，把碗放進微波爐。

吃完之後，她回到她的臥房。房裡的窗戶可以看見樓下的街道，以及緩緩漲起的河水。她脫掉外套和鞋子，拆下髮夾，拉上窗簾。窗簾質地很薄，是黃底綠色長方形圖案。她脫掉毛衣，蠕動身體讓長褲滑落，就這樣任由衣褲在地板上堆成一團。長褲的布料微微有點閃光。她套上棉布恤衫和灰色緊身褲。深色的頭髮飄散在肩上，看起來潔淨，但稍微有點乾燥。她爬上床，打開筆電，花了好一些時間捲動幾個不同媒體的時間軸，偶爾點開來，漫不經心瀏覽外國選舉的長篇報導。在她房間外面，另兩個人進到公寓，正在討論要叫晚餐外送。他們經過她的門外，影子從門縫下一閃而過，走向廚房。

她打開筆電上的無痕瀏覽視窗，登入一個社群媒體網站，在搜尋欄裡輸入「埃登．拉文」。螢幕上出現一排搜尋結果，她沒查看其他選項，直接點開第三個搜尋結果。一個新的個人檔案跳出來，「埃登．拉文」這個名字上方有一張照片，是個男人頭部與肩膀的背影。這人有一頭濃密的深色頭髮，身穿丹寧夾克。照片下方一行說明文字：在地傷心男孩，擁有正常的腦袋，請查soundcloud。使用者最新的一則動態更新是三個鐘頭之前，貼了一張照片，有隻鴿子在排水溝，頭埋進洋芋片袋子。標題寫著：一模一樣。貼文有一二七個讚。人在臥房，坐在凌亂床上，背靠著床頭板的這名女子點開這則貼文，下方出現回應。其中一個回應來自於名叫「眞人版死神少女」的使用者，說：就和你一模一樣。埃登．拉文的帳號回答說：沒錯，帥得要死。「眞人版死神少女」喜歡這個回覆。敲筆電的這女子點開「眞人版死神少女」帳號。花了三十六分鐘查看許多和埃登・拉文有往來的社群媒體帳號之後，女子闔掉筆電，仰躺在床上。

現在是晚上八點多。她頭躺在枕頭上，手腕貼在額頭。腕上細細的金手鍊，在床頭燈裡微微閃爍。她名叫愛琳・萊登，二十九歲。父親派特在高威郡經營農場，母親瑪麗是地理老師。她有個大她三歲的姐姐蘿拉。小時候，蘿拉健康、勇敢、淘氣，而愛琳整天焦慮，不時生病。學校放假的時候，姐妹倆會一起玩精心編造的故事遊戲，扮演找到魔幻世界入口的人類姐妹。蘿拉即興創作故事情節，愛琳跟著演。只要找得到人，表弟妹、鄰居和朋友家的孩子也會被拉來演配角，有一回甚至連賽蒙・柯斯提肯也被拉來一起玩。賽蒙比愛琳大五歲，住在河對岸那幢曾是本地牧師公館的房子裡，是個非常有禮貌的小孩，衣服永遠都乾乾淨淨，會對大人說謝謝。他患有癲癇，有時得去醫院，有一次甚至還搭救護車送醫。蘿拉和愛琳只要不乖，媽媽瑪麗就會問她們，爲什麼不能像賽蒙・柯斯提肯那樣呢，不只很乖，而且還有「從不發牢騷」的好個性。兩姐妹慢慢長大之後，不再拉賽蒙或其他小孩一起和她們玩遊戲。她倆躲在家裡，在便條紙上畫想像的地圖，創造撲朔迷離的字母，錄製錄音帶。爸媽看著姐妹倆玩，不怎麼有好奇心。他們樂於供應充分的紙張、筆和空白錄音帶，但沒興趣聽她們講述虛構國度裡的想像角色。

蘿拉十二歲時從本地小學畢業，到離家最近的一座大城鎮，就讀仁愛修女會的女校。在學校向來安靜的愛琳，變得更加退縮。老師告訴她爸媽，她很有天分，所以每週兩次到特別教室，上額外的閱讀與數學課。蘿拉在新學校交到新朋友，她們開始到農場來玩，有時甚至會待下來過夜。有一次，她們惡作劇，把愛琳鎖在樓上的浴室裡，關了二十分鐘。事後，她們爸爸派特不准蘿拉的朋友再到農場來玩，而蘿拉說這全是愛琳的錯。愛琳十二歲時，也被送到蘿拉的學校就讀。這所學校有好幾棟建築與預鑄式房舍，學生多達六百名。她大部分的同學都住在鎮上，唸小學的時候就認識，也帶著從小就建立的友誼和對彼此的忠誠進到新學校。而愛琳不是她們之中的一分子。蘿拉和她的朋友年齡夠大，可以自己走路到鎮上吃午餐。愛琳只能孤伶伶坐在食堂裡，剝開家裡帶來的三明治外層錫箔紙。唸第二年的時候，她班上有個女生在別人的慫恿之下，拿了一瓶水，從她背後倒在她頭上。事後，副校長要那個女生寫一封道歉信給愛琳。但回到家裡，蘿拉說如果愛琳別故意表現得那麼陰陽怪氣，這事就不會發生了。愛琳說：我又沒故意表現什麼。

十五歲那年夏天，鄰居家的兒子賽蒙到農場來幫她爸爸工作。他當時二十歲，在牛津唸哲學。蘿拉剛畢業，幾乎整天都不在家，但賽蒙留下來吃晚餐的日子，她會提早回家，甚至會換掉弄髒的T恤。在學校的時候，蘿拉總是對愛琳避之唯恐不及，但只要賽蒙在，她就表現得像個寵愛妹妹的姐姐，不停整理愛琳的頭髮和衣服，把她當小小孩。賽蒙的態度和蘿拉不一樣。他對愛琳很親切，也很尊重。她開口講話的時候，他總是很專心聽，就算蘿拉想搶話說，他也還是聽愛琳講，沉著地看著愛琳說：嗯，這很有意思。到了八月，她開始喜歡早起，站在臥房窗前，等待他騎腳踏車來。只要遠遠看見他的身影，她就衝下樓，在他走進後門的時候迎接他。他燒水或洗手的時候，她問他各種問題：書、大學的事情，以及他在英國的生活。有一次她問他是不是還會癲癇發作，他微笑說不會了，那已經是很久以前的事了，他很驚訝她還記得。他們會這樣聊上一會兒，約十或二十分鐘，然後他到農場去，而她回樓上，躺在床上。有些早晨她很開心，臉頰泛紅，眼睛發亮。但有些早晨她會哭。蘿拉告訴媽媽說這情況不能再繼續下去。這是迷戀啊，她說，太丟人了。蘿拉這時已經從朋友那裡聽說，賽蒙週日會去望彌撒，雖然他爸媽並沒去。於是他留下來的夜晚，蘿拉就不再回來吃晚飯了。瑪麗開始一大清早坐在廚房，吃早餐看報紙。愛琳還是會下樓，賽蒙用同樣親切的態度和她打招呼，但她總是沉著臉，很快就回樓上房間。他回英國的前一晚，到家裡來辭行，愛琳躲在房間裡，不肯下樓。他到樓上來找她，她踢著椅子，說他是她唯一可以講話的對象。在我的生活裡，唯一的一個，她說。他們甚至不肯讓我和你講話，而現在你要走了，我真希望死掉算了。他就站在那裡，背後是半敞的房門。他靜靜地說：愛琳，別這樣說。一切都會好轉的，我保證。妳和我，我們這一輩子都會是朋友。

十八歲時，愛琳到都柏林唸大學，主修英文。大一的時候，她和名叫艾莉絲・凱勒赫的女孩成爲朋友，隔年，她們成爲室友。艾莉絲講話非常大聲，老是穿不合身的二手衣，什麼事都大驚小怪。她爸爸是個有酗酒問題的修車技工，所以她的童年過得混亂不堪。艾莉絲很難和同學交上朋友，還因爲罵某個老師是「法西斯豬玀」而違反校規，雖然算不上什麼了不得的事，卻還是面臨懲處。愛琳在大學裡，耐心讀完每一篇指定的文章，準時在期限前繳交每一份報告，每一次考試也都充分準備。她的勤勉好學，讓她幾乎贏得學校裡的每一個學術獎，甚至還得過一個全國性的論文獎。她發展出自己的社交圈，會出門上夜店，拒絕幾位男性朋友的進一步追求，然後回家和艾莉絲坐在客廳裡一起吃吐司。艾莉絲說愛琳是天才，是無價珍寶，再怎麼樣的讚賞推崇都遠遠不夠。愛琳則說艾莉絲是個打破傳統舊習，眞正具有原創力的人，走在他們的時代之前。蘿拉唸的是另一所大學，位在都柏林的另一頭，她從來不找愛琳，除非偶然在街上遇見。愛琳唸大二的時候，賽蒙搬到都柏林，準備司法考試。有天晚上，愛琳邀他到公寓來，把他介紹給艾莉絲。他帶來一盒昂貴的巧克力和一瓶白酒。一整個晚上，艾莉絲都對他很無禮，說他的宗教信仰「邪惡」，還說他的手錶很醜。不知爲什麼，賽蒙似乎覺得她的舉動很有趣，甚至有點可愛。後來他常到她們的公寓來，背靠暖氣站著，和艾莉絲辯論上帝的議題，還笑著批評她們非常不會打理家務。他說她們「生活在髒亂裡」。有時他離開之前，還會幫她們洗碗。有天晚上艾莉絲不在，愛琳問他有沒有女朋友，他哈哈大笑說：妳怎麼會想到問這個問題？我是個睿智的老頭子，妳忘了嗎？愛琳躺在沙發上，頭也沒抬地把靠墊砸向他，他雙手接住。你就只是老，她說，才不睿智呢。

愛琳二十歲時，第一次做愛，對象是她在網路上認識的一個男的。事後，她從他家獨自走回她住的公寓。當時夜已深，差不多凌晨兩點，街道空無一人。回到家時，看見艾莉絲坐在沙發上，不知在筆電上打什麼。愛琳靠在客廳門框，大聲說：欸，太怪異了。艾莉絲停下打字。怎麼，妳和他上床了？她說。愛琳用手掌揉著上臂。他叫我別脫衣服，她說，好像這很重要似的。艾莉絲看著她。妳是在哪裡找到這些人的？她說。愛琳看著地上，聳聳肩。艾莉絲從沙發站起來。別難過，她說，這沒什麼大不了的。沒關係的，再過兩個星期，妳就忘光光了。愛琳把頭靠在艾莉絲纖小的肩膀上。艾莉絲拍拍她的頭，輕聲說：妳和我不一樣，妳會擁有幸福快樂的人生。那個夏天，賽蒙在巴黎，替氣候緊急狀態組織工作。愛琳去找他，這是她頭一次自己一個人搭飛機。他在機場接她，兩人搭火車進城。那天晚上，他們在他的公寓喝掉一瓶白酒，她告訴他，她是怎麼失去處子之身的。他哈哈大笑，但隨即爲自己的大笑道歉。當時他們一起躺在他房間的床上。沉默片刻之後，愛琳說：我想問你是什麼時候失去童貞的，但就我所知，你並沒有。他聽了露出微笑。不，我有，他說。有好幾秒鐘的時間，她就這樣靜靜躺著，臉仰望天花板，呼吸。儘管你是天主教徒，她說。他們併肩躺著，挨得很近，肩膀幾乎貼在一起。沒錯，他回答說。聖奧古斯丁[6]是怎麼說的？主啊，賜我以貞潔生活，但現在先不要。

畢業之後，愛琳唸研究所，研究愛爾蘭文學，艾莉絲在咖啡館工作，開始寫小說。她們還住在一起，晚上，愛琳煮晚飯的時候，艾莉絲有時會唸草稿裡有趣的部分給她聽。艾莉絲坐在餐桌旁，撥開蓋在額前的頭髮，說：妳聽聽這個。妳記得我說過的那個男主角嗎？他收到那個姐妹的訊息。在巴黎，賽蒙搬去和女朋友同住，一位名叫娜

---

6 St. Augustine，354-430，出生於神聖羅馬帝國轄下的北非，為早期天主教的神學與哲學家，其有關「原罪」的學說，成為天主教教義的一部分。

塔莉的法國女孩。愛琳拿到碩士學位之後，在書店找到工作，推著裝滿書的推車在店裡走來走去，把書上架，在一本本暢銷小說上貼一張張有黏膠的價格標籤。當時她爸媽的農場發生財務問題，愛琳回家看他們的時候，爸爸派特總是沉著臉，煩躁不安，在古怪的時間滿屋子踱來踱去，把電器開開關關，吃晚飯的時候很少開口講話，甚至沒等其他人吃完就離席。有天晚上，她和媽媽單獨在客廳，媽媽瑪麗說這情況一定得改變，不能繼續這樣下去，她說。愛琳一臉關切地問，她指的是財務狀況還是她的婚姻。瑪麗掌心朝上，一副筋疲力竭的模樣，看起來比實際年齡更老。一切，她說，我不知道。妳回家來抱怨妳的工作，妳的生活，那我的生活呢？有誰關心我？這時愛琳二十三歲，媽媽五十一歲。愛琳指尖輕輕按在一眼的眼皮上，隔了一會兒之後說：妳現在是在對我埋怨妳的生活？瑪麗哭了起來。愛琳不安地看著她說：我眞的很關心妳快不快樂，我只是不知道妳希望我怎麼做。她媽媽掩住臉啜泣。我究竟做錯了什麼？她說，竟然養出這麼自私的小孩？愛琳往後靠在沙發椅背上，彷彿認眞思索這個問題。妳希望能有什麼結果？她問。我沒辦法給妳錢，也沒辦法讓時光倒流，讓妳嫁給別的男人。妳希望我聽妳抱怨這些事情？我會聽，我也在聽。但我不知道妳爲什麼會覺得妳的不快樂比我的不快樂更重要。瑪麗離開客廳。

她倆二十四歲的時候，艾莉絲簽了一紙美國出版合約，拿到二十五萬美元。她說出版圈的人對金錢都一無所知，但如果他們蠢到要給她錢，那她當然也會貪婪到照單全收。愛琳這時和一個叫凱文的博士生交往，透過他，找到文學雜誌的助理編輯工作，待遇很低，但很有意思。起初他們只讓她做文稿編輯的工作，幾個月之後，允許她開始負責邀稿，到了年底，編輯邀請她為雜誌寫稿。愛琳說她會考慮看看。這時蘿拉在一家管理顧問公司工作，有個名叫馬修的男朋友。有天晚上蘿拉邀她和他們一起在城裡吃晚飯。那個星期四下班之後，他們三個人在越來越暗，也越來越冷的街上等了四十五分鐘，蘿拉格外想嘗鮮的這家新開的漢堡餐廳才有位子。但漢堡上桌之後，味道卻很普通。蘿拉問愛琳對自己的職涯有什麼計畫，愛琳說她很喜歡雜誌社的工作。沒錯，目前是，蘿拉說。但接下來呢？愛琳說她不知道。蘿拉綻開微笑，說：有一天妳必須活在眞實的世界裡。那天晚上愛琳步行回公寓，看見艾莉絲在沙發上寫她的書。艾莉絲，她說，我有一天必須要活在眞實的世界裡嗎？艾莉絲頭也沒抬地哼了一聲，說：天哪，不要吧，千萬不要。是誰告訴妳這個的？

接下來的九月，愛琳從媽媽那裡聽說，賽蒙和娜塔莉分手了。他們在一起四年。愛琳告訴艾莉絲說，她以為他們會結婚。我一直以為他們會結婚的，她會這麼說。而艾莉絲會回答說：是啊，妳講過了。愛琳寫了封電郵給賽蒙，問他好不好，他回信：我想妳最近該不會剛好要來巴黎吧？我眞的很想見妳。萬聖節，她去和他待了幾天。這時他三十歲，而她二十五。午後，他們一起去逛博物館，討論藝術與政治。每回她問起娜塔莉，他就輕描淡寫，不想多說地轉移話題。有一回，他們坐在奧塞美術館裡，愛琳對他說：我的事情你全知道，但你的事情，我卻一無所知。他露出痛苦的微笑回答說：啊，妳這口氣很像娜塔莉。但馬上就笑起來，說對不起。這是他唯一一次提起她的名字。早上，他煮咖啡，夜裡，愛琳睡在他床上。他們做愛之後，他喜歡抱著她，抱很久很久。她回到都柏林那天，便和男朋友分手。但她沒再收到賽蒙的消息，直到聖誕節，他到她老家來喝白蘭地，欣賞聖誕樹。

隔年春天，艾莉絲的書出版了，引起衆多媒體關注，起初大多是正面的，但最初的正面報導慢慢引來一些負面反應。夏天，在她們朋友席亞拉家裡舉辦的派對上，愛琳認識一個叫埃登的。他一頭濃密的深色頭髮，穿亞麻長褲和一雙髒兮兮的丹寧鞋。後來他們一起坐在廚房裡，待到很晚，聊著童年。在我家，我們從來都不討論事情，埃登說，所有的事情都藏在底下，從來不浮出表面。我可以再幫妳倒杯酒嗎？愛琳看著他倒了一點紅酒到她的酒杯。我們家裡也從來不怎麼討論事情，她說，我想我們有時候也想討論，但不知道該從何討論起。愛琳和埃登住的地方在同一個方向，所以派對結束之後，兩人一起步行回家。他還特地繞了一段路，先送她回到她的公寓門口。好好照顧自己啊，道別時他說。幾天之後，他們約了一起喝酒，就只有他們兩個。他是個樂手，也是個音響工程師。他談起他的工作，和他住同一間公寓的室友，他和母親的關係，以及他喜歡與討厭的各種事情。他們聊天的時候，愛琳不時大笑，生氣勃勃，摸著嘴巴，在椅子上身體往前靠。那天晚上她回家之後，埃登傳了訊息給她，說：妳真是個好聽眾！哇！我講太多了，抱歉。我們可以再見面嗎？

下一個星期，他們又一起去喝酒，再下一個星期也是。埃登公寓的地板上到處是糾結纏繞的黑色電纜，而他的床就只是一張床墊。秋天，他們去佛羅倫斯玩了幾天，一起穿越涼爽的大教堂。有天晚上，她在晚餐時講了句有趣的話，他哈哈大笑，笑到要用紫色餐巾揩眼睛。他告訴她說，他愛她。生活裡的一切美好到不可思議，愛琳在寫給艾莉絲的訊息裡這樣說。我不敢相信我能這麼快樂。差不多就在這個時候，賽蒙搬回都柏林，在一個左翼國會政團當政策顧問。愛琳有時會在搭公車或過馬路的時候看見他，手挽著這個那個漂亮的女人。聖誕節前，愛琳開始和埃登同居。他從車子後面搬下一箱箱書，驕傲地說：這就是妳大腦的重量。艾莉絲來參加他們的新居派對，把一瓶伏特加丟在廚房磁磚地板上，講了一段她和愛琳的大學趣事，講了很久很久，但似乎只有她自己和愛琳稍稍覺得有趣。然後她就回家去了。那天來的大多是埃登的朋友。事後，喝醉了的愛琳對埃登說：爲什麼我沒有朋友？我有兩個朋友，但他們都很怪。而其他人不算朋友，就只是認識的人而已。埃登輕撫她的頭髮，說：妳有我。

接下來三年，愛琳和埃登一起住在市中心南區的單臥房公寓，違法下載外國影片，爲了如何分擔房租、輪流煮飯打掃而爭吵。蘿拉和馬修訂婚。艾莉絲得了一個高額獎金的文學獎，搬到紐約，開始不分日夜，在奇怪的時間寄電子郵件給愛琳。但後來突然不寫了，刪除社群媒體的所有個人檔案，不理會愛琳傳給她的訊息。十二月，賽蒙有天晚上打電話給愛琳，說艾莉絲回都柏林，住進精神療養院了。愛琳坐在沙發上，電話貼在耳朵上，而埃登在水槽前面沖洗碟子。她和賽蒙講完之後，她拿著電話坐在那裡，什麼也沒說，他也沒說話，兩人沉默不語。嗯，最後他說，我應該掛電話了。幾個星期之後，愛琳和埃登分手。他告訴她說，這段時間發生了很多事情，他們兩個都需要空間。他回去和他爸媽住，而她搬進內城北區的一間雙臥房公寓，和一對夫婦同住。蘿拉和馬修決定在夏天舉行一場小型婚禮。賽蒙仍然迅速回覆訊息，不時帶愛琳出門吃午飯，但也還是不透露他的私人生活。四月，愛琳有好幾個朋友剛剛離開、或正準備離開都柏林。她參加告別派對，不是穿她那件有釦子的墨綠色洋裝，就是那件配有腰帶的黃色洋裝。在天花板很低、掛有紙燈罩的客廳裡，大家和她聊起房地產市場。我姐六月要結婚，她告訴他們。太好了，他們說。妳一定很替她高興。噢，說來好笑，愛琳會說，並沒有。

4

艾莉絲，我覺得我也體驗過妳在便利商店裡的感覺。我彷彿低下頭，第一次看見自己站在非常細非常細的壁架上，腳下是令人頭暈眩目的高度，而唯一支撐我身體重量的是地球上其他人的苦難和落魄。最後我總是想：我根本就不想站在這裡啊。我不需要這些廉價衣物、進口食品和塑膠容器，我甚至不認爲這些東西改善了我的生活。這些東西只會製造浪費，令我不快。（我並不是要拿我的不滿和那些眞正受壓迫的人所承受的痛苦折磨相提並論，我想說的只是，在我看來，靠他們供養我們的這種生活方式，讓人非常不滿。）大家都認爲社會主義是靠強制力來維繫——強制徵收財產——但我希望他們能承認，資本主義也是由同樣的力量所維繫，只不過施力的方向恰恰相反，是強制保護既有的財產配置。我知道妳懂我的意思。我很討厭和那些首要命題就錯誤的人再三辯論。

最近我也在思考時間和政治保守主義的問題，雖然和妳的角度不太一樣。說我們正處於歷史危機時期，在目前看來應該不爲過，而且大部分人似乎也都能接受這個看法。我的意思是，這個危機的外在症狀——例如選舉政治出乎意料的大幅轉變——已經普遍被認爲是不正常的現象。就某種程度來說，我甚至認爲部分更爲「潛藏」的結構性症狀，例如大批難民溺斃與氣候變遷一再造成的天氣災害，都開始被認爲是政治危機的現象。我相信有研究顯示，在過去幾年，人們花更多時間在讀新聞，理解當前事務。例如我在日常生活裡也不時傳送像這樣的訊息：提勒森[7]出局哈哈哈。我覺得很驚訝，因爲傳送這樣的訊息應該很不正常。反正結果就是，每一天都是個嶄新且獨一無二的資訊單位，切斷且取代前一天的資訊世界。我很想知道（妳或許說這一點都不相干）這一切對文化與藝術具有什麼意義。我的意思是，我們習於面對設定在「當下」的藝術作品。但是，「當下」連續不斷的這個概念已經不再是我們生活的主要特徵。「當下」變得間斷而不連貫。每一天，甚至每一天的每一個小時，都取代了之前的時間，讓此刻與之前變

7 Rex Wayne Tillerson，1952-，曾任埃克森美孚石油(Exxon Mobil)集團董事長兼執行長，二〇一七年為美國總統川普任命為國務卿，後因與川普意見不合，於二〇一八年遭解職。他支持自由貿易，並對地球暖化抱持懷疑立場。

得毫無關連，我們生活裡發生的所有事件，都只有放在不斷更新的新聞內容時間軸上才具有意義。所以我們看見電影裡的角色坐下來吃晚餐或開車到處逛，策劃謀殺案或爲自己的愛情哀傷時，我們自然會想要知道，他們做這些事情的確切時間點究竟爲何，並拿來和建構我們當前現實感的重大歷史事件相互比對。如今已不再有時空背景模糊的故事存在，一切都必須仰賴時間軸。我不知道這是不是會帶來藝術新型態的興起，或只是意味著藝術的全面終結，至少是我們所認識的藝術。

妳談到時間的那一段，也讓我想起最近在網路上讀到的資料。在青銅時代晚期，也就是公元前約一千五百年，東地中海地區由多個中央集權的王朝形成一個體系，彼此之間透過複雜且專業的城市經濟進行金錢與貨物的重新分配。這是我在維基百科上讀到的。當時的貿易路線高度發達，書寫的文字也已出現。他們生產昂貴的奢侈品，且跨越極遠的距離進行貿易——一九八〇年代，土耳其海外發現一艘那個時期的船隻遺骸，船上載有埃及珠寶、希臘陶器、蘇丹黑檀木、愛爾蘭銅、石榴和象牙。在公元前一二二五到一一五〇年，約七十五年的時間裡，文明崩潰了。東地中海的大城市不知是被摧毀或被拋棄。讀寫能力凋亡殆盡，整套文字體系也全部失傳。妳可知道，到現在還沒有人確定這個情況究竟爲何發生。維基提出一個名爲「系統全面崩潰」的理論，認爲「中央集權、專業化、複雜化，以及頭重腳輕的政治體系」讓青銅時代晚期文明格外脆弱，容易崩潰。另一個理論則像頭條標題般簡單易懂：「氣候變遷」。我覺得這對我們當前的文明來說，是個不祥之兆，妳不覺得嗎？系統全面崩潰是我以前從未眞正思考過的可能性。當然我腦袋也清清楚楚知道，我們告訴自己的所謂「人類文明」，其實全是謊言。但想想看，我們在眞實生活裡會找出什麼來。

另一個無關的話題——事實上完全無關，所以和我上一段所談的是九十度大轉彎——妳是否想過妳的生理時鐘？我的意思並不是妳應該思考這個問題，只是好奇妳有沒有想過。我們都還很年輕，當然。但事實是，在人類歷史上，大部分女人到了我們這個年紀，都已經有好幾個兒女了。對吧？我猜我們也沒什麼好辦法去查證這個事實。我甚至不知道妳是不是想要小孩，但我現在正思考這個問題。妳是不是也在思考？或者妳根本就不知道。十幾歲的時候，我覺得我寧可去死，也不要生小孩。二十幾歲的時候，我隱隱約約覺得我總有一天會生小孩。而現在，我年屆三十，開始想：這個嘛？不消說，並沒有人排隊想來幫我實現這個生理功能。此外我也有種怪異且完全無法解釋的疑慮，擔心自己不孕，雖然沒有任何醫學理由讓我有這樣的想法。不久前，我叨叨絮絮對賽蒙抱怨一大堆毫無根據的健康擔憂時，曾提過這個問題。他說他覺得我不需要擔心，因爲在他看來，我就是「會生小孩的樣子」。這句話讓我笑了一整天，其實，在我寫信給妳的此時，也還在笑。反正，我只是好奇妳的想法。想到文明即將崩潰，或許妳會覺得根本不該考慮生小孩的問題。

我現在之所以會想到這個問題，很可能是因爲我前幾天偶然在街上碰到埃登，然後馬上心臟病發死掉。自從我見到他之後，一個鐘頭比一個鐘頭更難熬。或許我現在所感受到的痛苦強烈到凌駕我的能力，讓我無法重新建構當時所感覺到的痛苦？事發當下的痛苦儘管非常劇烈，但回憶起來，卻不如現在所體驗到的痛苦折磨嚴重——我們不記得當時有多痛苦，很可能是因爲回憶所召喚的感覺，比眞實體驗的感覺來得微弱。也許就是因爲這樣，中年人才會老是覺得他們的想法與感受比年輕人來得重要，因爲他們只隱隱約約記得自己年輕時的感受，而讓當下的經驗主宰了他們的生活觀。然而，我直覺認爲我現在眞的比之前更痛苦。碰見埃登的兩天之後，比見到他的那個瞬間更痛苦。我知道我們之間所發生的只是單一事件，而非某種象徵——就只是已經發生的某件事，或是他做的某件事，並不是無可避免地代表我整個人生的失敗。但我看見他時，彷彿重新經歷了一切。艾莉絲，我眞的覺得自己很失敗，從某個角度來說，我的人生無足輕重，沒幾個人關心我的人生究竟發生了什麼事。有時候很難明白這一切究竟有什麼意義，因爲我自認爲對人生至爲重要一些事情竟然什麼意義都沒有，而理當愛我的人也根本不愛我。寫這封蠢得要死的郵件時，我眼睛還噙著淚水，但事情已經過去將近六個月了。我開始懷疑，我是不是永遠無法平復。也許在人生成形的特定階段，某些類型的痛苦會永遠銘刻在你的意識裡。就像我二十歲才失去童貞，而那次的經驗很痛，很尷尬，也很糟糕，自此而後，我總是覺得自己就是會碰上那種事情的人，儘管我以前並不是。現在我覺得我像是人生伴侶在幾年之後就會棄我而去的那種人，而我找不到辦法，無法讓自己不再成爲這樣的人。

　　妳在那個荒郊野外有沒有寫新作品呢？還是忙著和當地頑強難馴的男生出門約會？想妳，愛妳的琳。

5

菲力克斯在便利商店的冷藏區挑選即食餐點，臉上的表情有點心不在焉。這時是星期四下午三點，白色日光燈在他頭頂嗡嗡作響。商店大門打開，但他並沒回頭看。他把一份即食餐點放回架上，掏出電話。沒有新的訊息進來。他面無表情地把手機收回口袋裡，看似隨機地從架上拿起一個塑膠盒，走向收銀臺，付了錢。走出商店前，他經過擺放新鮮水果的架子，停下腳步。艾莉絲正站在那裡挑蘋果，一盒接一盒拿起來檢查有沒有損傷。認出她之後，他的站姿開始有一點點改變，背脊挺得更直一些。起初他不知道是要和她打招呼，還是不說聲哈囉就走出店門——他自己也不知道該怎麼做才對。他漫不經心地用手裡那盒即食餐輕敲大腿側。就這樣，她或許是聽見聲音，或許是眼角瞥見他，於是轉身，發現他，馬上把頭髮塞到耳後。

哈囉，她說。

嗨，妳還好嗎。

很好，謝謝。
交到朋友了嗎？他問。
當然沒有。
他微笑，餐盒繼續敲著大腿，然後轉頭看看門口。那麼，他說，我們該拿妳怎麼辦才好？妳自己一個人待在那上面會瘋掉的。
噢，我早就瘋了，她說。說不定我搬到這裡來之前就已經瘋了。
瘋了，眞的嗎？我覺得妳看起來很正常啊。
我不常聽見有人用這個詞形容我，不過，謝啦。
他們就這樣站著，看著彼此，最後她垂下目光，再次摸摸頭髮。他又轉頭看看背後的門口，然後回過頭來看她。很難說他究竟是喜歡看她侷促不安的模樣，還只是可憐她。但就她來說，她似乎覺得只要他還想講話，她就應該繼續站在這裡。
妳刪了那個舊的約會應用程式嗎？他說。
她露出微笑，看著他，回答說：是啊，上回的經驗讓我沒什麼信心，如果你不介意我這樣說的話。
我害妳對所有的男人敬而遠之？

噢，不只是男人。是不分性別，所有的人。

他大笑，說：我不覺得我有那麼壞。

不，你不壞。但我很壞。

噢，妳很不錯啦。

他蹙起眉頭望向擺放新鮮蔬菜的地方，隔了一晌才又開口。她現在看起來比較放鬆了，盯著他看的眼神也不帶好惡。

要是妳想多認識人，今天晚上可以到我家來。我有些工作上的朋友會來。

你們要辦派對？

他做個鬼臉。我不知道，他說，我的意思是，會有一些人來。沒錯，算是派對吧，或妳要叫什麼都可以。不過，不算什麼了不得的活動就是了。

她點點頭，嘴巴動了動，但沒露出牙齒。聽來不錯，她說，但你得告訴我你住在哪裡。

要是妳有谷歌地圖的話，我幫妳輸入，他說。

她從口袋裡掏出手機，打開應用程式，交給他，說：你今天不用上班？

他在搜尋欄輸入地址，沒抬頭看她。對，他說，這個星期他們給我排的班很亂。他把手機交還給她，指著地址給她看：海洋高地十六號。手機螢幕在一片灰底上出現一條條交織成網的街道，旁邊一片藍色，代表海洋。有時候他們根本就不需要你，他說，然後有幾個星期，你又必須天天上班，簡直讓我抓狂。他又轉頭看收銀臺，心情似乎變得不同了。我晚上會見到妳，對吧？他說。

要是你眞心希望我去的話，她說。

看妳囉。要是我自己一個人整天待在上面那棟房子裡，腦袋肯定會出問題。不過也許妳就喜歡這樣。

不，我並不喜歡。我今天晚上會去，謝謝你邀請我。

好，噢，沒什麼大不了的，他說，反正來的人也不太多。那就晚上見囉，妳自己小心。

他沒再和她眼神接觸，就轉身離開店裡。她又回頭看著那一盒盒新鮮蘋果，這時彷彿覺得不該再一盒盒拿起來仔細檢查，彷彿搜尋水果表皮碰傷的過程非常可笑，甚至非常可恥，她拿起一盒，走向一整排冷凍櫃。

海洋高地十六號是棟雙拼的房子，正面左半邊凸出的部分是紅磚，右半邊粉刷成白色。水泥地前院和鄰居的院子之間隔著一道矮牆。面街的窗戶有窗簾遮掩，但屋裡亮著燈。艾莉絲站在門口，身上還是下午穿的那套衣服，臉上撲了粉，讓皮膚看起來很乾。她左手拎了瓶紅酒，按門鈴，等待著。過了幾秒鐘，一名和她差不多年紀的女人打開門。女人背後的玄關明亮喧鬧。

嗨，艾莉絲說，這是菲力克斯家嗎？

對，沒錯，請進。

女人讓艾莉絲進屋，關上門。她手裡一只有缺口的馬克杯，裝的似乎是某種可樂。我是丹妮兒，她說，大夥兒在裡面。走道盡頭的廚房裡，有六男兩女圍餐桌而坐，坐姿各異。菲力克斯坐在烤麵包機旁的流理臺上，直接就著鋁罐喝酒。看見艾莉絲進來，他沒起身，只對她點點頭。她跟著丹妮兒進廚房，走向冰箱，就在他坐的地方旁邊。

嗨，他說。

嗨，艾莉絲說。

有兩個男的轉頭看她，其他人則繼續講他們的話。丹妮兒問她要不要來杯葡萄酒，艾莉絲說好。丹妮兒在櫥櫃翻找，問她說：你們是怎麼認識的？

我們透過 Tinder 認識的，菲力克斯說。

丹妮兒拿了一個乾淨玻璃杯，直起身來。所以你今天這是約會？她說，也太浪漫了吧。

我們已經嘗試過約會了，他說，她說我害她對所有的男人敬而遠之。

這我可不怪她，丹妮兒說。

艾莉絲把她帶來的酒擺在流理臺上，看著廚房牆邊擺放的ＣＤ收藏。好多啊，她說。

是啊，都是我的，菲力克斯回答說。

她手指拂過一個個塑膠小盒的盒脊，抽出一個。盒子半露出在它的小空格之外，宛如伸出的舌頭。丹妮兒已經開始和坐在餐桌旁的一名女子講話，另一個男的走過來開冰箱。他指指她，對菲力克斯說：這誰啊？

這是艾莉絲，菲力克斯說，她是個小說家。

誰是小說家？丹妮兒問。

這位小姐啊，菲力克斯說。她靠寫書賺錢過日子。至少她是這麼說的。

妳叫什麼名字？那個男的問，我來谷歌查查看。

艾莉絲眼睜睜看著這一切發生，臉上露出莫可奈何的淡漠表情。艾莉絲．凱勒赫，她說。

菲力克斯看著她。那男的坐在一把空椅子上，開始把她的名字輸入手機。艾莉絲喝著她的酒，四下張望，彷彿一點都不在乎。那人低頭看著手機說：哇，她很有名耶。艾莉絲沒回答，也沒迎向菲力克斯注視的目光。丹妮兒俯身挨近手機螢幕。你看，她說，維基百科有她的專頁耶，什麼都有。菲力克斯滑下流理臺，從朋友手裡拿起手機。他哈哈大笑，但笑聲聽來不甚眞誠。

文學作品，他大聲唸，改編作品，個人生活。

這部分肯定很短，艾莉絲說。

妳爲什麼沒告訴我說妳這麼有名？他說。

她用厭倦到近乎輕蔑的語氣回答說：我告訴過你，我是作家。

他對她咧嘴笑。我指點妳一下，下回約會，他說，記得在對話裡提起妳是名人。

謝謝你主動提供的約會祕訣，我肯定不會採用。

怎麼，因爲我們在網路上查妳的資訊，所以妳不高興了？

當然不是，她說，我都把我的名字告訴你們了。我也可以不說的。

他繼續盯著她看了好幾秒，然後搖搖頭說：妳這人眞怪。

她笑起來說：太有見地了。你何不把這一句加進我的維基百科裡？

這回丹妮兒也笑起來，菲力克斯微微臉紅。他別開頭，不看艾莉絲說：誰都可以有維基百科專頁，說不定是妳自己寫的。

艾莉絲彷彿開始樂在其中似的，回答說：不，我只寫書。

妳一定覺得自己很特別，他說。

你今天幹嘛這麼難搞啊？丹妮兒說。

我才沒有，菲力克斯說。他把手機還給朋友，靠站在冰箱前面，雙臂環抱胸前。艾莉絲站在流理臺前，離他很近。丹妮兒看看艾莉絲，挑起眉毛，但馬上又轉頭接續她之前和另一名女子的談話。有個女人開始放音樂，房間另一頭的幾個男人不知爲何笑了起來。艾莉絲對菲力克斯說：要是你希望我離開，那我就走。

誰說我希望妳離開的？他問。

又有一群人走進來，廚房開始顯得喧鬧了。沒有誰特別走過來和艾莉絲或菲力克斯講話，他們兩個就這樣默默站在冰箱旁邊。這個情況是不是讓他倆覺得格外痛苦，從他們的表情上看不出來，但過了幾秒鐘之後，菲力克斯伸長手臂說：我不喜歡在屋裡抽菸，妳要到外面抽根菸嗎？妳可以來看看我的狗。艾莉絲點頭，什麼也沒說，端著酒杯，跟著他穿過陽臺門到後院。

菲力克斯把他們背後的陽臺門關上，穿過草地，走向以防水布權充屋頂的花園工具間。一隻史賓格犬馬上從院子盡頭衝出來迎接他，興奮地大聲喘息，前腳搭在菲力克斯腿上，吠了一聲。這是莎賓娜，他說。牠其實也不算我的狗，以前住在這裡的人留下牠沒帶走。現在差不多都是我在餵牠，所以牠是我的超級大粉絲。艾莉絲說她看得出來。我們不常讓牠待在戶外，他說，只有我們家裡有聚會的時候。等大家都回家之後，牠就會回到屋裡。艾莉絲問說牠是不是睡在他床上，菲力克斯哈哈大笑。牠很想，他說，但牠知道牠不許這麼做。他搔搔狗兒的耳朵，親暱的說：傻瓜。他背對艾莉絲說：告訴妳，牠是徹頭徹尾的大白癡，眞的很蠢。妳抽菸嗎？艾莉絲打個寒顫，露在袖子外面的手腕起了雞皮疙瘩，但她接下一根菸，就這樣站著抽。菲力克斯也給自己點了根菸。他吸一口，對著澄澈的夜色吐出煙來，然後轉頭看著屋子。屋裡很亮，他的朋友比手畫腳講話，陽臺門是一方暖黃色的長方形，而在這個色塊周圍，則是房子暗黑的輪廓，暗黑的草地，暗黑但清澈的天空。

小丹是個好女孩，他說。

是啊，艾莉絲說，她看起來就很不錯。

嗯，我們以前交往過。

噢？很長的時間，還是？

他聳聳肩，說：差不多一年，我不知道——其實應該超過一年吧。反正，已經是很久以前的事了，我們現在是好朋友。

你還是很喜歡她？

他回頭看了一眼房子，彷彿只要瞥見丹妮兒，就能幫助他解決自己心裡的這個問題。她現在和別人在一起，他說。

和你的朋友在一起？

我是認識他，沒錯。他今天晚上沒來，妳以後或許會有機會見到他。

他轉頭不看屋子，撣掉一些菸灰，幾許閃亮的小火光緩緩在夜色裡飄飛。狗兒衝過工具間，繞著兜轉了好幾圈。

老實說，她要是聽見我告訴妳這件事，她一定會說，是我自己搞砸的，菲力克斯說。

你做了什麼？

哦，我對她很冷淡，大概是。反正她是這麼說的。妳想知道的話，可以自己去問她。

艾莉絲微笑說：你希望我去問她嗎？

天哪，才不是，不要替我去問她。我當時就已經聽夠了。我現在不會傷心痛哭了，請放心。

你當時曾經傷心痛哭？

這個嘛，其實也沒有，他說。妳問的是這個吧？我沒眞的哭，可是，嗯，我很生氣，沒錯。

你有沒有眞的哭過？

他發出短促的笑聲，說：沒有。妳有嗎？

噢，常常。

眞的？他說。妳爲什麼哭？

什麼事都能惹我哭，其實。我想我很不快樂。

他看著她。當眞？他說，爲什麼？

沒什麼特別的原因，就只是我的感覺而已。我覺得我的人生很艱難。

他沉吟一晌，又盯著香菸說：我覺得妳並沒有把爲什麼搬到這裡來的全部內情告訴我。

那不是什麼好聽的故事，她說，我以前精神崩潰過。我在醫院裡住了幾個星期，出院之後就搬到這裡來。這也沒什麼不可思議的——我的意思是，我精神崩潰並沒有什麼理由，就是崩潰了，而且這也不是祕密，每個人都知道。

菲力克斯似乎在思索這個新得知的訊息。妳的維基百科專頁上也提到嗎？

沒有。我指的是我生活裡的每個人都知道，並不是這世界上的每個人都知道。

是爲什麼事情讓妳精神崩潰？

什麼事情都沒有。

好吧，但妳說妳精神崩潰是什麼意思？比方說，究竟發生了什麼情況？

她嘴角吐出一縷長長的煙。我覺得自己失控了，她說。我整天都很生氣，很沮喪。我沒辦法控制自己，我沒辦法正常生活。我只能這麼說，沒辦法再解釋得更清楚了。

好吧。

他們陷入沉默。艾莉絲喝光酒杯裡剩下的一點點酒，用腳踩熄香菸，雙臂抱在胸前。菲力克斯有點心不在焉，繼續慢慢抽他的菸，彷彿已經忘了她也在這裡。他清清嗓子，然後說：這有點像我媽過世之後的感覺。去年。我那時開始想，這該死的人生究竟有什麼意義，你知道嗎？人生到頭來什麼都沒有。並不是說我眞的想死還是怎樣，但我也常常受不了自己他媽的還活著。我不知道妳會不會說這也是一種崩潰。我是這幾個月才眞正擺脫那種感覺——每天起床，上班，做其他的事。我還因此丟了當時的工作，所以現在才會在倉庫上班。就是這樣。所以我懂妳說的崩潰是什麼意思。當然，我的經驗肯定和妳不一樣，但我明白妳的情況，眞的。

艾莉絲再次說，他媽媽過世，她替他覺得很難過，而他也接受她的安慰。

我下個星期要去羅馬，她說，因爲我小說的義大利文版要出版了。我在想，你要不要和我一起去。

對於這個邀請，他沒表現出任何意外的態度。他把菸頭往工具間牆上搓了好幾次，摁熄香菸。狗又在院子盡頭吠了一聲。

我沒錢，菲力克斯說。

這個嘛，我可以負擔全部的費用。我很有錢，也很有名，記得嗎？

這句話引來微笑。妳眞的很怪，他說，我不會收回這句話。妳要去多久？

我星期三抵達羅馬，星期一早上回來。但如果你想要待久一點，我們就多待幾天。

他笑起來。眞他媽的，他說。

你去過羅馬嗎？

沒有。

那我覺得你應該和我一起去，她說，我覺得你會喜歡。

妳怎麼知道我喜歡什麼？

他們看著彼此。天色太暗，他們看不見彼此臉上的細節，然而還是這樣互相凝望，沒轉開視線，彷彿「看」這個動作比他們看見什麼更重要。

我不知道，她說，我只是這樣想而已。

最後他轉開視線不看她。好吧，他說，我去。

6

每天我都忍不住要想，我的人生為什麼會變成這樣。我不敢相信我竟然必須忍受這些事情——看見關於我的報導，看見我的照片出現在網路上，讀有關於我自己的評論。我說這些話的時候心裡會想：就這樣？那又怎樣？但事實是，儘管這些不算什麼，但還是讓我很難受，我不想過這種生活。交出第一本書的時候，我只是想要有足夠的錢，支撐我寫完下一本書。我從未大肆宣揚自己是個心理健康堅強的人，可以忍受大眾不斷深入探查我的性格與出身背景。刻意想要出名的人——我指的是那些淺嘗過成名滋味，然後越來越渴求更大名氣的人——患有嚴重的心理疾病，我真心相信。我們的文化裡到處充斥這樣的人，彷彿他們不只正常，而且還散發魅力，令人嫉羨，而正是我們最為扭曲的社會病態。他們有毛病，而我們觀察他們，效法他們的時候，也就跟著染上了毛病。

知名作者和他們的知名作品之間究竟有什麼關係？如果我是個態度很差，個性不討喜，講話有討人厭口音的人——在我看來，我八成就是這樣——和我的小說又有什麼關係呢？當然沒關係。作品還是原來的作品，沒有兩樣。而這些書和我這個人——我的長相、言行舉止這些讓人覺得洩氣的具體特質——綁在一起，又有什麼好處呢？沒有，什麼好處都沒有。所以，爲什麼，爲什麼要變成這樣？這樣究竟對誰有好處？這讓我痛苦，讓我遠離生命中任何有意義的事物，對公共利益沒有任何貢獻，只滿足那些最低層次、最不堪聞問的好奇心，「作者」成爲凌駕一切之上的人物，讓文學對話完全圍繞著這個人物周圍打轉，莫名其妙地探討這人的生活型態、氣質秉性，鉅細靡遺到令人髮指的地步。我整天碰到這個人，也就是我自己，我痛恨她，身上的每一分力氣都用來恨她。我痛恨她的自我表達方式，我痛恨她的外表，我痛恨她對一切事物的看法。然而，其他人讀到關於她的報導時，他們相信她就是我。面對這個事實，讓我覺得自己已經死了。

我當然不能抱怨，因爲每個人都叫我要「好好享受」。他們又知道什麼呢？他們根本不在場，是我自己獨自面對這一切。好吧，從某個角度來說，這只是一段小小的經驗，過幾個月或幾年就會結束，再也不會有人記得我，感謝上帝。但我仍然必須面對，仍然必須自己熬過去，因爲沒有人可以教我怎麼應付，這一切讓我痛恨自己，恨到無以復加的地步。無論我有多少能耐，也無論我的才華如何微不足道，大家還是期待我能把這些東西賣掉——我是說眞的，他們希望我能賣掉這些東西來賺錢，直到我賺進很多很多錢，再也不剩任何才華爲止。所以就這樣囉，我玩完了，但還會有其他即將精神崩潰的二十五歲新人接踵而來。這一路走來，要是我眞遇見過任何天才，他們必定都僞裝得很好，藏身於衆多嗜血的極端自我主義者群中，讓我認不出他們來。我覺得我認識的眞正天才，只有妳和賽蒙兩個，而你們兩個現在對我只有同情——不是愛，不是友誼，而是同情，彷彿我是躺在路邊垂死的可憐蟲，你們最仁慈的善行就是讓我安息。

讀完妳提起青銅時代晚期文明崩潰的那封信之後，我覺得很困惑，文字體系竟然會「喪失」。事實上，我連這個文字體系的具體意義是什麼都不太確定，所以我得去查詢資料，最後讀到很多關於「線形文字B」的東西。妳是不是早就知道了？基本來說，大約在一九〇〇年前後，有一支英國考古隊在克里特島的陶土浴缸裡找到一些古老的陶板殘片。陶板上刻有某種未知語文的音節符號，刻製的時間可能是在公元前一千四百年左右。二十世紀初期，古典學者和語言學家努力破解這些名之爲「線形文字B」的符號，卻未成功。雖然這些符號的組成很像文字，但沒有人能解釋這些符號書寫的是哪一種語文。大部分學者提出的假設認爲，這是克里特島米諾斯文明佚失的語言，現今世界已無這個文明的後嗣存在。一九三六年，八十五歲的考古學家亞瑟·埃文斯[8]在倫敦發

表一場演講，介紹這些陶板，聽眾裡有個十四歲的男生麥可．文特里斯[9]。第二次世界大戰爆發前，又有一批新的陶板出土，並拍成照片。這次發現的地點是在希臘本土。然而，迄至此時，嘗試破譯這些文字或辨識此一語言的努力盡皆失敗。當年還是小男生的麥可．文特里斯已長大，主修建築。大戰期間，他被徵召入伍，加入英國皇家空軍。他沒有任何語言學或古典語文的正式學歷，但他從未忘記亞瑟．埃文斯那場關於線形文字B的演講。戰後，文特里斯回到英國，開始拿希臘本土新發現的這批陶板的照片，與早期發現的克里特島陶板符號相比對。他發現克里特島陶板上的某些符號並未出現在希臘皮洛斯的陶板上。他猜想，這些特別的符號或許是代表克里特島上的地名。他就從這裡出發，找到如何破解符號的方法——發現線形文字B其實是古希臘的早期書寫形式。文特里斯的研究成果不只證明希臘文是邁錫尼文明[10]的語文，也提供證據，證明希臘文字出現的時間要比原先認定的最早文字出現的時間，早上幾百年。有了這個發現之後，

8 Sir Arthur John Evans，1851-1941，英國考古學家，最大成就是對於米諾克斯文明的研究。

9 Michael Ventris，1922-1956，英國建築師與語言學家。

10 Mycenaean culture，希臘青銅時代晚期文明，得名於伯羅奔尼撒半島的城市邁錫尼。部分歷史學家認為，希臘神話與文學，包括荷馬史詩，皆設定於此一時期。

文特里斯和古典學者、也是語言學家的約翰·查德威克[11]一起寫了一本書，解譯這些文字，書名叫《邁錫尼希臘的檔案》（*Documents in Mycenaean Greek*）。一九五六年，這本書出版的幾個星期前，文特里斯開車撞上卡車身亡，年僅三十四歲。

我用適度戲劇化的方式濃縮了這個故事。其實還有其他的古典學家參與研究，包括一位美國教授艾莉絲·柯柏[12]，她對線形文字B的破解有很大的貢獻。她四十三歲時死於癌症。維基百科上文特里斯、線形文字B、亞瑟·埃文斯、艾莉絲·柯柏、約翰·查德威克和邁錫尼希臘的條目有點雜亂無章，甚至同一個事件還有不同的版本。文特里斯去參加亞瑟·埃文斯在倫敦的演講，當時埃文斯是八十四歲，還是八十五歲？文特里斯是真的在那天才知道有線形文字B的存在，還是他早就聽說了？而他的死，只用最簡短、最神祕的方式一語帶過——維基百科說他是「在深夜與停下的卡車相撞」，「當場」死亡，驗屍判定爲意外死亡。我最近在想，古代世界回到我們身邊了，穿過時間的詭異裂縫，穿過高速、浪費與無神的二十世紀，透過艾莉絲·柯柏與麥可·文特里斯的雙手雙眼，來到我們身邊。柯柏是老菸槍，四十三歲病逝，而文特里斯則死於車禍，得年三十四歲。

反正，這些研究足以證明青銅時代已發展出複雜的拼音符號，讓希臘語言可以用書寫的方式表達。就如同妳告訴我的，這套文字系統崩潰之後，當時所有的知識也隨之毀棄殆盡。後來創造出來的希臘語文書寫系統，和線形文字B毫無關係。發展與使用新文字系統的人，並不知道線形文字B曾經存在過。令人難以忍受的是，最早被刻在陶板上的文字符號，對於寫和讀的人而言都有其意義，但接下來的幾千年，卻一點意義都沒有。沒有意義，完全沒有——因爲關聯已斷裂，歷史已停止。然後二十世紀搖搖手錶，又讓歷史再次啓動。但我們不能換個方式，也這樣做嗎？

妳那天碰到埃登之後有這麼可怕的感覺，讓我也很難過。這樣的感覺絕對是正常的。但身爲妳的朋友，愛妳，並且希望妳生活的每一個方面都安好的我，若指出你們兩個在一起根本就不會幸福，是不是會惹惱妳呢？我知道是他決定要終結這段關係的，也知道這必定讓妳感到痛苦與挫折。我並不是要勸妳甩開這難受的感覺。我要說的是，我覺得妳內心也很清楚，這不是一段很好的關係。妳告訴過我好幾次，說妳想分手，但不知道該怎麼做。我現在之所以舊事重提，只因爲我不希望妳開始回顧過往，相信埃登是

---

11 John Chadwick，1920-1998，英國語言學家。

12 Alice Kober，1906-1950，美國古典學家。

妳的靈魂伴侶，或少了他妳就不可能幸福快樂。妳只不過是在二十幾歲的時候有過一段漫長而不成功的感情關係。這並不表示上帝刻意要給妳失敗且痛苦的人生。我二十幾歲的時候談過一段很久的感情，最後也沒結果，記得嗎？賽蒙和娜塔莉在一起將近五年，最後還是分手了。妳覺得他很失敗？我很失敗？嗯。好吧，如今想想，也許我們三個都很失敗。但如果事實如此，那我寧可失敗，也不要成功呢。

沒有，我沒認眞想過我的生物時鐘。我覺得我的生育力大概還會纏著我不放至少十年——我媽生凱思的時候是四十二歲。可是我沒怎麼想生小孩，也不知道妳想生。即使在現今的世界，妳還想生？如果是的話，找個人讓妳懷孕並非難事。就像賽蒙說的，妳看起來就像會生小孩的樣子。男人就愛這一型。最後：妳還打算來看我嗎？我先警告妳，我下個星期要去羅馬，但再下一個星期應該就回來了。我在這裡交了個朋友，名叫（是眞名）菲力克斯。要是妳相信，那麼妳應該也會相信他要和我一起去羅馬。這個嘛，我沒辦法解釋爲什麼，所以就別問我啦。我只是突然想到，邀他一起去應該很好玩吧？然後他大概也想，應該會很好玩，所以就答應了。我相信他一定覺得我這個人很怪，但他也知道他走運了，因爲我會替他付機票錢。我很想讓妳見見他！這又是另一個妳應該來看我的好理由。妳會來吧？拜託。愛妳，永遠。

7

同一個星期四晚上，愛琳參加她那家雜誌社所舉辦的詩文朗誦會。會場在市中心北區的藝術中心。活動開始之前，愛琳坐在一張小桌子後面賣最新一期的雜誌，人們在她前面來來去去，手端酒杯，避免眼神接觸。偶爾有人會問她洗手間在哪裡，她每次都用同樣的口吻、同樣的手勢指引他們。朗讀就要開始時，一位老先生俯身挨近桌子，告訴她說她有雙「詩人的眼睛」。愛琳謙虛微笑，或許是假裝沒聽見他說的話，告訴他說裡面的活動即將開始。朗讀開始之後，她鎖好現金櫃，從後面的桌上拿了杯葡萄酒，進到大廳裡。裡面坐了二十或二十五個人，前兩排全是空的。雜誌編輯站在講臺上，介紹第一位朗讀者。在這座館場工作的寶拉和愛琳年紀差不多大，從靠走道的座位往內側挪，讓出一個座位給愛琳。賣了幾本？她低聲說。兩本，愛琳說，剛才看見有個小老頭子靠近，還以爲可以賣出第三本呢，結果他只是要讚美我的眼睛。寶拉咯咯笑。白白浪費了一個工作日的晚上，她說。但我至少知道自己有雙漂亮的眼睛，愛琳說。

這場活動共邀請五位詩人參加，主題約略是以「危機」爲主軸。其中兩位詩人朗讀的作品是探討個人危機，例如喪親與疾病，另一位詩人朗讀的則是探討政治極端主義的詩作。一位戴眼鏡的年輕人唸了首充滿詩韻但非常抽象的詩，內容也顯然和危機這個主題沒什麼關係。最後一位登場的是身穿黑色長洋裝的女詩人，她花了十分鐘談尋找出版社的困難，所以剩下的時間只夠唸一首詩。她唸的是一首押韻的十四行詩。愛琳在手機輸入一行字：月光慌慌照池塘[13]。她把這行字拿給寶拉看，寶拉微微一笑，便又把注意力轉回到朗讀的人身上。愛琳刪掉這行字。朗讀結束之後，她又拿了一杯酒，回到桌子後面坐下。那個老頭又回來，對她說：妳應該自己上臺的。愛琳愉快點頭。我確信，他說，妳身上有詩。嗯，愛琳說。他沒買雜誌就走了。

活動結束後，愛琳和其他幾個籌辦人與場館工作人員到附近的酒吧去喝酒。愛琳和寶拉再次坐在一起。寶拉喝的琴湯尼裝在像金魚缸的大玻璃杯裡，還加了一大片葡柚。愛琳喝加冰塊的威士忌。她們聊「最慘烈的分手」。寶琳談起以前有段維持了兩年的感情，在拖拖拉拉即將結束的階段，她和她的前女友不時喝醉，互傳簡訊，最後不是大吵一架就是上床做愛。愛琳吞下一口酒。聽起來很慘啊，她說，不過，至少妳們還做愛。妳知道嗎？這樣的關係不算眞的完蛋了。如果埃登喝醉的時候傳簡訊給我，呃，我們最後可能會大吵一架，但我至少會覺得他還記得我是誰。寶拉說她相信他一定記得，因爲他倆同居了這麼多年。愛琳露出個怪表情，微笑回答說：我覺得最要命的就是這個。我二十幾歲的大半光陰都耗在這個人身上，最後他卻厭倦我了。我的意思是，整件事情就是這樣。我讓他覺得厭煩了。我覺得從某種程度上來說，證明我就是這樣的人，對吧？肯定是。寶拉蹙眉回答說：不，不是。愛琳發出緊張不自在的笑聲，捏捏寶拉手臂。對不起，她說，我再請妳喝杯酒吧。

十一點，愛琳獨自躺在床上，側身蜷縮，眼睛下方的彩妝有點糊掉了。她瞇眼看著手機螢幕，點開一個社交軟體的圖標。介面打開來，跑出下載的符號。愛琳拇指滑過螢幕，等待下載，但彷彿突然有了某種衝動似的，又關掉應用程式。她搜尋聯絡人名單，選擇「賽蒙」，按下通話鍵。響了三聲之後，他接起電話，說：喂。

喂，是我，她說，你自己一個人嗎？

---

13 原文「The moon in June falls mainly on the spoon.」源於廣為人知的「The Rain in Spain falls mainly on the plain」，是以moon（月亮）、June（六月）和spoon（湯匙）三個押韻的字，取笑詩人的這首押韻詩不甚高明。

電話另一端的賽蒙坐在飯店房間的床上。他右邊是一扇窗，垂覆米白色的厚窗簾。床對面是一部裝在牆上的電視機。他背靠床頭板，伸長雙腿，腳踝交疊，筆電打開，擱在膝上。沒錯，他說，我自己一個人。妳知道我人在倫敦，對吧？妳都還好嗎？

噢，我忘了。所以現在不是講電話的好時間？我可以掛掉。

不，沒有什麼不好。妳今天晚上不是有詩歌還是什麼的活動？

愛琳把活動的情形講給他聽，還說了「月光慌慌照池塘」的笑話，他很欣賞，哈哈大笑。我們還有一首關於川普的詩，她告訴他。賽蒙說想到這個就讓他興奮得要死。她問他在倫敦參加的那個會議怎麼樣，他花很長的時間描述這場名為「歐盟之外：英國涉外關係展望」的「座談會」。與談人就是四個戴眼鏡、長得一模一樣的中年男子，賽蒙說。我的意思是，他們看起來就像同一個人，只是用修圖軟體修改過，非常超現實。愛琳問他現在在幹嘛，他說他剛結束工作。她翻身仰躺，看著天花板上一點一點隱約可見的霉斑。

這樣有害健康啊，工作到這麼晚，她說。你在哪裡，在飯店房間裡？

是啊，他回答說，我坐在床上。

她縮起膝蓋，讓腳底平貼在床上。她的一雙腿撐起被子，變成一頂帳篷的形狀。你知道你需要什麼嗎，賽蒙？她說。你需要一位小妻子，對吧？一位可以在半夜過來，手搭在你肩膀上說，好了，夠了，你工作得太晚，快來好好睡一覺吧的小妻子。

賽蒙把手機換到另一邊耳朵，說：妳勾勒了迷人的畫面。

你女朋友不能陪你出差嗎？

她不是我的女朋友，他說，她只是我約會的對象。

我不知道這兩者之間有什麼區別。女朋友和約會的對象有什麼不一樣？

我們並沒有定下來，也沒不和別人往來。

愛琳用空下來的那隻手揉揉眼睛，深色的彩妝沾到她手上，又被揉到顴骨上。所以你還和其他人上床，是嗎？她說。

沒有，我沒有。可是我相信她有。

愛琳放下手。她有？她說。天哪，另外那個男的是多有魅力啊？

他似乎覺得很有趣，回答說：我不知道，妳爲什麼問？

我只是說，如果他的魅力比不上你，她幹嘛要這樣做呢？要是他和你一樣有魅力——嗯，我很想認識這個女的，和她握握手。

要是他比我更有魅力呢？

拜託，根本不可能。

他身體稍微往後，更貼近床頭板。妳的意思是我長得很帥？他說。

是啊。

我知道，但請說出來。

她哈哈大笑，說：因爲你長得太帥了。

愛琳，謝謝妳，妳太好心了。其實妳人還不錯。

她頭躺在枕頭上。我今天收到艾莉絲的信，她說。

太好了。她還好嗎？

她說埃登和我分手沒什麼大不了，因爲反正我們在一起也不怎麼快樂。

賽蒙沉默了一會兒，彷彿等她繼續往下說，然後問：她眞的這麼說？

沒錯，說了很多。

妳認爲呢？

愛琳嘆口氣，回答說：算了。

感覺上這也不是敏感的事，沒什麼不能說的。

她閉上眼睛說：你總是替她說話。

我只是說她那個人感覺比較遲鈍。

可是你覺得她戳到重點了。

他蹙著眉頭，把玩床頭櫃上的飯店贈筆。不是，他說，我覺得他配不上妳，但這不一樣。她眞的說這不是什麼大不了的事？

確確實實。你知道她下個星期要去羅馬促銷她的新書嗎？

他放下筆。她要去？他問，我還以爲她要暫時休息一陣子，不做這些事了。

她原本是這樣想的沒錯，但她開始覺得無聊了。

原來。說來好笑，我一直想去看她，但她總是說時機不對。妳擔心她嗎？

愛琳發出刺耳的笑聲。不，我不擔心她，她說，我覺得很煩，擔心你。

妳可以兩個都擔心啊，他說。

你到底站在誰那邊？

他微笑，用低沉安撫的聲音回答說：我站在妳這邊，小公主。

她也露出微笑，是有點不情願的苦笑。她撥開前額的頭髮。你躺在床上了嗎？她問。

沒有，我坐著。除非妳希望我躺在床上和妳講電話。

嗯，我希望這樣。

噢，那好，這可以辦到。

他站起來，把筆電放在牆面鏡前的小寫字檯上。他面前地板的大部分空間都被床佔滿了，白色床單整整齊齊拉緊塞進床墊下。他手拿電話，一面把筆電的電源線插進牆上的電源插孔。

你知道的，如果你的妻子現在在你旁邊，愛琳說，她會幫你解開領帶。你還打著領帶嗎？

沒有。

你現在穿什麼？

他照照鏡子，然後又轉開視線，轉身面床。除了領帶之外，整套西裝都還穿在身上，他說，不過，當然沒穿鞋。我是個文明人，一進門就脫掉鞋子了。

所以接下來要脫西裝外套？她說。

要脫掉外套，他得兩手輪流拿電話。他說：通常的順序是這樣沒錯。

那你這位妻子會幫你脫掉外套，掛起來，愛琳說。

她真是太體貼了。

然後她會替你解開襯衫鈕釦，不是照章行事，而是滿懷愛意與溫柔。已經掛好了嗎？

單手解開襯衫鈕釦的賽蒙說，還沒，衣服要擺回行李箱，帶回家洗。

接下來我就不知道了，愛琳說，你身上繫有任何款式的皮帶嗎？

我有，他說。

愛琳閉上眼睛，繼續說：接著，她解開皮帶，放回擺皮帶的地方。順便問一下，你解下的皮帶都擺在哪裡？

掛在掛勾上。

你是個愛整潔的人，愛琳說。你這位妻子就很愛你這一點。

爲什麼，她也是個愛整潔的人？或者是因爲我們個性恰好相反，所以才更具有吸引力？

嗯，她並不是眞的很邋遢還是怎樣，可是也不像你這麼井井有條。她希望自己也能像你一樣。你脫下衣服了嗎？

還沒，他說，我一直拿著電話，我可以放下一會兒，然後再拿起來嗎？

愛琳露出羞怯不自在的微笑，回答說：當然可以，我又沒把你當人質。

是沒有，但我不希望妳覺得厭煩，掛掉電話。

別擔心，我不會的。

他把電話放在最接近他的床角，脫掉身上的衣服。愛琳閉眼躺著，右手鬆鬆拿著電話，貼近臉龐。身上只剩深灰色內褲的賽蒙拿起電話，頭枕著枕頭，躺在床上。我好了，他說。

你通常幾點下班？愛琳說，只是出於好奇。

差不多八點。通常大約要到八點半，因爲大家都很忙。

你妻子的下班時間要比你早很多。

是嗎？賽蒙說。我嫉妒她。

你回到家的時候，她已經做好晚飯等你了。

他微笑。妳覺得我是老派的人？他問。

愛琳張開眼睛，彷彿有人打斷了她的幻想。我覺得你是個人，她說，被工作拖到八點半才能下班的人，誰不想有頓晚餐在家等著他們啊？如果你寧可回到空蕩蕩的家，自己做晚飯，那我道歉。

不，我不喜歡回到空蕩蕩的家，他說。況且在幻想裡，我一點都不反對有人無微不至地照顧我。只是我對我的生活伴侶沒抱這樣的期待。

噢，我冒犯了你的女性主義原則。我不說了。

拜託，別這樣。我還想聽聽這位妻子和我在晚餐之後做什麼呢。

愛琳再次閉上眼睛。這個嘛，她是個好妻子，當然，所以你如果有工作非做不可，她也會讓你再做一點工作，她說。但不能做到太晚。然後她想上床睡覺。你現在人就在床上，就我所知。

我確實在床上。

愛琳逕自露出大大的微笑，繼續說：你今天上班順不順利？

還好。

你現在很累。

沒累到不能和妳講話，他說，但確實很累。

你這位妻子能察覺到這些細微的差異，所以不需要開口問。要是你今天過得漫長，非常累，那你大概十一點左右上床，妻子會幫你口交，她很在行。但這不是什麼淫蕩的行爲，就只是非常親密的夫妻互動。

賽蒙右手拿電話，左手隔著薄薄的內褲布料摸著自己。不是我不懂感激，但爲什麼我只能得到口交？他說。

愛琳笑起來。你說你很累啊，她說。

哎，我又沒累到不能和我自己的老婆做愛。

我沒質疑你的男子氣概啦，只是覺得你應該會喜歡。反正，我也可能搞錯了，沒關係。你這位太太永遠不會搞錯。

要是她搞錯了也沒關係，我還是會愛她。

我眞心覺得你喜歡口交。

賽蒙咧嘴笑，說：我喜歡，我確實喜歡。但如果只能和這位虛構的妻子共度一夜，那我想要擁有更多一點。如果妳不願意，可以不必講太多細節。

恰恰相反，我就是愛講細節，愛琳說。我們講到哪裡了？你幫你的這個妻子脫掉衣服，這是你向來可以輕鬆駕馭的能力。

他手放進內褲裡。妳人實在太好了，他說。

你可以放心，她很漂亮，但我不會形容她的身材。我知道男人品味喜好各有不同。

謝謝妳恩准我自由想像。她在我腦海裡活靈活現。

眞的？愛琳說，那我可好奇了，她長什麼樣子。是金髮嗎？別告訴我。我敢說她一定是金髮，身高五呎二吋。

他哈哈笑。才不是，他說。

好吧。那就別告訴我。反正，她濕了，因爲她等你撫摸她，已經等了一整天了。

他閉緊眼睛，對著電話說：我可以摸她嗎？

可以。

接下來呢？

愛琳空著的那隻手握住自己的乳房，用拇指指尖在乳頭周圍畫圈圈。嗯，你可以從她的眼神看出來，她很興奮，她說。但也很緊張。她好愛你，但有時候又擔心她不是眞的瞭解你。因爲你有時很疏遠。或者不能說疏遠，只是有點隔閡。我勾勒背景，只是爲了讓你更加瞭解你們性愛的動力。她很緊張，因爲她崇拜你，她希望能讓你快樂，有時候她會怕你不快樂，但她也不知道該怎麼做才好。反正，你上床的時候，她在你下面輕輕搖晃，像片小樹葉。你什麼也沒說，你只是開始幹她。或者像你之前怎麼說來著？你和她做愛。可以嗎？

嗯，他說。她喜歡嗎？

噢，喜歡。我想在嫁給你之前，她很天眞無知，所以你們在床上一起的時候，她會緊緊抓牢你，因爲那感覺太震撼了。她很可能從頭到尾都很想來高潮。你現在對她說，她是個這麼好的女孩，你以她爲榮，你愛她，而她也相信你。要記住，你很愛她，這會讓一切變得不同。你的事情，我知道的雖然不少，但你的這一面我並不清楚。我不知道你和你所愛的女人在一起會怎樣。我離題了，對不起。我之所以提到你妻子給你口交，我想是因爲這是我自己喜歡想像的事，所以才下意識地說出口。你還記得我們在巴黎做過？沒關係，我只是記得你當時很喜歡，讓我有了自信心。哎，我又偏離主題了。我要描述的是你和你妻子做愛的情形。我敢說，她一定漂亮的不得了，而且比我年輕。也許有一點點傻氣，但也是性感的那種傻。要是我更自作多情一點，可能會想，你和妻子在床上的時候，當然不是每一次，但就只是這一次，你開始想我。不見得是刻意的，只是心裡浮現了一些念頭或回憶，就只是這樣。你想的不是現在的我，而是二十歲左右的我。那個時候，你對我眞的很好，你知道的。所以你和你這位完美的妻子做愛，她是天底下最漂亮的女人，你愛她勝過一切，但你在她裡面的時候，有那麼一兩秒鐘，她渾身顫抖喊你的名字，而你想起我，想起我們年輕時一起做過的事情，譬如在巴黎，我讓你洩在我嘴巴裡的那次，你想起當時的感覺有多棒，用那樣的方式擁有我，你告訴我說那很特別。或許是事實，你知道的。如果在這麼多年之後，你和妻子上床的時候還會想起這件事，那麼那次或許是眞的很特別。有些事情就是這麼特別。

他要洩了，呼吸非常沉重。他緊緊閉上眼睛。愛琳不再講話，靜靜躺著，臉龐發熱。他開口，講了「嗯」之類的話。他們兩人沉默了一小段時間。接著，她低聲說：我們可不可以別掛電話，再一分鐘？賽蒙睜開眼睛。從床頭櫃的盒裡抽出衛生紙，開始擦手和身體。

妳想再講多久都可以，他說。眞的很好，謝謝妳。

愛琳笑起來，有點傻裡傻氣的，彷彿鬆了一口氣，雙頰與額頭發亮。哇，不客氣，她說，我忘了你是那種會說「謝謝你」的人。你渾身活力。你是那種百分之九十的花花公子，但時不時故意糊弄別人，表現得像個百分之百的在室男。我不得不說，這讓我很敬佩。但以後我們在眞實生活裡見面，會不會很尷尬？

賽蒙把用過的衛生紙丟在床頭櫃上，又從盒裡抽出一張，說：不會，我們會像什麼事都沒發生過一樣，好嗎？反正我記得妳曾經對我說過，我只有一號表情。

我眞的這麼說？我這人也太殘忍了吧。不過，你至少有兩個表情。大笑和擔心。

他的手輕輕撫過胸膛，微笑。妳不殘酷，他說，妳只是開玩笑。

你的妻子絕對不會這樣對你講話。

爲什麼，她崇拜我嗎？

是啊，愛琳說，對她來說，你像父親一樣。

他發出咕噥一聲，被逗樂了。很好，他說。愛琳咧嘴笑。我敢說你一定覺得很棒，她說，我知道你一定會的。賽蒙的手貼在平坦的腹部，說：妳什麼都知道。愛琳抿緊嘴唇。你的事情，我並不是什麼都知道，她說。他閉上眼睛，一臉疲憊。我想這整個幻想最眞實的一部分，就是我想起在巴黎時候的妳，他說。她深深吸了一口氣，隔了好一會而才靜靜地說：你這樣說，只是爲了感激我。他兀自微笑。這個嘛，感激妳也是應該的，不是嗎？他說，但不是的，我說的是事實。我們可以早點找時間見面嗎？愛琳說好。我會表現得很正常，他說，別擔心。掛掉電話之後，她把充電線插進手機，關掉床頭燈。郊區光害的橘色人造光線穿透她臥房窗戶的薄窗簾。她依然張著眼睛，繼續撫摸自己一分半鐘，悄無聲息地來了高潮，然後翻個身睡覺。

8

親愛的艾莉絲，妳說要去羅馬，是要去工作嗎？我不是想干涉妳的事，但我以爲妳要暫時休息一陣子？當然，我希望妳旅途愉快，只是我在想，這麼快就再次展開公開活動是不是好主意。妳以前寫給我一些誇張的訊息，埋怨妳在出版界認識的每一個人都很噬血，不是想殺死妳，就是想幹死妳，要是這些訊息能幫妳倒乾淨心裡的垃圾，那就繼續寫給我吧。毫無疑問的，妳因爲工作而認識了邪惡的人，但我想妳應該也認識不少無聊、但道德標準正常的人。告訴妳，我不是認爲妳不痛苦——我知道妳很痛苦，所以我才會覺得意外，妳竟然這麼快就要再投入這一切。妳是從都柏林搭機出國嗎？如果是的話，也許我們可以在妳的航班起飛之前想辦法見一面……

坐下來寫這封信給妳的時候，我並不覺得自己心情不好，但我八成心情不好。我並不想讓妳認爲妳可怕的生活其實是一種特別的恩典，雖然從任何理性的定義來看，都絕對是。好吧，我一年大概賺兩萬元，其中三分之二拿來付房租，換得和不喜歡我的人一起住在一間小公寓的機會。而妳一年賺大約二十萬歐元（？），獨自住在一幢宏偉的鄉下別墅。儘管如此，我並不覺得我會比妳自己更喜歡妳現在的生活。任何可以對這種生活樂在其中的人，就像妳說的，腦袋肯定有毛病。但我們都有某種程度的毛病，不是嗎？我今天上網太久，開始覺得沮喪。最慘的是，我眞心認爲網路上的人大多秉持善意，而帶來的刺激衝動也是正確的。但自從二十世紀以來，我們的政治語彙就嚴重且快速崩壞，以至於我們對於當前歷史時刻的解析，基本上也淪爲胡言亂語。每個人都理所當然隸屬於某個特定的身分類別，但與此同時，大部分人卻又不願清晰說明這些類別的組成內涵，或這些類別如何產生，又爲了什麼宗旨而存在。唯一比較清晰的輪廓是，每一個受害族群（生在貧窮家庭的人、女性、有色人種）都有相對的加害族群（生在富裕家庭的人、男性、白人）。但在這個架構之下，受害者與加害者之間的關係較傾向於神學性質，而非歷史性質，因爲受害者先天爲善，而加害者人格爲惡。基於這個原因，個人隸屬於哪一個身分族群，在倫理學上具有至高無上的重要性，而我們大部分的對話都在把個人分類到他們所屬的適當族群裡，也就是說，賦予他們適當的道德分量。

如果嚴肅的政治行爲仍然可能存在——我認爲這在目前仍是未定之論——或許像妳我這樣的人並不會被涵括在內。事實上，我幾乎可以肯定我們會被排除在外。而且老實說，如果我們必須爲人類更大的共同利益而犧牲性命，那我會像隻小羔羊一樣乖乖接受，因爲我不配過現在這樣的生活，更不要說享受了。然而，我也希望能爲這個共同利益貢獻一些心力，無論所謂的共同利益是什麼，也不管我能提供的助力有多微小，都無所謂，因爲我之所以採取行動，其實是爲了自己好——因爲從另一個角度來看，我們施暴的對象也是我們自己。沒有人想過這樣的生活。最起碼，我不想過這樣的生活。我希望能過不一樣的生活，如果有必要，我也可以死，好讓其他人有一天可以過上不一樣的生活。但在網路上搜尋，我找不到太多値得犧牲性命的理念。網上唯一的想法似乎是，我們應該坐視人類的極大痛苦在我們面前展開，等待那些受到最大壓迫、最被剝削的貧窮民衆翻身，告訴我們該如何停止這一切。似乎有某種奇特且難以解釋的信念存在，相信剝削的情況會自然而然觸發解決剝削的方法——而且暗示，如果不這樣順其自然，就是一副施恩的態度，自以爲高人一等，就像直男癌的說教一樣。但如果這情況並無法自動產生解決方案呢？如果我們等待的結果是一場空，飽受痛苦的人到頭來手中並沒有終結他們痛苦的工具呢？擁有工具的我們什麼也不做，只因爲採取行動的人會遭受批評。噢，非常好，說到底，我又曾採取什麼行動呢？我的辯解是，我非常疲累，而且也沒有任何好點子。我眞正的問題在於，別人沒有答案，所以讓我覺得惱火，但我自己也沒有任何答案啊。況且，我是什麼人，哪有資格要求其他人謙卑，敞開心胸？我何曾爲世界做過什麼，哪有資格要求世界給我如此之多的回報？我大可以化成一堆灰塵，這世界也不會在乎。這是理所當然的結果。

反正，我有個新的理論。妳想聽嗎？妳若是不想聽，就跳過這段別看。我的理論是，人類在一九七六年喪失了對美的本能，也就是塑膠成爲廣泛使用的材料那一年。要是妳看看一九七六年之前與之後的街頭照片，就可以看出這個過程中的變化。我知道我們有很好的理由懷疑這是審美的懷舊情緒作祟，但事實就是事實，一九七〇年代之前，人們穿羊毛與棉布製作的耐久衣物，用玻璃瓶貯存飲料，以紙包裹食品，家裡用的是結實的木製傢俱。而今，在我們的視覺環境裡，大多數的物品都是塑膠製品。塑膠是地球上最醜陋的材料，染色之後不是吸收顏色，而是滲出顏色，醜到令人髮指，無以復加的地步。我贊成政府採取行動（能得到我認同的行動並不太多）除非攸關維持人類生活的緊急使用需求，否則不准生產任何形式的塑膠產品。妳覺得呢？

我不知道妳爲何對菲力克斯這個人的態度這麼忸怩。他是什麼人？妳和他上床？並不是說妳非告訴我不可，妳不想說也沒關係。賽蒙什麼事都不再告訴我了。他顯然已經和一個二十三歲的女人約會兩個月，但我還沒見過她。不消說，想到賽蒙——我十五歲的時候，他就已經是二十歲的成年人——和比我小六歲的女人定期上床，就讓我恨不得直接爬進我的墳墓裡。而且他交往的從來就不是滿頭灰褐色頭髮，會對皮耶・布迪厄[14]發表有趣意見的小醜八怪，而是在ＩＧ上擁有一萬七千名追蹤者，可以拿到名牌保養品試用品的模特兒。艾莉絲，我很討厭假裝那些迷人年輕女人的虛榮心令人生厭尷尬，因爲我比她們更糟糕。絕不誇張，要是賽蒙讓這女孩懷孕，我就直接跳出窗戶。想想看，我竟然終此一生都要對隨便哪個女人很好，只因爲她是他孩子的母親。我有沒有告訴過妳，他二月的時候曾經約我出去？他並不是眞的想和我約會，我想他只是要提升我的自信心而已。雖然我們昨天晚上講了一通很詭異的電話……反正：菲力克斯幾歲？他是會寫首關於宇宙的詩給妳的神祕老頭呢，還是有口潔白牙齒的十九歲全郡游泳比賽冠軍？

婚禮過後那個星期，我可以找時間去看妳，如果方便的話——我會在六月的第一個星期一過去。妳覺得呢？如果可以開車去，顯然會比較方便，但搭火車再轉計程車看來也可行。妳無法想像，少了妳，我在都柏林到處晃有多無聊。我眞的非常渴望有妳的再度陪伴。琳。

14 Pierre Bourdieu，1930-2002，法國社會學家。

9

星期三，有個男人在菲烏米奇諾機場接艾莉絲和菲力克斯。這人舉著一個塑膠套，裡面有張紙印著：凱勒赫女士。機場外，夜幕已降臨，但空氣溫暖乾燥，亮晃晃的人工照明光線。司機開的是黑色賓士，菲力克斯坐前座，艾莉絲坐後座。旁邊的車道上，卡車互相飆速超車，一路猛按喇叭，速度快得驚人。抵達公寓之後，菲力克斯提他們兩人的行李上樓：艾莉絲的是有輪子的行李箱，他自己是一只黑色運動提包。客廳很大，裝潢是黃色的，有沙發和電視。穿過開敞的拱門，是看起來摩登且乾淨的廚房。客廳後面通向一間臥房，右邊還有另一間臥房。他們探頭看完兩個房間，他問她想住哪一間。

你選，她說。

我覺得應該讓女生先選。

噢，恕我不能同意。

他皺起眉頭說：好吧，那就付錢的人先選。

這我更不同意了。

他背起他的提袋，伸手握住最近的那間臥房門把。看得出來，這個假期，我們會有很多意見不合的地方。他說。那我住這間，可以嗎？

謝謝你，她說。你睡覺之前，想吃點東西嗎？如果你想的話，我可以上網找家餐廳。

他說聽來不錯。他走進房間，關上門，找到電燈開關，把袋子擺在抽屜櫃上。床鋪後面有扇窗戶，四層樓高，面對街道。他拉開提袋拉鍊，搜尋內側，把東西翻來翻去：幾件衣服，一把附有幾片拋棄式刀片的刮鬍刀，一板錫箔包裝的藥片，還有半包保險套。他找到手機充電器，拿出來，鬆開纏起來的電線。艾莉絲在她房間裡，同樣也拿出行李箱裡的東西，把一件褐色洋裝掛在衣櫃裡，然後坐在床上，點開手機地圖，滑動手指，熟練輕鬆地在螢幕上移動。

四十分鐘之後，他們在一家本地餐館吃飯。餐桌正中央有根點亮的蠟燭，一籃麵包，一小瓶橄欖油，還有一個較瘦長的瓶子，裝的是深色的醋。菲力克斯吃切片牛排，非常生，灑上帕馬森乳酪和芝麻葉。牛排裡面是粉紅色的，宛如傷口。艾莉絲吃加有乳酪和胡椒的義大利麵，手邊有瓶喝掉一半的紅酒。這家餐館人並不多，但其他桌不時傳來交談與笑聲，清晰可聞。艾莉絲對菲力克斯談起她最要好的朋友，一個名叫愛琳的女人。

她很漂亮，艾莉絲說，你想看她的照片嗎？

噢，好啊。

艾莉絲掏出手機，開始滑動社群媒體應用程式。我們是唸大學的時候認識的，她說，當時愛琳很出名，每個人都好喜歡她。她不時得獎，大學報或類似的東西上面總是有她的照片。這就是她。

艾莉絲給他看她的手機螢幕，是個白人女生，深色頭髮，瘦瘦的，靠在顯然是某個歐陸城市的陽臺欄杆上，身邊有個金髮的修長男子，看著鏡頭。菲力克斯從艾莉絲手裡接過電話，微微轉動螢幕，彷彿在調整什麼似的。

沒錯，他說，是很漂亮。

我就像她的跟班，艾莉絲說。沒人搞懂她爲什麼會和我這麼好，因爲她人氣很高，所以大家都有點恨我。但我覺得，她偏偏喜歡找個沒人喜歡的人當好朋友。

爲什麼沒人喜歡妳？

艾莉絲雙手微微揮動。噢，你也知道啊，她說，我很愛抱怨，對什麼事情都有怨言，覺得每個人的看法都不對。

要我說啊，惹惱一下別人也沒什麼大不了。他手指點著照片上那個男人的臉，問：和她在一起的這個是誰？

這是我們的朋友賽蒙，她說。

長得也不錯，嗯？

她微笑。不，不是不錯，是很好看，她說，他本人比照片還帥。他是那種長得帥，又沒因此扭曲自我意識的人。

菲力克斯把手機交還給她，說：擁有這些漂亮朋友，感覺一定很好。

你的意思是，他們對我來說很賞心悅目吧，艾莉絲說，但和他們比起來，我就像跟班的醜八怪。

菲力克斯微笑，哎，妳才不是醜八怪，妳有自己的優點。

比方說我有迷人的個性。

他沉吟一晌，說：妳覺得妳的個性很迷人嗎？

她這時眞心大笑。不，她說，我不知道你怎麼受得了我一天到晚說這些傻話。

這個嘛，我才剛始忍受一小段時間，他說。況且我也不知道，說不定我們熟一點之後，妳就不會這樣了。又或者我不再忍受了。

又或者你會越來越喜歡我。

菲力克斯把注意力轉回餐盤。妳說得也許沒錯，他說，任何情況都有可能。這個叫賽蒙的傢伙，妳也很喜歡他，對吧？

噢，沒有，她說，才沒有。

菲力克斯抬起頭，顯然很有興趣，問：對英俊的傢伙沒興趣，哦？

我喜歡他這個人，她說，而且我很敬重他。他在國會裡的一個左翼小黨團當顧問，雖然他如果去做別的工作，肯定可以賺很多錢。你知道嗎，他是個教徒。

菲力克斯歪著頭，彷彿等她解釋這個笑話。妳的意思是，他信耶穌？他說。

沒錯。

他媽的，這是眞的嗎？他是腦袋有洞還是怎樣？

不，他很正常，艾莉絲說，他不會勸你信教還是什麼的，他對自己的宗教信仰很低調。我相信你也會喜歡他。

菲力克斯在座位上搖搖頭，放下叉子，環顧餐廳，又拿起叉子，但沒馬上開始吃。他會反對同性戀之類的嗎？他說。

不，不會。我的意思是，如果你見到他，可以自己問他。但我相信他對耶穌的信念應該比較傾向於要對窮人友善，捍衛邊緣人之類的。

噢，對不起，但感覺上他像個瘋子。在這個時代，還有這個年紀的人會相信這一套？他應該是從墳墓裡跳出來的古代人，才會做這種事吧？

我們不也都會相信一些蠢事？她說。

我才不會。我只相信眼見爲憑。我不相信天上有什麼偉大的耶穌俯望我們，斷定我們是好人還是壞人。

她盯著他看了好幾秒鐘，什麼話也沒說。最後她回答說：對，也許你不會。但是如果用你這樣的態度對待人生——人生不爲任何目的，沒有任何意義——很多人可能會不快樂。大部分的人都寧可相信人生是有意義的。所以從這個角度來看，每個人都被矇騙了。只不過賽蒙誤信的理念更有系統而已。

菲力克斯開始用刀子把牛排一切爲二。如果他希望能得到快樂，幹嘛不捏造一些更有意思的事情來相信呢？他問。幹嘛非要認爲一切都是罪孽，覺得他自己可能會下地獄？

我想他並不擔心自己會下地獄，他只是想爲這世界做正確的事。他相信對和錯之間是有差別的。我想，如果你認爲到頭來一切都沒意義，那麼也就不可能相信這些。

不，我當然相信對和錯是有區別的。

她挑起一邊眉毛。噢，所以你也被騙了，她說。要是我們終將一死，又有誰能說什麼是對的，什麼是錯的呢？

他告訴她說，他得要想想看。他們繼續吃，但他突然又停下來，再次搖搖頭。

我不是要抓著同志的議題不放，他說，可是他的朋友裡有同志嗎，這個傢伙？賽蒙。

這個嘛，他是我的朋友，但我不全然是異性戀。

菲力克斯覺得很有趣，帶著戲謔的口吻說：噢，好吧。順便告訴妳，我也是。

她迅即抬頭看他，而他迎上她的目光。

妳好像很意外，他說。

我有嗎？

他把注意力轉回菜餚上，接著說：我只是不太在意這個問題。不管對方是男是女。我知道大部分人好像，呃，都認爲這是他們很在意的大問題，但對我來說，並沒有什麼差別。我不會一天到晚告訴人家這個，因爲有些女生不喜歡。要是她們發現你和男人在一起過，就會覺得你有點不對勁，有些女生是這樣啦。但我不介意告訴妳，因爲妳自己也和我一樣。

她啜了一小口葡萄酒，吞下去，然後說：對我來說，愛得深比較重要。我事前不可能知道對象會是誰，不知道他們是男是女，也對他們一無所知。

菲力克斯緩緩點頭。很有意思，他說，這樣的事情是常常發生，還是頻率不太高？不太常發生，她說，而且向來都進行得不怎麼順利。

啊，那太可惜了。可是我敢說，妳到最後還是會順順利利的。

謝謝你，你人眞好。

他繼續吃，她隔著餐桌看他。

我相信一定有人不時愛上你，她說。

他看著她，表情開朗眞誠。他們幹嘛愛我？他說。

她聳聳肩。我們第一次見面的時候，我就有個印象，覺得你一定常常約會，她說，好像什麼事情對你來說都不稀罕，所以很淡然。

我去約會，並不表示大家就會愛上我啊。我的意思是，我們兩個也約過會，可是妳並沒有愛上我，對吧？

她靜靜地回答說：就算我愛上你，也不會告訴你。

他笑起來。眞有妳的，他說，別誤會我的意思，如果妳想愛我，我也很樂於接受。只是這樣一來，我就不得不笑妳腦袋不正常，不過我本來就覺得妳有點不正常。

她用一片麵包抹掉盤子上剩餘的醬汁。你是明智的，她說。

—

星期四上午十點鐘，艾莉絲出版社的一名助理到公寓外面接她，帶她去見幾位記者。菲力克斯整個上午都在市區閒逛，戴著耳機聽音樂，到處看，拍照，上傳WhatsApp群組。有張照片拍的是條有蔭影的鵝卵石窄街，盡頭是沐浴在陽光裡燦爛耀眼的白教堂，明亮的綠色屋頂，綠色窗板。還有一張拍的是輛紅色輕型機車，停在商店門口，門上刻的字非常老派。最後他上傳一張從協和大道遠眺聖彼得大教堂的照片，粉藍色的圓頂宛如裹了糖霜的蛋糕，背景的天空亮得耀眼。在群組的聊天室裡，有個暱稱米克的人回答說：你這傢伙他媽的在哪???暱稱戴夫的人寫道：慢著，你在義大利？去你的哈哈。你這個星期沒上班。菲力克斯輸入回答。

菲力克斯：在羅馬啊寶貝
菲力克斯：笑屎
菲力克斯：和我在tinder認識的女生來的，我回去再說給你們聽

米克：你怎麼能和在tinder上認識的人睡同一間房？
米克：這需要解釋清楚點哈哈哈

戴夫：等等!!是有錢的老女人在網路釣上你了？

米克：噢噢噢

米克：是不想說但我聽過這種事
米克：你醒來會發現腎臟不見了

在這段對話之後，菲力克斯關掉這個群組，又打開另一個聊天室，群組名稱是「十六號」。

菲力克斯：嘿今天記得餵莎賓娜

菲力克斯：不能只給比司吉牠需要有水分的食物

菲力克斯：餵完後拍牠的照片給我看

沒有人立即回答或看到他的訊息。同一時間，在市區另一頭，艾莉絲正為義大利電視臺錄製節目，播出時，她的聲音將會由口譯配上義大利文。從女性主義的觀點來看，這是性別勞動力分工的問題，她此時說。菲力克斯看看手機，在聖天使城堡停下來，俯望河流。他戴著耳機，正在聽〈*I'm Waiting for the Man*〉。光線質地爽利，是金色的，映下一條條長方形的暗影。下方的臺伯河水是淡綠色的，帶點乳白。菲力克斯靠在寬闊的白色石欄杆上，掏出手機，打開照相機程式。這部手機已經用了好幾年，不知為何，打開照相機功能的時候，音樂功能突然跳掉，然後關閉。他惱火地摘下耳機，拍了張城堡的照片。他就這樣伸長手臂，把手機拿得遠遠的，停了好幾秒鐘的時間，任由耳機鬆垂在橋欄上。這個動作看不出來他是想把眼前的景物看得更清楚一點，用另一個角度再拍張照片，又或者只是想讓手機無聲無息地從手上滑落，掉進河裡。他就這樣伸長手臂站著，一臉沉重，但也許他只是因爲陽光熾烈才皺起眉頭而已。他沒再拍任何照片，把耳機線捲起來，手機收進口袋，繼續走。

這天晚上艾莉絲要在文學季上朗讀。她告訴菲力克斯，他不必出席，但他說他沒別的計畫。也許去聽聽妳的書到底在講什麼，他說，因爲我應該是不會看的。艾莉絲說如果活動很棒，他說不定會改變心意。但他向她保證，他絕對不會。活動在市中心區外舉行，地點是一幢內有音樂廳，並有好幾場當代藝術展覽的大型建築。各個迴廊都很熱鬧，因爲有不同的朗讀會和講座同時舉行。出版社的人在活動開始之前就抵達，帶艾莉絲去見即將在舞臺上訪問她的那名男子。菲力克斯戴著耳機四處逛，查看訊息和社群媒體的動態牆。他看見一則新聞，有個英國政治人物針對血腥星期日[15]發表很無禮的言論。菲力克斯拉回動態牆頂端，重刷更新，等待幾個新的貼文載入，然後又再刷一次，反覆好幾次。他甚至沒細看新貼文，就再次更新頁面。而同一時間，艾莉絲坐在沒有窗戶的房間裡，面前一缽水果，說：謝謝，謝謝你，你眞是太客氣了，很高興你喜歡。

---

15 Bloody Sunday，指一九七二年一月三十日，在北愛爾蘭發生英軍向遊行者開槍，造成十四人死亡，十三人受傷的慘劇。

大約有一百個人參加艾莉絲的活動。她在臺上朗讀五分鐘，然後和訪談者對談，最後接受現場提問。她旁邊坐了位口譯，在艾莉絲耳邊翻譯提問的問題，然後再把艾莉絲的回答翻譯給聽眾。這位口譯動作迅速，非常有效率，聽艾莉絲講話的時候，拿著筆在簿子上快速記下，然後一刻也沒停頓地大聲翻譯出來，講出她記在本子上的每一句話，等艾莉絲再次開口，就又開始記。菲力克斯和其他人一起坐在聽眾席裡聽。艾莉絲只要講了什麼好笑的話，他就和聽得懂英文的聽眾一起笑。其餘的聽眾要稍遲一點，等口譯翻譯出來才會笑，或者根本沒笑，因爲笑話沒被翻譯出來，又或者因爲他們並不覺得好笑。艾莉絲回答了有關女性主義、性欲、詹姆斯·喬伊斯作品、天主教會在愛爾蘭文化中的角色等問題。菲力克斯究竟是覺得她的回答很有意思，還是很無趣呢？他是想著她呢，還是想著其他事情、其他人？而在舞臺上談自己作品的艾莉絲，也想著他嗎？在此時此刻，他是因她而存在嗎？倘若是，又是哪一種形式的存在呢？

活動結束之後，她坐在桌子後面爲讀者簽書，簽了一個小時。他們請他和她坐在一起，但他說他寧可不要。他走到外面，沿著建築周邊繞一圈，抽了根菸。後來艾莉絲出來找他，出版社的布麗吉達陪她一起，還說要請他們兩人吃晚飯。布麗吉達一直說只是「簡單」吃個晚飯，艾莉絲兩眼無神，講話的速度比平常還快。相反的，菲力克斯比平常還安靜，甚至有點悶悶不樂。他們三個和也在出版社工作的里卡多一起坐進車裡，開往市區的一家餐廳。前座的里卡多和布麗吉達用義大利文交談。坐在後座的艾莉絲問菲力克斯：你是不是無聊得要命？他沉吟一晌後說：我爲什麼會無聊？艾莉絲臉色發亮，生氣蓬勃。要是我就會，她說，除非必要，否則我絕不參加文學朗讀會。菲力克斯盯著指尖，低聲嘆息。妳很擅長回答問題，他說，他們事先給妳題目，還是妳即席回答？她說她事前沒看過題目。只是表面上聽來流暢而已，她說，我沒講什麼眞正有具體內容的東西。但能讓你留下好印象，我很高興。他看著她，用有點心照不宣的語氣說：妳是不是嗑了什麼？艾莉絲露出意外且無辜的表情，回答說：沒有。你這話什麼意思？

只是覺得妳有點過動，他說。

噢，對不起，公開演講之後，我有時候會這樣，我想。是因爲腎上腺素還是什麼的，我會想辦法讓自己鎮靜下來。

不，別擔心這個。我只是想問妳我可不可以也來一點。

她大笑。他懶洋洋地把頭往後靠在椅背上，綻開微笑。

我聽說他們都吸古柯鹼，她說，在這一行裡。不過從來沒有人給過我。

他轉頭看她，勾起了興趣。哦，是嗎？他說。在義大利，還是在所有的地方？

所有的地方，我是這麼聽說的。

太有意思了，要是有機會，我不介意來一點。

你希望我問嗎？她說。

他打個哈欠，看著前面的里卡多和布麗吉達，用手指揉掉眼睛的睡意。我覺得妳寧可去死也不想問吧，他說。

可是如果你希望我問，我就會去問，她回答說。

他閉上眼睛。因爲妳愛我，他說。

嗯，艾莉絲說。

他靠在椅背的頭枕上，動也沒動，彷彿睡著了。艾莉絲打開電子郵箱，開始寫一封新的信給愛琳：要是我下回再說我要帶個完全陌生的人來羅馬請別客氣告訴我這是個爛點子。她送出郵件，把手機擺回皮包裡。布麗吉達，她高聲說，我們上回見面的時候，妳正在搬家。布麗吉達從前座轉頭。是啊，她說，我現在住得離辦公室比較近。她描述新住處和舊住處的差別，艾莉絲點頭，說著：上一間公寓有兩間臥房？可是我記得沒電梯……菲力克斯轉頭看窗外。羅馬的街道一條條現身又消失，往後退進黑暗裡。

10

再詳細說說我上封信裡提到的那個陌生人吧：菲力克斯和我同年，二十九歲。要是妳想知道我有沒有和他上床的話，那我告訴妳：沒有。但我不認爲這個訊息可以讓妳更瞭解我們的情況。我們有過一次失敗的約會，當時我就告訴過妳了，在那之後什麼也沒發生。我猜妳眞正想問的不是我們之間有沒有發生性行爲，而是整體來說，我和他的關係究竟有沒有性愛層面。我想是有的。但是，我想所有的關係都應該是這樣的吧。我眞希望有個關於性學的厲害理論可以讓我好好研讀一下。目前大部分的理論好像都在探討性別——但性本身呢？我的意思是，如果性本身有道理可言的話？在我看來，碰到某些人，對他們懷抱性的遐想，但沒有眞正的性行爲，是很正常的。或者更具體來說，沒想像過和他們有性行爲，甚至連想都沒想過這個問題，在我看來也很正常。這表示說，性行爲具有「其他」的意涵，並不僅僅是性愛的行爲本身。甚至我們的性經驗很可能多半也是這個「其他」。那什麼是「其他」呢？我的意思是，我對菲力克斯有什麼感覺——

從未和我有過任何肢體接觸的他——竟會讓我覺得我們的關係具有性意涵？

對於「性」的問題，我想得越多，就越覺得困惑與龐雜，也越覺得我們的討論太過瑣碎。要設法「逐漸接受」你的性欲：這個概念的基本意思似乎就是瞭解你自己喜歡的究竟是男人或女人。對我來說，知道我既喜歡男人也喜歡女人，大概只佔了這個過程的百分之一吧，說不定還不到。我知道我是雙性戀，但我不認爲這是我的身分認同——我的意思是說，我並不覺得我和其他的雙性戀者有什麼特別的共同點。對於自己的性認同，我其他的所有問題似乎都更加複雜，也沒有明確可循的方法能找到答案，甚至就算我找到答案，也沒有語言可以加以闡述。我們如何判斷哪一種性愛能讓我們樂在其中，又爲什麼？或者，性愛對我們的意義是什麼，我們有多希望擁有性愛，又是在什麼樣的情境之下擁有？透過我們性傾向的種種層面，我們可以對自己有哪些瞭解呢？又有什麼專門術語可以用來涵括這一切呢？在我看來，我們隨時隨地都能感覺這股強烈到荒謬程度的衝動與欲望，強烈得足以讓我們想拋棄自己的生命，摧毀我們的婚姻與事業，但卻沒有人眞正設法解釋這些欲望究竟是什麼，或從何而來。在現實生活裡，我們對性能力的討論多到令人筋疲力竭、欲振乏力的地步，而相較之下，我們對於性本身的思考和討論卻極其有限。我寫下這些想法給妳的時候一面想，妳是不是會覺得我瘋了，因爲妳或許不像我這樣，隨時隨地都感受到強烈的性欲。也許沒有人像我這樣，我不知道。大家都不會敞開胸懷談這些事。

有時候我會覺得人與人之間的關係像沙或水那般柔軟，只要倒進某個容器裡，就能賦予它們特別的形狀。所以媽媽和女兒的關係就是被倒進寫有「母親與子女」標籤的容器裡，然後這個關係就變成和這個容器同樣的形狀，無論如何，都留在裡面。某些處得不開心的朋友說不定可以是很好的姐妹，結了婚的夫妻說不定當父母子女更好，誰知道呢。但是，建立一段沒有任何預設形狀的關係又是什麼情況呢？把水倒出，任其流下，我想水並不會變成任何形狀，就只是四處流淌。這有點像我自己和菲力克斯，我想。我倆之間的關係沒有任何明確的路徑可循。我不相信他會說我是他的朋友，因爲他有自己的朋友，而且他和他們的關係與他和我的關係大不相同。我認爲他和他們的距離，比他和我的距離來得近很多。但同時，在某些方面，我們又比其他朋友更親近，因爲我們的關係並未受到任何界線或慣例的限制。換句話說，我們的關係之所以不同於其他人，並不是他或我的問題，也不是他和我的某些個人特質，或我們各自個性組合在一起的結果所致，而是我們兩個相處的方法——也許應該說是欠缺方法才對。說不定我們終將離開彼此的生活，或者成爲朋友還是什麼的。但無論最後情況如何，至少都是這個實驗的成果，有時候我會覺得結果將是離譜的大錯誤，但有時卻又覺得這是唯一值得擁有的關係。

除了我和妳的友誼之外，我必須趕快聲明。但我認爲，關於美的本能，妳的看法並不正確。人類失去美的本能，是在柏林圍牆倒塌的那一刻。我不想再和妳辯論蘇聯的問題，但蘇聯死亡之日，歷史也死了。我視二十世紀爲一個長長的疑問句，而到頭來，我們都搞錯答案了。出生在世界終結之時的我們，豈不是非常不幸的寶寶嗎？在那之後，地球已無機會，我們也再無機會。但或許這只是某種文明的終結，我們文明的終結，在未來的某個時刻，會有另一種文明取而代之。倘若眞是如此，那我們此時就是在黑暗來臨之前，站在最後一間還亮著燈的房間裡，成爲某種形式的見證人。

我可以提出另一種假設：美的本能仍存在，至少在羅馬是如此。我們當然還可能去梵蒂岡博物館看拉奧孔雕像，或者也可以到小教堂裡把銅板塞進投幣孔，欣賞卡拉瓦喬的作品——博爾蓋塞美術館甚至有貝尼尼的冥王綁架普洛塞琵娜雕像，天生是個感官主義者的菲力克斯承認，他特別喜歡這個作品。但那裡也有暗色芳香的橙樹，裝在小白杯裡的咖啡，藍色的午後，金色的傍晚……

我有沒有告訴過妳，我沒辦法再讀當代小說？我想是因爲我認識太多寫這些小說的人。我常在文學季上見到他們，喝紅酒，說誰又幫誰在紐約出版了新書。埋怨世界上最無聊的事——曝光不足，書評不佳，或其他人賺了更多錢。誰在乎？然後他們就走開，去寫他們那些刻畫「普通生活」，多愁善感的小說。事實是，他們對所謂的「普通生活」一無所知。他們大部分都已經幾十年沒抬頭看看眞實世界了。這些人從一九八三年起就坐在鋪著白色亞麻桌巾的桌子前面，抱怨書評不佳。我才不在乎他們對普通人有什麼想法。就我所知，他們談這個問題的時候，根本就站在錯誤的位置發聲。他們幹嘛不寫他們自己眞正過的生活，他們眞正迷戀的東西呢？爲什麼他們要假裝迷戀死亡、哀慟和法西斯主義——事實上他們心心念念的只是他們的新書能不能得到《紐約時報》的評論？噢，順便告訴妳，他們之中有許多人都像我一樣出身普通家庭。他們並不是小資產階級家庭的子女。問題是，他們離開了普通生活——也許出第一本書的時候還沒有，要等到出第三本或第四本的時候，但無論如何，那都已經是很久以前的事了——如今他們回顧過往，想憶起所謂的普通生活是什麼樣子，但距離實在太過遙遠，他們不得不瞇起眼睛。如果小說家誠實寫他們自己的生活，那就沒有人要讀小說了——合情合理！也許到那時我們終於必須坦然面對目前的文學生產體系錯得有多離譜，哲學上的誤謬有多深——讓作家遠離普通生活，用力關上他們背後的門，告訴他們說他們有多特別，他們的意見有多重要。他們去柏林度週末，接受四個報紙專訪，三個攝影邀約，兩場行銷活動，三場每個人都抱怨書評不佳的悠閒冗長晚宴，然後回到家，打開老舊的蘋果筆電，開始寫精心描繪「普通生活」的小說。我不是隨便說的：這眞的讓我想吐。

當代歐美小說的問題是，靠著掩藏地球上大部分人的眞實生活景況，來成就它們的結構完整性。如果小說坦率面對數百萬人被迫承受的貧窮苦難生活，刻畫那貧窮與苦難的眞實景況，然後同步描述小說「主要角色」的生活，這樣的作品不是被認爲庸俗乏味，就是被批評藝術成就不高。簡而言之，在大部分人口受到越來越快、越來越殘酷的剝削之時，還有誰會在乎小說主角發生了什麼事？誰會在意主角是在一起還是分手？在這個世界裡，那樣的事情有什麼重要？所以小說就努力抹去這世界的眞相——把眞相包得嚴嚴的，藏在亮閃閃的文本之下。於是，我們就像在現實世界裡一樣，再次在意他們是分手還是在一起——如果，就只是如果，我們可以成功忘掉比這些更重要的事情，也就是說我們忘掉所有的事情。

從這個角度來說，我自己的小說，不必贅言，自然就是最惡劣的罪魁禍首。爲此，我想我不會再寫小說了。

妳寫上一封信的時候，心情很不好，說了什麼要爲革命而死之類很可怕的話。我希望妳收到這封信的時候，願意多想想爲革命而活，想想那樣的生活會是什麼模樣。妳說沒什麼人在乎妳發生什麼事，我不知道這是不是事實，但我確實知道我們幾個人非常非常在乎——例如我，賽蒙，妳媽媽。我也非常肯定，被深深所愛（就像妳）遠比廣受歡迎（妳應該也是！但我不會費事再舉例說明）要來得好。不好意思，抱怨了那麼多新書行銷的事，這不是任何心智正常的人想聽的。對不起，我告訴妳說我要長時間休息，不再參加公開活動，結果卻飛到羅馬來促銷新書，只因爲我很懦弱，不想讓人失望。（我也要道歉，飛來羅馬之前，我們沒能見到面，但這其實不是我的錯——因爲出版社幫我訂了車，直接送我到機場。）妳說得沒錯，我賺太多錢，過著不負責任的生活。我知道我一定讓妳覺得很厭煩，但我對自己的厭煩程度不下於妳——我很愛妳，我感激妳，爲了一切的一切。

反正，好吧，請在婚禮之後來看我。我是不是應該邀賽蒙一起來？我們兩個可以一起對他說清楚，爲什麼他不該和比我們年輕，同時又漂亮得不得了的女人約會。我現在還不太確定這究竟錯在哪，但在那之前，我一定會想出個答案來。愛妳，艾莉絲。

11

接到電子郵件之後的這個晚上，愛琳穿過聖殿酒吧區，走向貴婦街。這是五月初晴爽的週六傍晚，陽光斜射，在建築正面映下一條條金色的光影。她在棉布印花洋裝外面套上皮夾克，走過身邊的男人——穿刷毛外套和靴子的年輕人，穿合身襯衫的中年人——和她四目交接時，她似有若無地微笑，轉開目光。八點半，她走到舊中央銀行對面的公車站。她從皮包裡拿出一條薄荷口香糖，剝開包裝紙，放進嘴裡。車輛往來，街道的陰影緩緩向東移動，她用指尖撫平錫箔包裝紙。手機開始響，她從口袋裡掏出來，看看螢幕。是她媽媽打來的。她接了電話，互道哈囉之後，說：聽我說，我正在市區等公車，可以晚一點再打給妳嗎？

你爸爲了迪爾德麗．普倫德加斯特的事很難過，瑪麗說。

愛琳嚼著口香糖，瞇眼看駛近的公車，想確定是幾號車。是喔，她說。

妳能不能和蘿拉說一下？

公車駛過，沒停。愛琳手指摸摸額頭。所以爸因爲蘿拉而不開心，他告訴妳，妳告訴我，然後就要由我去和蘿拉談，這樣合理嗎？

如果這對妳來說太過分，那就算了。

又一輛公車駛近，愛琳對電話說：我得走了，明天再打給妳。

公車門打開，她上車，刷票卡，坐到上層靠前方的位子。她在手機的地圖程式上輸入一家酒吧的名字，公車穿過市中心，往南駛去。愛琳手機螢幕上，一個跳動的藍點也開始沿著同樣的路線往她的最終目的地而去，車程需要十七分鐘。她關掉應用程式，開始寫訊息給蘿拉。

愛琳：嗨，妳最後還是沒邀迪爾德麗來參加婚禮？

不到三十秒，她就收到回覆。

蘿拉：哈哈哈，爸媽讓妳來替他們幹這個髒活，希望他們付妳的錢夠多。

愛琳看見這個訊息，眉毛緊蹙在一起，鼻子呼出一口氣。她按下回覆鍵，開始輸入回答。

愛琳：妳當真不邀請親戚參加妳的婚禮？妳知道這有多可惡，多幼稚嗎？

她關掉訊息程式，重新打開地圖。遵照螢幕上的藍點指示，按下車鈴，走下樓梯。她謝謝司機，下車，不停仔細查看地圖，沿著公車駛來的方向往回走，經過一家髮廊，一家女裝店，越過人行穿越道，直到螢幕出現一面小旗子，與一行藍色的字：你已抵達目的地。她吐出口香糖，重新用錫箔紙包好，丟進附近的白色垃圾桶裡。

入口是個狹窄的門廊，進去之後是前廳酒吧，後面是有沙發與矮桌的包廂，一盞盞紅色燈泡照亮一室。這裡看起來像尋常人家，彷彿是古早時代的大客廳，只不過浸在可怕的紅色光線裡而已。愛琳一進門，馬上有幾個朋友和熟人和她打招呼，放下杯子，從沙發站起來擁抱她。她看見一個名叫達拉的男子，便愉快地說：嘿，生日快樂！之後她點了杯酒，和朋友寶拉一起坐在稍微有點黏黏的皮沙發上。牆上的擴音器播放音樂，房間盡頭的洗手間門每隔一段時間就打開，流洩出白色的光線，但馬上就又關上。愛琳看看手機，看見蘿拉又傳了新的訊息來。

蘿拉：我最好想聽某個三十歲還做爛工作賺不了錢住破公寓的人說我幼稚……

愛琳瞪著螢幕看了好一會兒，把手機收進口袋裡。她旁邊的女人叫羅欣，正在講她那間一樓公寓窗戶破了，房東卻拖了一個多月都不肯修。之後，每個人都開始講租屋市場的可怕故事。一個鐘頭，兩個鐘頭，就這樣過去了。寶拉又點了另一輪酒。吧檯後面端出裝在大銀盤上的餐點：小香腸、淋上醬汁閃閃發亮的雞翅。十點五十分，愛琳起身，走向洗手間，再次從口袋裡掏出手機。沒有新的通知。她打開訊息程式，點下賽蒙的名字，出現前一晚的對話串。

愛琳：安全到家了？

賽蒙：是的，正要傳訊給妳。

賽蒙：我可能會送妳一個禮物。

愛琳：真的??

賽蒙：妳應該很想知道，渡輪上的免稅瑞士三角巧克力有特價。

賽蒙：妳明天晚上有事嗎？

愛琳：其實有……

愛琳：達拉明天要慶生，對不起。

賽蒙：好吧。

賽蒙：那這個星期可以見面嗎？

愛琳：一定要。

這是對話串的最後一句。她上洗手間，洗洗手，對著鏡子補唇膏，用衛生紙按擦掉多餘的口紅。洗手間門外有人敲門，她高聲說：等一下。她一臉病容地看著鏡子，雙手把臉往下拉，讓顱骨顯得凸出，在天花板慘白的日光燈照射下，看來非常怪異。門外的人又敲了敲門。愛琳把皮包揹在肩上，打開門，走進酒吧。她坐在寶拉旁邊，端起她喝了一半留在桌上的酒。所有的冰塊都融化了。現在在聊什麼？她說。寶拉說他們正聊起共產主義。現在每個人都在談這個話題，愛琳說，眞是不可思議。我以前剛開始和人聊馬克思主義的時候，大家都笑我。現在每個人都在聊。這些剛加入的人拼命想把共產主義變得很酷，我眞的很想對他們說，歡迎登機，同志們。羅欣舉杯，達拉也是。愛琳微笑，看來有幾分醉意。餐盤撤走了？她問。坐在她對面那個叫蓋瑞的傢伙說：只是我們這裡沒有誰是眞正的勞工階級。愛琳揉揉鼻子。是啊，她說。嗯，馬克思不會同意你的觀點，但我理解你的意思。

大家都喜歡自稱勞工階級，蓋瑞說，但這裡沒有半個人眞正出身勞工背景。

沒錯，但這裡的每一個人都爲生活、爲付租金給房東而工作，愛琳說。

蓋瑞挑起眉毛，說：付房租並不會讓妳變成勞工階級。

是啊，工作也不會讓你變成勞工階級。拿一半的薪水付房租，名下沒有任何財產，被老闆壓榨，這些都不會讓你變成勞工階級，對吧？所以要怎麼樣才能成爲勞工階級，擁有特殊口音？

他忿怒大笑，回答說：妳覺得妳可以開著妳爸的ＢＭＷ到處去，然後一轉身就說妳是勞工階級，只因爲妳和妳老闆處不來？這可不是什麼流行時尚啊，妳知道嗎。這是身分認同。

愛琳吞下一口酒。現在什麼事情都是身分認同，她說。其實呢，你又不認識我。我不知道你爲什麼說這裡沒有半個勞工階級，你根本對我一無所知。

我知道妳在文學雜誌工作，他說。

天哪。換句話說，我有工作。這是不折不扣的小資產階級行爲。

達拉說他覺得他們只是用同一個「勞工階級」的名詞，描述兩個不同的族群：一個是範圍比較廣的族群，指的是收入主要來自於勞動而非資本的人；另一個則主要是郊區的貧窮族群，具有獨特的文化傳統與象徵意義。寶拉說中產階級也可以是社會主義分子，而愛琳說中產階級根本就不存在。這時每個人都試圖要說服其他人。愛琳再次查看手機。沒有任何新的訊息，螢幕上的時間顯示十一點二十一分。她喝光杯裡的酒，開始穿外套。她做個飛吻，和桌上的其他人道別。我要回家了，她說。生日快樂，達拉！下回見啦。在嘈雜的噪音與交談聲中，似乎只有少少幾個人注意到她離去，對著她離去的背影揮手，呼喊。

十分鐘之後，愛琳又搭上公車，這一輛是開回市中心的。她獨自坐在上層的窗邊座位，從口袋掏出手機，解除螢幕鎖定，打開社群媒體程式，輸入「埃登．拉文」，按下搜尋結果的第三個建議對象。他的個人資料下載之後，愛琳幾近無意識地開始往下滑，看他最新的貼文，彷彿不是突然感興趣，而是出於習慣。點了幾下之後，她從埃登．拉文的頁面跳到用戶「眞人版死神少女」的頁面，等待下載。公車停在聖瑪麗學院站，車門打開，乘客走下樓梯。頁面下載完成，愛琳心不在焉地捲動，查看她的最新動態。公車開動，下車鈴又響起。有人坐到愛琳身邊，她抬頭，露出禮貌的微笑，然後又低頭看手機螢幕。兩天前，「眞人版死神少女」貼出一張新照片，標題是：「這可悲的案例」。照片上是這位用戶雙臂摟著一個深色頭髮的男子。這男人被標記的人名是埃登．拉文。愛琳看著這張照片，嘴巴微微張開，但馬上又闔上。她手指點著螢幕，把照片拉大。這男人身穿紅色燈芯絨外套，摟著他脖子的那女人，有雙迷人的手臂，豐潤有型。這張照片得到三十四個讚。公車又停靠另一站，愛琳的注意力轉到窗外。他們停在葛洛夫公園站，就快到運河了。她臉上突然浮現意識到自己身在何處的表情，蹙起眉頭，踉蹌站起來，擠過身旁的乘客前面。車門打開時，她上氣不接下氣地跑下樓梯，對著後照鏡謝謝司機，走到馬路上。

時間已近午夜，街角已熄燈的商店樓上，星星點點的暈黃燈光從公寓窗戶透出來。愛琳拉上夾克的拉鍊，把皮包在肩上揹好，看似堅決地往特定方向步行而去。她一面走，一面掏出手機，再次看著那張照片，然後清清嗓子。街道非常安靜。她把手機收進口袋，雙手用力撫平夾克前襟，彷彿想把衣服拂淨。越過街，她的腳步快了起來，每一步都跨得大大的，一直走到一幢大門裡有六個塑膠帶輪垃圾桶排排站的高大磚造連棟樓房。她仰頭望，發出奇怪的笑聲，伸手搓搓額頭。她穿過碎石道，按前門的門鈴。五秒鐘，十秒鐘，什麼動靜也沒有。十五秒。她搖搖頭，嘴唇無聲蠕動，彷彿預習想像中的對話。過了二十秒。她轉身離去。就在這時，塑膠擴音器裡傳來賽蒙的聲音說：喂？她轉身，瞪著擴音器，什麼話也沒說。喂，又是他的聲音。她按下按鈕。

嘿，她說，是我。對不起。

愛琳，是妳嗎？

是的，對不起，是我，我是愛琳。

妳還好嗎？他問。上來，我幫妳開門。

門鎖開啓的聲音響起，她走進門裡。玄關的燈非常之亮，不知是誰的腳踏車靠在信箱上。愛琳爬上樓梯時，覺得夾在腦後的頭髮鬆了，所以用她修長靈巧的手指仔細地把頭髮重新夾好。她看看手機上的時間：十一點五十八分，拉開夾克拉鍊。賽蒙家的門已經打開了。他光腳站在門口，因爲玄關的燈光而蹙起眉頭，眼睛有點浮腫，睡意迷濛。她停在樓梯口，手扶欄杆。噢，天哪，對不起，她說，你已經睡了嗎？

都還好嗎？他問。

她垂下頭，彷彿筋疲力盡，或者是羞愧，閉上眼睛。過了幾秒鐘，她才張開眼睛，回答說：都很好。我只是參加完達拉的慶生會要回家，很想見你。我沒多想——我不知道我爲什麼以爲你還沒睡。我知道時間很晚了。

其實還不算很晚。妳要進來嗎？

她仍然盯著地毯，緊張地說：不，不，我不該吵你。我眞是太蠢了，對不起。

他閉上一隻眼睛，打量站在樓梯口的她。別這樣說，他說，進來吧，我們喝杯酒。

她跟著他走進屋裡。只有廚房的燈是亮的，幽微的一圈光往外照亮整個小公寓。一個晾衣架靠在後牆，晾滿各式衣物：T恤、襪子、內衣。她走進來之後，他關上門，她脫下夾克和鞋子。她站在他面前，謙卑地盯著地板。

賽蒙，她說，我可以請你幫個忙嗎？你可以拒絕，我不會在意。

沒問題。

我可以和你一起睡在你的床上嗎？

他盯著她看了好久才回答。可以，他說，沒問題。妳真的沒事嗎？

她點點頭，還是沒抬眼看他。他拿杯子在水龍頭下給她裝了杯水，兩人一起走進他的房間。這是個潔淨的房間，地上鋪深色地板，正中央是張雙人床，被子掀起，床頭燈亮著。門對面是一扇窗，百葉窗已拉下。賽蒙關掉燈，愛琳解開洋裝釦子，往上拉起脫掉，掛在他的椅背上。他們爬到床上。她拿起杯子喝了點水，然後躺在他身邊。好幾分鐘的時間，他們就這樣動也不動，沉默不語。她轉頭看他，但他背對她，她隱約只看得見他的後腦勺和肩膀。你可以抱我嗎？她問。他遲疑了一晌，彷彿要說什麼，但只是轉過身來，手臂環抱她，喃喃說：嗯，沒問題。她挨近他，臉靠在他脖子上，兩人身體緊貼。他喉嚨發出近似「嗯」的聲音，接著吞了吞口水。對不起，他說。她的嘴在他頸間。沒關係，她說，這樣很好。他深吸一口氣。是很好，他說，妳沒喝醉吧？她眼睛閉著。沒有，她說。她手伸進他內衣裡。他緊閉雙眼，輕聲呻吟。她就這樣摸著他好一會兒，動作很慢。她抬頭看他，看著他閉上的眼皮，濕潤潤的，嘴巴微張。可以嗎？她問。他說可以。他們脫掉內衣。我拿保險套，他說。她告訴他說她在吃避孕藥，他似乎有點猶豫。噢，他說，就這樣，呃？她點點頭。他們側躺，面對面。他摟住她的臀部，進到她裡面。她迅速吸一口氣，他的手搓揉著她髖骨硬硬的凸出部分，兩人就這樣靜靜不動好一會兒。他更貼近她一些，她閉上眼睛輕輕啜泣。唔，他說。我想讓妳翻過來仰躺，可以嗎？我覺得那樣可以插得更深一點，如果妳也希望的話。她眼睛還是閉著。好，她說。他抽出來，她翻身仰躺。他再次進入時，她喊叫出聲，抬腿夾住他的身體。他用雙手撐起身體，閉上眼睛。一分鐘之後，她說：我愛你。他呼出一口氣，低聲回答：啊，我一直沒——我也愛你，非常非常愛。她的手在他背上游移，張開嘴巴大口吸氣。愛琳，他說，對不起，我覺得我已經快來了。我只是，我沒——我不知道，對不起。她臉熱燙燙的，喘不過氣來，搖搖頭。沒關係，她說，別擔心，別說對不起。他完事之後，他倆依偎在彼此臂彎裡好一晌，氣喘噓噓。她的手指摸著他的頭髮。他的手緩緩往下，溫暖沉重地滑過她的腹部，直探進她雙腿之間。這樣可以嗎？他問。她閉上眼睛，喃喃低語：可以。他的中指伸進她裡面，拇指輕撫她的陰蒂，她輕聲呢喃：對，對。他倆放開彼此之後，她翻身仰躺，踢掉腿上的被子，讓呼吸緩過來。他側躺，眼睛半閉，看著她。還好嗎？他問。她發出顫抖似的笑聲。很好，她說，謝謝你。他疲倦微笑，目光滑過她那癱在床墊上的修長軀體。隨時奉陪，他回答說。

早晨，他的鬧鐘在設定好的八點鐘響起，吵醒他倆。賽蒙用手肘撐起身體坐起來，關掉鬧鈴。愛琳仰躺著，手指揉揉眼睛。百葉窗的邊緣透進來一條長方形的白色晝光。你今天早上有事嗎？她問。他從床頭櫃上拿起手機。我要去望九點鐘的彌撒，他說，不過我可以晚一點再去，早去晚去都沒差。閉眼躺著的她看起來很快樂，頭髮凌亂披散在枕頭上。我可以和你一起去嗎？她說。他低頭盯著她看了一會兒，然後就只回答一句：當然可以。他們一起起床，她淋浴的時候，他煮咖啡。她裹著白色浴巾從浴室出來，隔著廚房流理臺和他親吻。要是我望彌撒的時候有了不好的念頭怎麼辦？她問。他搓搓她披著濕答答頭髮的頸背。像昨天晚上那樣的念頭？他說，我們做的又不是壞事。她親吻他T恤肩膀的縫線。他做早餐，她穿衣服。快九點鐘的時候，他們一起出門，走向教堂。教堂裡很涼，幾乎沒有人，飄著濕氣與薰香的味道。神父唸了路加福音，並講了一段關於愛心的教理。領聖餐時，唱詩班唱著〈主，我在這裡〉。愛琳讓賽蒙從長椅起身，看著他和其他教友一起排隊。教友們多半很年長。唱詩班在他們背後的詩班席唱著：黑暗中我賜光明。愛琳在座位裡挪動身體，好看見走到聖壇前面領聖體的賽蒙。他轉身低聲禱告。她雙手擱在膝上坐好。他仰頭看著上方的大圓拱穹頂，嘴唇默然蠕動。她用探究的表情看著他。他回到她旁邊坐下，手貼在她手上。他的手沉甸甸的，一動也不動。然後他跪在和長椅連接在一起的跪墊上。他垂下頭靠在雙手上，表情不凝重也不嚴肅，只有平靜，而嘴唇也不再蠕動。她雙手交纏擱在膝上，看著他。唱詩班在唱：在夜間，我聽到祢召喚。賽蒙再次祝禱，起身坐在她身旁。她朝他伸出手，他平靜地把她的手握在手中，拇指摩娑著她的指關節。他們就這樣坐到彌撒結束。走到外面的馬路上，他們再次微笑，非常神祕的微笑。這是個涼爽晴朗的週日早晨，建築立面反射陽光，車來車往，有人遛狗，有人隔街相互呼喚。賽蒙親吻愛琳臉頰，兩人互道再見。

12

艾莉絲，妳覺得當代小說的問題純粹只是當代生活的問題嗎？我同意，在人類文明面臨崩潰的時刻，把精力投注於性愛與友誼之類的瑣事上，確實顯得頹廢、不入流，甚至是某種認知暴力。可是與此同時，這卻也是我每天在做的事。如果妳願意的話，我們也可以再等上一段時日，等到我們提升到更高的層次，到那時，我們便可以開始把全部的心力和物力資源都投注於存在問題，而不再去想我們自己的家庭、朋友、愛人等等。但在我看來，我們得等上很久很久才行，事實上，我們可能還沒等到就死了。畢竟，人躺在臨終病榻時，不都會開始談起自己的配偶和子女嗎？更何況，死亡不正是開天闢地第一人的天啓嗎？所以從這個角度來看，沒有什麼事情比妳嘲笑為「分手或在一起」更重要的了（！），因為到生命結束的那一天，在我們眼前什麼也沒留下的那一刻，這仍然是我們想談的事。說不定我們生來就是要為我們所認識的人而愛，而擔憂，就算有更重要的事情該去做，也還是繼續愛，繼續擔憂。如果這意味著人類要因此而滅絕，又何嘗不是個滅絕的好理由，何嘗不是我們所能想像的最好的理由呢？因爲我們在理當重新分配世界資源，集體過渡到可持續發展的經濟模式時，卻在擔心性愛與友誼。因爲我們太愛彼此，覺得彼此太有意思。我愛這樣的人性，事實上，這也是我支持我們繼續存活下去的原因——因爲我們對彼此的態度實在是太傻氣了。

關於最後這一點，來自於我的個人經驗。昨天晚上我從一個慶生會回家，途中，隨興在葛洛夫公園站下公車，走到賽蒙家。我想我是有點喝醉了，而且覺得自己很慘，所以心想或許可以要他幫我揉揉肩膀，讚美我幾句。說不定我是希望他不在家，或是和他正在交往的那個女生在家，好讓我覺得自己更慘。我不知道。我不知道我究竟在想什麼，也不知道我期待發生什麼。反正，我上樓之後發現，他顯然是被電鈴吵醒，從床上爬起來，幫我開門，請我進屋。時間其實並不算很晚，差不多午夜吧。他站在門口，看起來很累，很老。但我的意思並不是說他看起來醜。只是我平常看見他的時候，眼裡看見的都還是我小時候見到的那個俊秀的金髮男生。昨天晚上他站在門口，我突然醒悟，他已經不再是那個十幾歲的男生了。我對他的生活又有什麼瞭解呢？我十幾歲時，第一個暗戀的對象就是他。但當時我還不太瞭解性的感覺，所以我想出「特別的碰觸」這個詞來形容他碰觸我的感覺。不過，他當時的碰觸都只是不小心，或是天底下最純真無邪的那種碰觸而已。所以「特別的碰觸」這個詞是不是太可笑了？如今想想，我忍不住要大笑。但昨天晚上在床上，他把我摟在懷裡，這幾個字馬上就又回到我心裡，彷彿過去的這十五年從來不曾存在，我的感覺仍然和當年一模一樣。

最後呢，我們今天早上一起去望彌撒。坐落在他家那條街上的教堂，入口處有很宏偉的石柱廊，名字也非常有天主教風格：「無玷聖母教堂，罪人庇護所」。順便告訴妳，他沒要我陪他去，是我自己要去的，雖然我現在也不確定我爲什麼會想去。有可能是因爲有他陪在身邊的感覺很好，所以我不希望他離開我，就算只有一個鐘頭也不行。但也有可能——哎，我不知道該怎麼說——是我不想讓他自己去，因爲我嫉妒。儘管我這樣說，但我也不確定這是什麼意思。我是怪他喜歡上帝這個概念勝於喜歡我嗎？這樣的想法超級荒謬。但那又是爲什麼呢？是因爲我和賽蒙又恢復親密關係，所以怕他去望彌撒是想洗淨我在他身上留下的痕跡，儘管只有一下下也不可以？又或者從某個程度來說，我並不是眞心相信他能忍受得了宗教，所以我想我如果提議陪他一起去，他說不定就必須坦白承認，他對於宗教之類的東西其實並沒有那麼認眞。最後我們當然是順順當當地一起進教堂啦。教堂裡面滿滿的白色和藍色，有上了漆彩的雕像，還有嵌深色鑲板、掛豪華絲絨簾幕的告解室。去望彌撒的，多半是身穿粉彩外套、年齡稍長的婦女。

儀式開始之後，賽蒙的行爲並沒有突然變得凝重虔誠起來，也沒因爲天父或其他什麼聖靈的恩威而哭泣，他還是平常的他。他大多都只是坐在那裡聽，什麼也沒做。剛開始的時候，每個人都反覆唸著「求主垂憐」，我覺得我有點希望他開始笑，告訴我說這是個大笑話。在某種程度上，我有點擔心他會有什麼舉動，例如說出「我有罪」之類的話——用他平常講話的語氣大聲說出來，就像我有可能會說「下雨了」，彷彿只要眞心相信天在下雨，這個念頭就一點也不荒謬。我不時轉頭看他，覺得我應該因爲他的嚴肅態度而心生警惕，而他只是偶爾親切地瞥著我，彷彿在說：是啊，彌撒就是這樣，不然妳還期待怎樣呢？接著讀了一段經文，說有個女人把油倒到耶穌腳上，然後用她的頭髮擦乾祂的腳，我想應該是這樣吧？除非我誤解意思了。賽蒙坐在那裡聽這個明明很詭異且怪誕的故事，態度卻非常平靜且正常。我知道我一直強調他有多正常，但確實如此，他的舉止作風沒有出現半點變化，他確確實實還是我一向以來所認識的那個男人，同一個男人。這讓我覺得非常神祕難解。

讀經之後，神父開始祝聖餅酒，請教友全心仰望主。於是整個教堂的信衆都齊聲輕輕回答：「我們全心仰望主。」這眞的是我幾個鐘頭之前，在都柏林親眼目睹的場景嗎？這樣的事情眞的有可能在妳我生活的世界裡持續進行？神父說：「全心仰望主。」每個人，包括賽蒙，都毫不遲疑，也不帶一絲譏諷地回答：「我們全心仰望主。」無論這句話的意義究竟爲何，他們相信自己講的是實話，在那一瞬間眞的全心仰望主嗎？如果我昨天問自己這個問題，我的回答將會是，當然不是。彌撒只是一種社會儀式，信教的人並沒眞的耗費時間去思索上帝，他們從來不曾眞的掏出心去給上帝，也不會爲自己這樣的行爲勾勒任何具體意義。但今天我有了不同的感受。我覺得在教堂裡，必定有部分人是眞的相信自己全心仰望上主。而且我認爲賽蒙也相信。我認爲他知道自己在講什麼，也曾經思索過，所以相信這是事實。在這段儀式之後，神父要我們祝福彼此平安，賽蒙和每一位嬌小的銀髮老太太握手，最後他也和我握手，說：「平安與妳同在。」此時我眞心希望他是認眞的。我不再覺得我但願他是在說笑，事實上，我覺得我眞心期望他的內心和外在的表現一樣認眞，甚至更認眞，我希望他所講出來的每一個字都是認眞的。

有沒有可能在彌撒進行的過程裡，我開始眞心讚賞賽蒙信仰的虔誠？但我怎麼可能讚賞某人相信某件我自己根本不信，也不願相信，甚至覺得是錯誤且荒謬的事情？譬如說，要是賽蒙開始敬拜一隻烏龜，當牠是上帝之子，我也會讚賞他的虔誠嗎？從嚴格的理性主義觀點來看，敬拜一隻烏龜和敬拜公元一世紀的猶太地區傳教士，其合理性並無二致。既然上帝並不存在，這整件事情其實都是隨機的，有可能是耶穌，有可能是個塑膠桶，也有可能是威廉·莎士比亞，都無所謂。但我還是覺得，如果賽蒙走上敬拜烏龜之路，我還是無法讚賞他對信仰的虔誠。所以我讚賞的只是這個儀式？我讚賞的是他有辦法溫和而不帶批判地接受眾所公認的古訓？又或者我眞心相信耶穌確實有些特別，所以敬拜祂爲上帝，儘管不怎麼合理，但卻可以容忍？我不知道。說不定只是因爲賽蒙在教堂裡平靜溫和的舉止。他和其他小老太太一樣靜靜唸著禱詞，沉著安靜，不想讓自己和其他人有所不同，不想表現出他的虔誠程度比她們更高或更低，也不想顯得比她們更有知識或更有批判性，就只是和她們一模一樣。而我一直盯著他看，他似乎也不覺得尷尬——我的意思是，他並沒爲如此格格不入的我覺得尷尬，他甚至也沒因爲被我看見他在敬拜我並不相信的聖靈而覺得尷尬。

後來回到外面的馬路上，他謝謝我陪他來。有那麼一晌，我怕他會因爲尷尬或緊張而把整件事當成玩笑，這個想法讓我驚恐。但他沒有。我早該知道他不會，因爲這不像他的作風。他就只是謝謝我，然後我們就分道揚鑣。若是我說彌撒出奇的浪漫，希望妳能懂我的意思。也許是讓我感覺到賽蒙內心更深沉嚴肅的一面，那是我很久很久沒見過的一面，也或許是我們握手時，他那溫柔的神態。再不然，就像進化心理學家會說的，因爲我只是個脆弱的小女人，在上了某個男人的床之後，就對這個男人心生軟弱溫柔。

我並不想爲自己辯解，這有可能是事實。寫這封信的時候，我確實對賽蒙有種軟弱溫柔的感覺，甚至有點想保護他，天曉得是爲什麼。今天早上我如果直接回家，而不是和他一起上教堂，我不確定我是不是還會有相同的感覺——但同時，要是我們今天早上一起去望彌撒，而昨天晚上沒上床，我也不知道我現在是不是還會有相同的感覺。一起上床，然後一起去教堂，似乎是很不搭調的組合，所以我想才會讓我有這樣的感覺——覺得我踏進他的生命裡，儘管時間非常短暫，但已經在他身上看見了我未曾見過的某個東西，結果就對他有了不同的認識。

既然提到友誼與羅曼史：羅馬怎麼樣呢？菲力克斯還好吧？妳還好嗎？妳信裡談到「性」的那一段很有趣。妳認爲妳是唯一一個感覺到性渴望的人嗎？萬一妳的答案是肯定的，那請讀讀我隨信附上的ＰＤＦ檔，是奧德蕾．洛德[16]的《情色之用》，我知道妳一定會很喜歡。最後——妳當然應該邀賽蒙去！我知道他很想見妳，而且對我來說，能和你們兩個一起在海邊待上一個星期眞是太好了，我想不出來還有什麼比這更棒的事。

永遠愛妳的琳。

---

16 Audre Lorde，1934-1992，美國作家，也是知名的女權與民權運動者。

13

同樣的這個星期天上午，在羅馬，艾莉絲浴室裡的淋浴水龍頭怎麼也沒辦法關掉。她擦擦頭髮，穿上浴袍，請菲力克斯過來幫她看看。他走進浴室，把蓮蓬頭轉向牆壁，檢查整套裝置，按下電源鈕，開開關關，但還是沒結果。她站在他背後，滴水的頭髮披在肩上。他拆下蓮蓬頭外面的塑膠殼，瞇眼看清裡面的商標型號。他左手從口袋掏出手機，交給站在後面的艾莉絲。她一接下電話，他就大聲唸出製造型號，要她輸入谷歌搜尋，他再次按下電源鈕，觀察裡面的機械運作。她點開他手機螢幕上的瀏覽器圖標，出現了一個很受歡迎的色情網站。頁面顯示關鍵字「粗暴肛交」的一串搜尋結果。頂端的縮圖是個女人跪在椅子上，有個男人從她背後扼住她的脖子。下方的第二張縮圖是個女人在哭，口紅糊掉，睫毛膏誇張地從眼睛淌下成兩條黑線。艾莉絲沒碰螢幕，也沒碰這個頁面，把手機交還給菲力克斯說：你可能會想先關掉這個。他拿回手機，瞄了一眼，瞬間滿臉通紅，從臉一直紅到脖子。蓮蓬頭的塑膠外殼又快掉了，他得用另一手抓住，才不致掉下來。呃，他說，對不起，天哪，太尷尬了，對不起。她點頭，雙手插進浴袍口袋裡，又伸出來，走回她自己的房間。

幾分鐘之後，菲力克斯終於找到辦法解決淋浴裝置的問題。他離開公寓，去散步。好幾個鐘頭的時間，艾莉絲在她房間裡工作，菲力克斯自己一個人逛市區。他戴著耳機逛大街，瀏覽商店櫥窗，偶爾看一下手機。在公寓裡的艾莉絲走到廚房，吃香蕉、麵包和半條巧克力，然後又回到房間裡。

菲力克斯回到公寓之後，敲敲艾莉絲臥房的門，但沒打開，只問她是不是想弄點東西吃。

我已經吃過了，她在房間裡說，謝謝你。

他兀自點頭，手指捏捏鼻梁，離開她房門，然後又走回來。他搖搖頭，再次敲門。

我可以進去嗎？他問。

當然可以。

他打開門，看見她坐在床上，背靠床頭板，筆電擱在膝上，窗戶開著。他站在門口，沒走進房裡，一手撐在門框上。她歪著頭，一臉疑問。

我修好蓮蓬頭了，他說。

我注意到了，謝謝你。

她把注意力轉回到筆電上，繼續做她原本在做的事。他還是站在那裡，看起來不太滿意。

妳在生我的氣嗎？他問。

沒，我沒生氣。

剛才的事，我覺得很抱歉。

別擔心，她說。

他手搓搓門框，眼睛還是盯著她看。

妳是眞的希望我別擔心這件事，還是只是說說而已？他說。

什麼意思？

妳看起來很氣我。

她聳聳肩。他等她繼續往下說，但她沒說。

看，就是這樣，他說，妳根本連話都不想說。

我不知道你希望我說什麼，你想看什麼色情網站是你的事。你只是覺得倒霉，網頁沒關被我看見，心裡不舒服而已。

他蹙起眉頭，說：我其實並沒有覺得不舒服。

是沒有，我相信你沒有。

什麼意思？

她抬頭看他，表情相當嚴厲，說：你希望聽我怎麼說，菲力克斯？你喜歡看可憐的弱女子人碰上可怕遭遇的影片，你還期待我說什麼？說這沒問題？我相信是沒問題，你不會因此被抓去關。

妳覺得我應該被抓去關，對吧？

我怎麼想和你一點關係都沒有，不是嗎？

他笑起來，雙手插在口袋裡，搖搖頭，鞋子輕輕敲著門框。我猜妳的搜尋紀錄上沒什麼見不得人的東西，他說。

是沒有，沒有像這樣的東西。

好吧，那妳比我強。

她正在打字，沒再抬頭看他。他就這樣看著她。

我覺得妳並不是眞的關心那些女人，最後他說。我認爲妳只是因爲我喜歡某些妳並不喜歡的東西，所以覺得氣惱。

也許吧。
也或許妳是嫉妒她們。
他們就這樣互相凝視了一會兒。她平靜地說：我覺得你這樣對我講話，非常可恥。可是，並不是，我並不嫉妒那些為了金錢而作賤自己的人。我覺得我運氣很好，不需要這麼做。
只是妳的錢並沒能讓妳和我有什麼進展，不是嗎？
她毫無懼色地回答說：恰恰相反，過去這三天有你陪我，我很開心。夫復何求呢？
他轉頭看後面，看著客廳，然後雙手抹抹臉，一副身心俱疲的樣子。她無動於衷地看著他。
這就是妳想要的，有我陪伴的快樂？他說。
是的。
而妳樂在其中，對吧？
非常享受，她說。
他看看周圍，緩緩搖頭。最後他走進房裡，坐在床鋪空的一側，背對她。
我可以躺一會兒嗎？他說。

可以。

他仰躺在床上。在他身邊的她繼續打字。她似乎是在寫電子郵件。

妳害我覺得很有罪惡感，雖然我明明覺得那事沒這麼嚴重，他說。

她一面打字一面說：很高興知道你這麼在乎我的想法。

如果妳覺得這樣的事情很嚴重，他說，那老實說，我還做過更惡劣的事。我是說眞的，如果光是在網路上看看這些東西就讓妳不想理我，那我們永遠當不成好朋友，因爲我覺得這沒什麼大不了的。和這個比起來，我做過更可怕的事。

她停下打字，看著他。比方說？她問。

很多啊，他說。我該從哪裡說起呢。比方說這個，我想妳一定會覺得很可惡。差不多一年前，我和一個女孩約會之後帶她回家，後來我發現她還只是個中學生。我不是開玩笑的，我是說眞的。她大概只有十六、七歲吧，我想。

她看起來比實際年齡大？

我很想說她是，但其實我根本什麼也沒想。我們兩個都喝醉了，她看起來一副想找樂子的模樣。我知道這事說起來很可怕。但我並不是因爲她年紀小才想上她，要是我知道她還是個小孩，根本不會碰她。只是無論如何，發生這樣的事情總是不對。我並不是要說，呃，這只不過是個錯誤，任誰都可能碰上這樣的事。因爲事實上，這件事從頭到尾都是我自己蠢。我不會一直說我自己有多惡劣，但我確實覺得很難受，好嗎？

她靜靜地說：我相信你。

老實說，這也還不是最惡劣的。我做過最惡劣的事情是，如果妳想聽的話——

他剎時住口，但她點頭要他繼續說。他轉開目光，看著房裡的其他地方，表情微微扭曲，彷彿瞪著光線似的，開口說。

我做過最惡劣的事情是，唸中學的時候，讓一個女生懷孕。她當時初中才剛要畢業，而我唸高二。妳聽過比這更惡劣的嗎？她媽媽只好帶她去英國[17]。我想她們是搭船去的。她大概十四歲吧，基本上還是個小孩。我們甚至不該上床的，是我說服了她。我的意思是，我告訴她說會有多棒。反正，這就是最惡劣的事。

是她自己想做，還是你逼她這麼做的？

她說她想做，但很怕會懷孕。我告訴她說不會的。我覺得我除了叫她別擔心之外，並沒有逼她做什麼。但這或許也是對她的一種施壓。十五歲的青少年是不會想這些問題

17　愛爾蘭在二〇一八年才透過公投使墮胎合法化。在此之前，許多愛爾蘭婦女遠赴英國墮胎。

的，反正我自己是沒想啦。換成是現在，我絕對不會做——我的意思是，要是對方沒興趣，我也絕對不會去說服他們，我連試都不想試。妳可以相信我，也可以不相信我。就算妳不信，我也不怪妳。可是只要一想起我當時對她說的那些話，我就覺得自己整個人都不對勁了，心臟開始怦怦亂跳，什麼不舒服的情況都來了。我開始想起那些眞正邪惡的人，連環殺手什麼的，我覺得說不定我就是，說不定我就是妳聽過的那種神經病。因爲我確實說過那些話，我確實叫她不要擔心，而且我年紀比她大，所以她或許以爲我知道自己在說什麼。我只是沒想到竟然眞的會發生那樣的情況。而且妳知道，當時我甚至完全沒意識到這一點。直到後來，離開學校之後，我才開始覺得這件事有多邪惡，我對她做的事。於是開始有了驚恐和其他的感覺。

你知道她現在在幹嘛嗎？艾莉絲問。

知道，我還是有她的消息。她在斯溫福德工作，不住在我們鎭上了，但她有空回來的時候，我會碰見她。

她看見你的時候，還會和你打招呼？

會啊，他說。我們並沒有不講話或什麼的。只是我見到她的時候，心情總是很不好，因爲會想起我當年做的事。

你對她道過歉嗎？

當時也許有吧。但後來我開始覺得很不好受的時候，並沒回頭去和她聯絡。我不想重新扯出過去的事，讓她無緣無故傷心。我不知道她是怎麼想的，也許她就只是往前走，沒怎麼把這件事放在心上也說不定。我希望是這樣。但妳想批評我就批評我吧，我不會替自己找藉口的。

他頭靠在枕頭上，轉頭看她，眼神明亮。她背後窗戶射進來的陽光，讓他的眼睛幾乎閃閃發光。她坐直起來，臉往下垂，俯視他。

好吧，我不能批判你，她說。我想起自己做過的惡劣行爲時，心裡的感覺差不多就像你所形容的那樣。驚慌，噁心，諸如此類的。我唸中學的時候霸凌一個女生，手段非常殘忍。而我那麼做並沒什麼理由，純粹就只是想折磨她。因爲其他人也都這麼做。但他們會說他們之所以做，是因爲我這麼做。如今回想起來，我感覺到的就只有驚恐。我不知道我爲什麼要讓另一個人承受那樣的痛苦。我眞的希望相信自己從沒做過那樣的事，但我確實做過，而我這一輩子都得帶著這樣的感覺活下去。

他凝神看她，什麼也沒說。

我沒辦法讓你做過的事情逆轉變好，她說，而你也沒辦法讓我做過的事變好。所以也許我們兩個都是壞人。

要是我惡劣的程度只和妳差不多，那我就不會這麼在意了。不過，就算我們兩個都是超級大爛人，也總比只有我一個人爛要好吧。

她說她理解這種感覺。他用手指揩揩鼻子，吞吞口水，轉開視線，不看她，看著天花板。

我想收回我惡毒的批評，他說。

別擔心，我和你一樣爛。我說那些女人爲了錢而作賤自己，眞是蠢話。我講話不經大腦，眞的。沒關係，我們兩個都很討人厭。

他低頭看著指尖，說：妳這麼會惹我生氣，眞是太不可思議了。

她笑起來。哪有什麼不可思議的，她說，我對很多人都有這樣的影響力呢。

我告訴妳是怎麼回事，妳有時候眞的一副高高在上的樣子。不過我也認識像妳這樣的人，只是不會讓他們像妳這樣影響我。老實說，我眞的覺得我其實是喜歡妳的，所以妳態度很壞的時候，就會讓我抓狂。

她點點頭，沉默不語。一分鐘，兩分鐘，三分鐘，他們就這樣坐在床上，什麼話也沒說。最後他友善地摸摸她的膝蓋，說他要去沖個澡。他離開房間之後，她還是坐著不動。他在浴室裡轉開蓮蓬頭，看著鏡子等水熱。他倆的對話似乎對彼此都產生了些許影響，但要解讀這影響，解讀箇中的意義，理解他倆當時所感受到的是某種相同的感覺，或完全不同的東西，都不可能。說不定他們自己也不知道，這是沒有既定答案的問題，賦予意義的工作仍待完成。

——

這天晚上，艾莉絲在市區和一群書店、媒體界的人餐敘，菲力克斯自己一個人在公寓裡吃飯。之後他們碰面，一起喝酒，散步到羅馬競技場。夜色裡的競技場看起來像骨骸，了無生氣，宛如某種古代昆蟲乾枯的遺骸。在這裡眞的可以看到很多好東西，菲力克斯說。艾莉絲微笑，他轉頭看她。怎樣？他說，妳在笑我。她搖搖頭，回答說：我只是很高興你陪我來，就只是這樣。回到公寓，他們互道晚安，艾莉絲上床睡覺。菲力克斯坐在廚房看手機，而她躺在隔壁房間裡，睜著雙眼，茫然瞪著前方。午夜過後，他敲她臥房的門。

怎麼？她說。

他看看房裡，手裡拿著手機。妳睡了嗎？他說。她告訴他說還沒。我可以給妳看個影片嗎？他問。她坐起來說好。他走進房裡，關上門，坐在床上，她的身邊。而她挪動身體，讓出空間來。他還沒更衣，身上是T恤搭運動褲。影片裡有隻浣熊像人一樣坐著，腿伸得直直的，脖子上繫著圍兜，膝上擺了一碗黑櫻桃。浣熊長爪子的小手伸進碗裡，抓起一顆櫻桃，開始吃，動作非常像人，一面吃一面點頭，彷彿美食家在讚賞櫻桃好吃。影片的標題叫「浣熊愛吃水果」，長度只有一分鐘，從頭到尾就只有這隻浣熊一面吃水果一面點頭。艾莉絲大笑，說：太不可思議了。菲力克斯說他覺得她會喜歡。他鎖定手機螢幕，往後靠在她的床頭板上，若有所思。她側躺，面對他，被子拉高到腰際。

妳睡了嗎？他又問。

沒有。

我沒打擾妳吧，希望。

什麼意思？她問，打擾什麼？

我不知道。女生晚上躺在床上會做的事吧。

她仰頭看他，有點好奇。啊哈，她說，這個呢，我並沒在自慰，如果你暗示的是這個的話。

我想妳應該不會這樣做，對吧？

我當然會做，只是剛才沒有。

他身體往下滑，頭靠在枕頭上，仰躺，看著天花板。她一條手臂枕在腦後，看著他。

妳那樣做的時候，心裡在想什麼？他說。

各種事情。

妳自己的小小幻想之類的。

沒錯，她說。

那在這些幻想裡的是誰？

噢，是我啊，當然。

他笑出聲來，聽來是她的這句話引來的眞心大笑。當然啦，他說，我也希望是這樣。但還有什麼人？大明星，名流，還是什麼人？

其實不是。

那就是妳認識的人。

通常是，她說。

他轉頭面對躺在他身邊的她。

那麼我呢？他說。

她咬著下唇，好一晌才說：我有時候會想到你。

他伸出一手，摸著她的睡衣，手指輕撫她的腰際。妳想到我的時候，我在對妳做什麼？他問。

她笑起來，在黑暗裡，不可能看出來她是不是尷尬。我想到的是你對我非常非常好，她說。

他似乎覺得這句話很好笑。噢，眞的？他說。哪一種好？

她轉身，頭埋在枕頭裡，看來是眞的覺得尷尬，但她開口講話的時候，卻在微笑。要是我告訴你，你一定會取笑我，她說。

我絕對不會。

這個嘛，我想到很多不同的情景。我的意思是，我的幻想不是每次都一樣的。不過，所有的幻想都有一個共同點——你要笑了，因爲這實在太虛榮了。我通常不會告訴別人的，不過你既然問了。我喜歡想像你眞的很想要我——非常非常想，不只是普通想。

他的手輕輕滑過她的肋骨，沿著她的身體側邊往下探。妳怎麼知道我很想？他說，在妳的幻想裡。是我告訴妳的，還是表現得很明顯？

就是表現得很明顯啊。但我們進行到後面一點的時候，你也會說出來。

那妳會給我我想要的，還是會嘲笑我？

她臉往枕頭裡埋得更深。他的手滑回到她的腰部，順著肋骨往上，直到她曲線柔和的胸部。她低聲呢喃似的說：你會得到你想要的。

那我有多想要，又有什麼差別呢？他說，難道我哀求妳？

不，沒有，你沒給我壓力，你就只是很想要。

那我可以問一下，我表現得好嗎？或者在妳的想像裡，我因爲太想要，所以有點太過緊張？

她轉身再次側躺，面對他。他的手指輕輕滑過她的胸部，往下到睡衣腰帶繫住的地方，然後又往上滑回來。

我有時候會想像你有點緊張，她說。

他點頭，表情神態都顯得對這個對話非常感興趣。我可以問妳另一個問題嗎？他說，妳不告訴我也沒關係。但妳到高潮的時候，心裡在想什麼？

我在想著你也到高潮，她說。

在哪裡，妳裡面？

通常是。

他彷彿深思似的，手背緩緩撫摸她的腹部，往下探到肚臍。她靜靜看著他。

我知道你想說什麼，她說。

眞的？什麼？

我接下來要問你有沒有像這樣想過我，而你會說：沒，並沒有。

他笑起來，手背搓搓她睡衣的布料。不，我才不會這樣說，他說，我可以告訴妳，如果妳想知道的話，但我寧可多聽一點妳在想什麼。我的意思是，我之所以想聽，當然是因爲妳的幻想圍繞著我發展，但我對這個問題其實也很感興趣。我以前嘗試過問別人這個問題，但通常的情況是，沒有人會告訴我。

噢，她說，原來是把妹的臺詞啊，我還以爲是因爲我們很親近呢。

他的笑聲一點都不尷尬。我們是很親近沒錯啊，他說，我以前問過別人這個問題，但就像我說的，我從來就沒得到任何有用的答案。而且老實說，我也只問已經和我在一起的人。我從沒用這個當成把妹的臺詞。

這有點異類。不過我也不覺得你是眞的想把我。

這個嘛，我本來也可以等到明天早上再給妳看浣熊影片的，他說。

她笑起來，而他也因爲逗她發笑而露出微笑。

妳很淸楚我爲什麼在這裡，他又說。

不，我不知道！她說。我們已經在羅馬待了四個晚上，這氣氛始終沒打動你？

我們才剛剛開始認識彼此。

眞是個正人君子。

他又轉頭。我不知道，他說，我翻來覆去想了很久。老實說，在某些情況下，妳有種咄咄逼人的感覺，我不知道妳自己知不知道。

我是聽別人說過，但你這麼說，讓我很意外，她說。

他聳聳肩，什麼也沒說。

你不會再覺得我咄咄逼人吧？她說。

妳還是讓我害怕，一點點。可是妳知道嗎，某人把她的性幻想告訴你之後，就會讓這威脅感少掉一點。我無意冒犯，但我的意思是，妳顯然讓我迷上妳了。

她淡淡回答說：你剛才明明說，要是我告訴你這些事，你絕對不會取笑我的。隨便你啦，但這傷害不了我，我覺得這樣很賤。

他用手肘撐起身體，俯望她。看吧？他說，看吧，妳講這種話的時候很嚇人。告訴妳，我並不是取笑妳，如果讓妳有這樣的感受，那很對不起。但是妳生我氣的時候，就會有這種態度，就像妳高我一等似的，讓我覺得自己像條小蟲。

她就這樣默默躺著，沉默了好一會兒，然後有點哀傷地說：好吧，我很有戒心，而且我一副高高在上的樣子，讓你覺得很不好受。但除此之外，我顯然還是喜歡上你了。所以我想，你一定覺得我這個人可憐兮兮，和我在一起什麼樂趣也沒有。

是啊，沒錯，他說，我對妳的感覺就是這樣沒錯。這四天來，我像個該死的傻瓜跟著妳到處去，八成就是因爲這樣。

你究竟爲什麼進來？她問，就只爲了嘲笑我？

他媽的爲什麼，我不知道。我想和妳講話。我們各自回房間睡覺的時候，我覺得我有點想妳。所以我就想，我可以過來看妳是不是也在想我，這樣可以嗎？

你想到我，想的是什麼？

他舔舔臼齒，思索者。和妳剛才講的東西差不多，他告訴她。我想像妳非常非常想要。也許一開始我可以稍微挑逗妳，然後讓妳來好幾次高潮，諸如此類的。在幻想裡，這些事情都沒什麼好奇怪的。只有一點很詭異，那就是我們住在這裡的這幾天，特別是過去兩個晚上，想起妳的時候，我也覺得妳在想我，在這個房間裡想我。妳有嗎？

有，她說。

我彷彿可以感覺到妳靠我好近。事實上，今天早上我醒來以後，有那麼一會兒，還分不清這是眞是假——我的意思是，我一時不知道我是自己一個人，還是妳在我身邊。因爲那感覺太眞實了。

她壓低嗓音問：你發現自己是一個人的時候，有什麼感覺？

老實說，在那一瞬間？他說，很失望。也許應該說，我不知道，有點寂寞吧。他頓了一下，然後問：我可以摸妳嗎，妳覺得呢？

她說好。他手伸進她的睡衣裡，手指隔著內衣輕輕撫摸。她張開嘴巴，輕聲嘆息。他的食指溫柔地伸進她裡面，她發出嗯嗯的聲音。他臉紅了起來。啊，妳好濕，他說。她的呼氣聲越來越大，越來越快，眼睛依然閉著。他舔舔上唇，說：我幫妳脫掉。她稍微坐起來，他脫掉她的衣服。之後，他從頭上扯掉T恤，她的指尖隔著衣服撫摸他勃起的陰莖。我好想好想要，她說。他耳尖赤紅。是嗎？他說，妳現在就要嗎？她問他有沒有保險套，他說有，在他的皮夾裡。她仰躺在床上，等他脫掉衣服，從口袋裡拿出皮夾。她看著她，心不在焉地用指尖掐著手肘內側。菲力克斯，她說。我好一陣子沒做了，這樣沒關係吧？他們不太有把握地看著彼此——艾莉絲沒有把握的可能是他心裡在想什麼，而菲力克斯沒把握的或許是她這個問題是什麼意思。他從皮夾裡掏出一個藍色的方形小鋁箔包。妳的意思是什麼？他問。她聳聳肩，看起來很不安，繼續掐自己的手臂。他拉開她的手，說：別再這樣了，妳會弄傷自己。這有什麼關係？如果這不是妳的第一次還是什麼的，對吧？這句話逗得她笑起來，有點羞怯地笑。他也笑了，也許是鬆了一口氣。不是的，她說，只是我的生活有好長一段時間很怪異。差不多有兩年吧。但在那之前都很正常。他手掌輕輕撫摸她的大腿，同情地說：啊，沒關係。妳緊張嗎？她點點頭。他撕開那個方形的小鋁箔包，拿出裡面的保險套。別擔心，他說，我會好好照料妳的。他翻身到她上方，親吻她的脖子。事後，他倆分開之後，艾莉絲似乎馬上就睡著了，甚至連臂腿都沒挪動，以奇怪的姿勢纏在床單裡。菲力克斯側躺，看著她，然後翻身仰躺，瞪著天花板。

14

最最最親愛的愛琳——妳在信裡提到妳和賽蒙之間的事，讓我凋萎的心盈滿喜悅。妳值得擁有浪漫情史！而且我覺得他也是。我可不可以告訴妳一件他的事？我本來保證永遠不說的，但今天早上時機正好，我要打破我的承諾。幾年前，就在妳搬去和埃登住之後不久，賽蒙有天下午來找我喝咖啡。我們東拉西扯的，聊的都是很普通的事。但他要離開的時候，停在妳以前住的那個房間門口，看著裡面。房間已經淸空，連床單都剝光了，我記得牆上有一塊淡色的長方形，是妳以前掛瑪格麗特．克拉克[18]海報的位置。賽蒙裝出很愉快的聲音說：「妳會想她的。」我想也沒想就回答說：「你也是。」這一點道理都沒有，因爲妳搬去的地方離賽蒙家更近，可是我這麼說，他好像也不驚訝。他只回答說：「是啊，顯然是。」我們就這樣在妳的房門口站了好幾秒鐘，然後他笑起

18 Margaret Clarke，1884-1961，愛爾蘭畫家。

來，說：「拜託，別把我說的話告訴她。」妳那個時候已經和埃登在一起，所以我從來沒告訴妳。我不能說我一直都知道，因爲我根本就不知道。我知道妳和賽蒙非常親近，我也知道你們在巴黎的事。但不知爲什麼，我從來沒想過他其實一直愛著妳。我想沒有人知道。反正，我們也沒再提過這件事。我告訴妳這些，妳會覺得很可怕嗎？希望不會。從妳的信裡看不出來，妳認爲你們會繼續交往，還是……妳覺得怎樣呢？

昨天下午——事實上就在收到妳的信之後——菲力克斯開始告訴我，他以前做過的一些懊悔莫及的事。我想這是所謂「我做過最惡劣的事」的對話，而他還眞的做過很惡劣的事耶。我就不詳述細節了，但我可以透露，其中涉及他和女人的關係。我覺得我沒立場批判他，因爲我有時也會因爲自己做過的壞事而愧疚到受不了。我當下的念頭是原諒他，特別是因爲他似乎花了很長的時間懊悔，責怪自己。但我不得不承認，我也沒立場原諒他，因爲他所說的那些事，很可能影響其他人一輩子的生活，但對我卻沒有任何影響。身爲沒有利害關係的第三人，我不能就這樣介入，寬恕他的罪孽，正如他也不能寬恕我的罪孽一樣。所以我想，他對我坦承這些行爲的時候，不論我有什麼感覺，其實都不能算是「原諒」，而是別的。或許只是因爲我相信他的懊悔是眞的，也相信他不會再犯同樣的錯誤。這讓我思索，對於做過壞事的人——他們自己應該怎麼做，我們這個社會應該對他們做什麼。現今，不斷有毫無誠意的人公開道歉，很可能已經讓大家懷疑原諒的意義。但過去做過壞事的人應該怎麼辦呢？自動宣傳一下自己的罪孽，以求先發制人，抵銷未來公開曝光的傷害？或者應該避免達成任何成就，免得增加被人放大檢視的機率？我的看法不一定對，但我相信做過嚴重壞事的人不在少數。我是認眞的，要是在性方面有過惡劣行徑的男人明天全死了，那世界上大概就只剩下十一個男人還活著吧。更何況不只是男人！還有女人，小孩，每個人。我想我的意思是，如果等待自己惡劣行徑被揭露的壞人不在少數，那該怎麼辦？要是我們全都是那樣的人，那又該如何？

妳在信裡提到，妳望彌撒時聽到一段女人把油澆到耶穌腳上的經文。我有可能搞錯，因爲路加福音裡有好幾個類似的故事，但我覺得妳提到的經文應該是某個有罪的女人幫耶穌的腳塗油。我住院的時候帶了思高聖經譯本[19]，反覆讀了好幾遍。妳說得沒錯，這故事很詭異，甚至（就像妳說的）很畸形。但不也有些意思嗎？故事裡的這個女人只有一個與衆不同的地方：她過著罪惡的生活。天曉得她做了什麼？說不定她只是個

19 Douay-Rheims，為羅馬天主教的聖經譯本。

社會邊緣人，基本上是個被邊緣化的無辜人。但說不定她也眞的做了壞事，妳我會認爲很嚴重的壞事。這也是有可能的，對吧？她說不定殺了丈夫，虐待小孩，或有諸如此類的行爲。聽說耶穌在法利賽人西滿家中，便到他家來，一看見耶穌就開始大哭，哭到淚水滴濕了耶穌的腳。之後，她用頭髮擦乾耶穌的腳，塗抹上芳香的油[20]。就如妳所說的，這故事很荒謬，甚至有點情色意味——事實上，耶穌允許罪婦用這麼親密的方式接觸祂，讓法利賽的西滿非常驚駭。但向來讓人難以理解的耶穌只說，因爲她這麼愛祂，所以她所有的罪都被赦免了。眞的有這麼簡單嗎？我們只要哭泣，俯伏在地，上帝就會原諒一切？但這也許一點都不容易——眞心哭泣、俯伏在地，說不定正是我們最難學會的事。我知道我自己肯定是學不來的。我身上有某種抗拒的力量，內心深處有顆小小的硬核，就算我相信上帝，恐怕也沒辦法讓自己俯伏在祂面前。

既然寫信給妳，我想我也許應該順便告訴妳，菲力克斯和我昨天夜裡上床了。老實說，我其實並不想告訴妳，但我覺得不說也很怪。不是因爲我覺得尷尬——也許我是有點尷尬吧，但不是因爲他的關係。更主要的原因是我很在意別人怎麼想我，所以我才會不做，而且我也很擅長不做。這對我來說並不容易，眞的。我覺得我們在一起很快樂——是我覺得我們在一起很快樂，至於他有什麼感覺，我並不知道。雖然我們生活的每一個面向基本上都南轅北轍，但我還是有種奇怪的感覺，覺得我們走上不同的路徑，是爲了到達同樣的地點，也就是讓我們認識彼此的那個地點。妳一定不相信我花了多少時間才寫完這一段。我害怕受傷——我不怕受苦，因爲我知道自己可以承受得了，我怕的是受苦的那種屈辱，是自願承受痛苦的那種屈辱。我迷戀他，非常迷戀，只要他對我流露出一絲愛憐，我就興奮莫名，表現得傻里傻氣。當然，一切都如常運轉，世界還是它原本的樣子，人類瀕臨滅絕邊緣，而我在這裡寫了又一封談論性愛與友誼的信。除此之外，還有什麼值得我們爲之而活呢？永遠愛妳的艾莉絲。

20《路加福音》第七章三十六至五十節。

15

星期一晚上八點十五分，賽蒙公寓的起居空間沒有人，光線幽暗。僅餘的晝光透過小廚房水槽上方的小窗戶和對牆的客廳大窗戶射進來，輕觸室內的種種物品表面：銀色水槽，槽裡的一只髒盤子和一把刀；餐桌，桌面東一點西一粒的碎屑；一個水果缽，裝了一根變褐的香蕉和兩顆蘋果；一件隨便丟在沙發上的手織毛衣；電視機上緣一層薄薄的灰塵；書架，檯燈，還有茶几上顯然還沒下完的一盤棋。晝光慢慢消逝，屋裡還是靜悄悄的，而外面的走道有人上上下下樓梯，街道上往來的車輛發出一波波隱約的聲響。八點四十分，門上響起鑰匙插進鎖孔的聲音，公寓門打開來。賽蒙一面講電話，一面走進屋裡，空著的那隻手拉下肩上的背包，大聲說：不，我想他們不擔心這個，真的，就只是很煩而已。他身穿深灰色西裝，打綠色領帶，夾上金色領帶夾。他用腳輕輕關上背後的門，把背包掛在掛勾上。啊哈，他說，他和你在一起？如果你願意的話，我現在可以和他談談。他走進客廳，打開立燈，鑰匙丟在茶几上。好吧，那你覺得怎樣最好？

他問。隻身一人在暈黃燈光裡的他，看來滿臉疲憊。他走進廚房，拿起燒水壺，彷彿掂掂重量。好啊，他說，不，這樣很好，我會告訴他說我和你談過了。他把燒水壺放回底座，打開開關，坐在一把餐椅上。沒錯，他說，但如果我假裝你沒和我談過，那我一開始又要用什麼藉口打給他呢？他把手機夾在臉和肩膀之間，開始解鞋帶。這時，因為電話那端的人說了一句什麼，他陡然坐直起來，又把手機拿在手裡。我當然不是這個意思，他說。對話就這樣又進行了好一段時間，期間賽蒙脫掉鞋子，解開領帶，給自己泡了杯茶。手機在手裡發出嗡嗡的聲音，他馬上從耳邊拿開，看看螢幕，但電話另一頭的那個聲音還在繼續講。螢幕跳出一封電子郵件的通知，主旨是「週二電話」。他沒什麼興趣，把手機貼回耳朵旁邊，端著茶坐在沙發上。是啊，是啊，他說，我已經到家了，我正要開始看新聞。沒問題，他說，我會讓你知道。我也愛你。再見。他連說了好幾次再見，才點下螢幕上的圖示，結束通話。他低頭看螢幕，點開訊息程式，輸入「愛琳・萊登」的名字。最新的一則訊息出現在螢幕底端，時間戳是二〇點一四分。

賽蒙：嗨，和妳度過一個愉快的週末。妳這個星期還想和我碰面嗎？

圖示顯示愛琳已經讀過這則訊息了，但還沒有任何回應。他關掉程式，打開主旨為「週二電話」的郵件。這是一長串信件往返的一部分。前一封的內容是：是的，我聽說他們也有電話錄音。賽蒙和麗莎，能不能請你們查證一下，如果有需要，就聯絡安東尼。但他的一位同事已經回覆：如果要再耗時間搞這件莫名其妙的事，我肯定會瘋掉。最新的這封信內容則是：賽蒙，我附上安東尼的號碼和其他細節，如果可能，請在今晚或明早給他打電話，好嗎？沒有人希望這樣，但這就是我們的處境。他關掉手機螢幕，讓自己閉一會兒眼睛，就這樣坐在沙發上一動也不動，只有胸膛隨著呼吸起伏。一會兒之後，他抬起一手，緩緩抹了下臉。最後他拿起搖控器，打開電視。九點新聞正要開始。他坐著看最前面的幾條新聞標題一一出現在電視螢幕，眼睛半閉，彷彿很想睡，但不時端起擱在沙發旁邊的茶喝上一小口。就在播報道路安全的新聞時，電話嗡了一聲，他馬上伸手去拿。手機螢幕跳出一則訊息。

愛琳：你這口氣也太正式了吧賽蒙。

他瞪著這則訊息好幾秒鐘，然後開始輸入答覆。

賽蒙：會嗎？

螢幕上出現三個跳動的點點，表示愛琳正在輸入訊息。

愛琳：年過三十的男人怎麼寫起訊息像是在更新LinkedIn上的個人資料。

愛琳：嗨（愛琳），（星期天）見到妳很開心。我們可以再聯絡嗎？在下拉式選單裡挑個時間和日期吧

他雙手拇指在鍵盤上移動，隱約露出微笑。

賽蒙：妳說得對

賽蒙：如果我更年輕一點，就會手動關掉手機上的自動大寫功能，讓語氣顯得更輕鬆一點。

愛琳：這可以設定

愛琳：如果你找不到，我可以幫你

螢幕上方，又出現「週二電話」新郵件的提醒。信的一開頭是：嗨各位，剛聽說TJ……賽蒙不理會提醒，沒打開郵件，又開始輸入給愛琳的訊息。

賽蒙：不，我沒問題

賽蒙：我向來都是複製貼上，傳訊息給每個人說週末過得很愉快，我們要不要再見之類的。

賽蒙：從來沒人抱怨

愛琳：哈哈哈

愛琳：你會用複製貼上？太敬佩了

愛琳：反正呢，可以，我們這個星期可以見面

愛琳：什麼時間好？

螢幕頂端又出現一則訊息，是聯絡人名單裡的「潔拉汀・柯斯提肯」。

潔拉汀：親愛的，你爸說你明天晚上如果有時間就打電話給他。xxx

賽蒙緩緩吐了一口長長的氣，然後滑動螢幕，略掉這則訊息。他的眼睛來回看著他和愛琳的往復訊息，輸入「妳可以」，但又刪掉。他捲動訊息軸回到前一則，又讀了一遍，最後才開始輸入。

賽蒙：妳現在有事嗎？

雙勾出現，顯示愛琳已經讀過訊息，然後跳動的刪節號再次出現。

愛琳：沒事

愛琳：我本來要去洗澡，但我的室友把熱水用光了

愛琳：所以我只能躺在床上上網

愛琳：怎麼？

電視上的新聞已播完，開始播報天氣。地圖上的都柏林地區上方畫了一顆黃色的太陽。賽蒙開始輸入。

賽蒙：妳想過來嗎？

賽蒙：有用不完的熱水

賽蒙：冰箱有冰淇淋

賽蒙：沒有室友

過了幾秒鐘。他搓搓下巴，瞪著螢幕看。螢幕映照出天花板上那盞玻璃燈罩的大燈。

愛琳：!!

愛琳：我不是要勾引你邀請我

賽蒙：我知道

愛琳：你確定？

賽蒙：確定

愛琳：你真是好人

賽蒙：我能怎麼說，我這人個性很好

愛琳：好像挺好玩……

愛琳：但我不想再打擾你!!

賽蒙：愛琳
賽蒙：穿上鞋子，我幫妳叫計程車
愛琳：哈哈哈
愛琳：是的老爹
愛琳：謝謝你

他表情愉悅地結束訊息對話，打開叫車程式，叫了輛車到愛琳住的地方。他從沙發起身，把電視關靜音，端著空茶杯到水槽。擦洗乾淨廚房檯面之後，他到房間裡鋪床。他手裡忙著，但好幾次從口袋裡掏出手機，查看叫車程式，看著一個小光點沿碼頭往南緩緩遲疑移動，那是愛琳搭的車。他關掉程式，把手機收回口袋裡，繼續做手邊正在做的工作。

二十分鐘之後，他開門，愛琳站在玄關，身穿剪短的灰色恤衫搭棉布百摺裙，揹了一個有倫敦文學雜誌標章的托特包。她看起來好像之前塗過深色的口紅，但這時顏色已經褪掉。他一動也不動站在她面前一晌，才伸手摟住她的腰，親吻她的臉頰。見到妳很開心，他說。她雙臂攬住他的脖子，他就讓她這樣站在玄關摟著他。謝謝你邀請我來，她回答說。兩人走進屋裡。他關上他們背後的門，她從袋子裡拿出一瓶紅酒。我給你買了這個，她說，我們不一定要現在喝，我只是覺得兩手空空到別人家，有點可怖。尤其是你家。想想看我媽會怎麼說。不過我上次來的時候也什麼都沒帶，哈哈。她把酒放在桌上，取下包包，瞥見電視，便說：噢，你在看克蕾兒·伯恩[21]啊？我不會打擾你。我會安安靜靜坐在沙發上。他微笑著，目光緊隨愛琳的一舉一動，看她把包包掛到餐椅椅背，重新整理頭髮，解下把頭髮紮成髻的橡皮圈。沒，我沒在看，他說。妳看起來很漂亮。妳想來杯茶或什麼的嗎？妳如果比較想喝葡萄酒也行。她坐到沙發上，脫掉腳上的平底皮鞋，把穿著白襪的腳盤在沙發上。我要喝茶，她說，我並不想喝酒。這是個棋謎嗎？他從廚房轉頭，看見她指的是棋盤。不，他說，就只是一盤棋而已。昨天晚上彼德過來，但我們還沒下完，他就得走了，這樣對我倒好。她走近看那盤棋，他燒水，從保溫櫃裡拿出杯子。你是下黑棋嗎？她問。他背對她回答說，不是，我下白棋。你多兩個兵，她說，你可以靠主教將軍國王耶。正從餐具屜拿出湯匙的他覺得很有趣。再想想，

21 Clair Byrne，1975-，愛爾蘭電視記者與主持人。

他說。她蹙起眉頭盯著棋盤看，他泡好茶，端到茶几來。我不想弄亂你們的棋局，她說。他坐在沙發另一頭，關掉電視。下吧，他說，輪到白棋走了。她拿起白主教攻擊黑國王。他傾身，移動黑兵去阻擋攻擊，並威脅她的主教，她用主教吃掉這枚兵。他移動黑騎士向前吃掉主教，同時拿下白皇后和城堡。她做個鬼臉說：我是個大白癡。他說這是他的錯，之前就已經讓自己的白棋陷入頹勢。她端起茶杯，往後靠在沙發扶手上。我有沒有告訴你，我們家已經爲了蘿拉婚禮要邀請誰而吵成一團了？她說。我眞心不明白我幹嘛要捲進去，她那人眞是一場惡夢。你要不要看她傳給我的訊息？他說好。她掏出手機，給他看蘿拉星期六晚上傳給她的訊息。

蘿拉：我最好想聽某個三十歲還做爛工作賺不了錢住破公寓的人說我幼稚……

他目光在螢幕上移動，接著把她的手機拿過來，再讀一遍，蹙起眉頭：天哪，這敵意，他喃喃說。

愛琳從他手裡拿回電話，低頭看。我之所以去問婚禮的事，只是因爲瑪麗要我去問蘿拉，她說，但我向瑪麗抱怨說蘿拉寫這麼可怕的訊息給我，她卻像是，呃，這是妳們兩個之間的事，和我沒關係。

可是如果妳傳了像這樣的訊息給蘿拉——是吧？就是這樣。我媽肯定會打電話訓我一頓，說我怎麼膽敢對姐姐講這種話。

我猜告訴妳爸也沒用，他說。

她鎖定手機螢幕，擺在地板上。沒用，她回答說，他顯然是唯一一個腦筋清楚的人，可是他知道我們全都瘋了，所以很害怕，不敢介入。

他拉起她的腳，擱在他膝上。妳沒瘋，他說，另外兩個是瘋了，但妳沒有。

她微笑著靠回沙發扶手。謝天謝地，這世界上總算還有一個人搞得清楚狀況，她說。

樂意幫忙。

她就這樣看著他一晌，他用拇指搓揉她的腳背弧線。她嗓音一轉，問：你今天過得還好嗎？

他抬眼看她，然後又垂下視線。還好，他說，妳呢？

你看起來很累。

他沒抬頭，只輕聲回答：是嗎？

她繼續看著他，而他迴避她的目光。賽蒙，她說，你今天很難過嗎？

他發出有點尷尬的笑聲。嗯，他說，我不知道。我想沒有。

要是你心裡難過，會告訴我嗎？

我有這麼慘嗎？

她戲謔地用腳戳戳他。我問你今天過得好不好，你卻什麼都不肯告訴我，她說。

他握住她的腳踝，回答說：嗯，讓我想想喔。我今天傍晚接到我媽的電話。

哦？她還好嗎？

她沒事。她擔心我爸，但沒什麼特別的。他——他沒事，只是有高血壓，她覺得他沒好好吃藥。其實主要是心理問題，妳也知道家人是什麼情況。他很氣我，因爲——這事很無聊，和工作有關。

但你爸已經不工作了，不是嗎？她說。

他心不在焉地摩娑她的腳踝。沒錯，但我指的是我的工作，他回答說。妳知道，我們的政治立場不同。這也沒什麼，是常見的世代問題。他覺得我的政治觀點像是，呃，是我發育不良的個性長出的產物。

愛琳靜靜地說：聽起來不太妙。

是不妙，我知道。雖然我覺得這對我媽的傷害比對我還大。其實──如果妳親耳聽他說，他這說法是有一套很精細的理論。和默西亞[22]情結有關。我沒辦法公平判斷，因爲老實說，他只要一開始談這個問題，我就充耳不聞。但他似乎認爲，我之所以想四處拯救別人，是因爲這樣可以讓我覺得自己很強大，很有男子氣概或什麼的。最可笑的是，我的工作根本和救人無關。如果我當社工、醫生或什麼的，大概算是吧，但我整天就只是坐在辦公室裡。我不知道。上次我回家的時候，因爲一早醒來就頭痛，於是我們就莫名其妙起了衝突。他一整天不和我講話，到了晚上，長篇大論訓了我一頓，說我媽有多想見我，而我卻因爲頭痛毀了她的整個週末。他從來不說是他自己生我的氣，總是把他的感覺硬是栽在潔拉汀身上，彷彿我的偏頭痛是對她個人的侮辱。他討厭偏頭痛，是因爲我媽也有，他覺得這是某種身心症狀。反正，她要我明天打電話和他談用藥的問題，爲了他的高血壓。但不管我說什麼，對他都不會有用。對不起，我覺得我好像滔滔不絕講了一整年，我該住嘴了。

他講話的時候，手指一直輕撫愛琳的小腿背，膝蓋背後，但講完最後一句話，就放

22 Messiah，基督教譯為「彌賽亞」，天主教譯為「默西亞」。

開手，坐直起來。

別停，她說。

他看著她。什麼？他問，是講話別停，還是動作別停？

兩樣都別停。

他把手擺回原來的位置，就在她膝蓋底下。她回應似的發出輕輕的歡愉聲音，有點像是：嗯。他的拇指拂過她大腿內側，探進她裙子裡。聽起來你爸好像很嫉妒你，她說。他憐愛地看著她。妳爲什麼這樣說？他問。她頭往後靠在沙發扶手上，抬眼看天花板上發亮的玻璃燈罩。這個嘛，你年輕，英俊，她說，而且女人都很愛你。倒也不是說你爸會在意這個啦，但他可能希望你能崇拜他，想要像他一樣，可是你並沒有。當然啦，我沒那麼瞭解你爸，但就我接觸的經驗看來，他那人很跋扈，很無禮。你對每個人都這麼好，沒什麼事情能惹惱你，這可能會讓他抓狂吧。賽蒙輕撫她膝蓋內側，點點頭。可是在他看來，我之所以對每個人都好，只因爲這樣會讓我自我感覺良好，他說。愛琳露出困惑的表情。那又怎樣？她回答說，總比靠霸凌別人來自我感覺良好要來得強吧，不是嗎？天曉得，我們這世界已經有太多虐待狂了。你憑什麼不該自我感覺良好？你這麼正直誠懇，度量又這麼大，是個很了不起的朋友。他微微挑起眉毛，沉默一晌，然後回答說：愛琳，我不知道妳對我的評價這麼高。她閉上眼睛，微笑。你確實是這樣的人沒錯，她說。他看著頭往後仰，閉起眼睛躺著的她。

妳在這裡，我很開心，他說。

她露出可笑的表情，問：你這句話的意思是柏拉圖式的嗎？

他手滑進她裙子裡，面露微笑。不，不是柏拉圖式的，他說。

她靠在扶手上稍微蠕動了一下。你知道你傳訊息給我說——是怎麼說的？她問，穿上鞋子，我幫妳叫計程車之類的，實在很貼心。

妳這麼想，我很高興。

是啊，那句話性感的不得了。說來好玩，我覺得我很喜歡你指揮我。我有點想要對你說，拜託，請告訴我該拿我的生活怎麼辦。

他笑起來，手指撫摸她的大腿內側。妳說得沒錯，他說，這很性感。

這讓我覺得很安全，很放鬆。比方我抱怨什麼事給你聽的時候，你叫我「公主」，就讓我稍微開心起來。你討厭我這樣說嗎？你這樣說的時候，會讓我覺得一切都在你的掌握之中，你不會讓我碰上任何壞事。

不，我不討厭，我喜歡這類的事。我會照顧妳，或妳需要我之類的念頭。我八成是對這樣的事情有執念吧，每回有女生要我幫她開果醬罐，我就會愛上她。

她把指尖含在嘴裡。我還以爲我很特別呢，她說。

至於妳嘛，是有那麼一點點不同。事實上，我記得娜塔莉有一回對我提起妳——告訴妳這件事，八成也很怪，但我還是說吧。妳那時來巴黎看我，我好像有點擔心妳的航班還是怎樣。娜塔莉就講了什麼：噢，爹地的小女兒自己一個人孤伶伶的，諸如此類的。很好笑。我是說，我覺得她是在開玩笑。

愛琳遮住眼睛，開始笑。我也有件事要告訴你，她說。有天晚上你傳訊息給我，我的手機剛好擺在埃登旁邊，所以他幫我看訊息。我問他是誰傳來的，他把螢幕秀給我看，說：是妳老爸。

他很高興，但也有點尷尬，搖搖頭。我覺得我要是向其他人解釋這個情況，他們八成會報警，他說。

就因爲爹地的小公主這種念頭？還是你也想把我綁起來，虐待我？

不，不是的。但那樣應該比較正常，對吧？我的想法比較像是——希望我這樣講不會嚇到妳。但我想我的幻想是妳非常無助，而我告訴妳說，妳眞是個乖女孩。

她故作靦腆地抬起目光，透過睫毛看著他。如果我不是個乖女孩怎麼辦？她說，你就不願意把我抱在腿上，決定要處罰我？

他的手滑過她已潮濕的薄棉布內褲。啊哈，但我不會傷害妳，他說，只會叫妳乖乖聽話。

她沉默一晌，然後說：你會告訴我該怎麼做嗎？

他用他正常、輕鬆、半帶戲謔的口吻回答說：我叫妳怎麼做，妳就會怎麼做？

她又開始笑。沒錯，這讓我很興奮，實在太好玩了。很詭異吧，想到你會對我做什麼，我就很興奮。很對不起，如果我破壞了角色。

不，不要角色扮演，當妳自己就好。

他傾身親吻她。她頭枕在沙發扶手上，他的舌頭在她嘴裡濕潤潤的。她被動地讓他脫下她的衣服，看著他的手解開她的裙釦，拉下她的內褲。他手探到她的膝蓋底下，拉起她的左腿搭在沙發椅背上，把她的另一條腿放到地上，讓她兩條腿張得開開的，她開始發抖。啊，妳很乖，他說。她搖頭，發出緊張的笑聲。他手指輕輕摸她，但還沒伸進她裡面，她臀部往下壓在沙發上，閉上眼睛。他一根手指伸進她裡面，她呼了一口氣。乖女孩，他喃喃說，放輕鬆。他又輕輕地把另一根手指插進她裡面，她叫出聲來，高亢粗啞的一聲喊叫。噓，他說，妳好乖好乖。她又搖搖頭，嘴巴張開。要是你再繼續這樣講，我很快就會來了，她對他說。他微笑，低頭看她。再一分鐘，他說，還不要來。他脫掉自己的衣服，她閉眼躺著，一隻膝蓋仍然掛在沙發椅背上。他在她耳邊說：我要進到妳裡面，可以嗎？她一手抓住他的頸背。我眞的很想要你這麼做，她說。他閉上眼睛好一會兒，點點頭，什麼都沒說。他進到她裡面的時候，她又叫出聲來，緊緊抓著他，而他沉默無聲。我愛你，她說。他小心地吸了口氣，什麼話也沒說。她仰頭看他，問：賽蒙，你喜歡我這麼說嗎？他有點艱難地擠出一個微笑，說他喜歡。我感覺得出來你很喜歡，她回答說。他還是喘著氣，上唇濕濕的，額頭也是。嗯，我也愛妳，他說。她吮著嘴唇，看他。因爲我是這麼乖的女孩，她回答說。他食指指尖摸摸她。妳是，他說。她再次閉上眼睛，嘴唇掀動，但沒發出任何聲音。幾分鐘之後，她告訴他說她要來了。她呼吸急促，身體在他的臂彎裡顫抖，緊繃，蜷縮。她高潮結束之後，他靜靜地說：我可以繼續嗎？還是妳希望我停下來？她用筋疲力竭的嗓音說對不起，問會不會很久。不，我會很快，他說，但如果妳不想要，我也可以停下來，沒關係。她告訴他說他可以繼續。他雙手摟住她的臀部，用力插進她裡面，讓她緊緊貼在沙發上。她已經渾身無力，非常濕，沒有任何抗拒，只偶爾發出虛弱的叫聲。天哪，他說。事後，他貼著她躺下，兩人動也不動，呼吸緩慢，他皮膚上的汗水逐漸變涼。她手背輕輕沿著他的後背往下滑。謝謝妳，他說。她微笑，垂眼看他。你不必謝我，她回答說。他閉上眼睛。是沒錯，他說，但我很感激。不只是——我的意思是，和妳在一起眞好，我很高興妳到我家來。有時候我晚上一個人在家，妳知道的，會有點沮喪，老實說。也許只是寂寞還是什麼的。他發出有點喘不過氣來的輕笑。對不起，我不知道我爲什麼這樣說，他說，我只是很高興妳來了，就這樣。妳有沒有過這樣的經驗，有人對妳做了一件非常好的事，讓妳非常感激，感激到開始有點不好的感覺？我不知道其他人是不是也會這樣，還是只有我。別放在心上，我就是個大白癡。他坐起來，開始穿衣服。她赤裸裸躺在那裡，看著他。但我這樣做又不是給你恩惠，她說，這是互相的。他沒轉身，又發出一聲緊繃的笑聲，似乎用手抹抹眼角。當然，我知道，他說，我想我只是很感激，因爲妳也想要。對不起，我不知道我是怎麼回事。

我不介意，她說，可是我不希望你有不好的感覺。

他站起來，重新穿上襯衫。我沒事，別擔心，他說。妳想來杯葡萄酒嗎？或者我們可以吃冰淇淋。

她緩緩點頭，坐起來。當然好，她說，來點冰淇淋很好。他朝廚房走去，她隔著沙發椅背看他，一面穿上衣服。從背後看，他很高，襯衫有點皺，在天花板燈光的照明下，他的頭髮是柔和的金色。

我不知道你有偏頭痛，她說。

他沒轉頭，回答說：我不常犯。

她扣上裙腰的釦子。上次我犯偏頭痛的時候，我躺在床上傳訊息給你，對你抱怨說有多難受，她說，你還記得嗎？

他從餐具抽屜裡拿出兩把湯匙，回答說：記得，我想妳的偏頭痛應該比我嚴重。

她點點頭，沒說話。最後又說：我可以開電視嗎？我們可以看《新聞之夜》還是其他節目。你覺得呢？

聽來不錯。

他端著兩碗冰淇淋過來，她把電視的音量調高。螢幕上，一個英國主持人站在藍色的背景前面，對著麥克風談英國黨魁選舉。愛琳眼睛盯著螢幕說：這都是騙人的，不是嗎？繼續說啊，說這是騙人的。但沒有，他們絕對不會這樣做。賽蒙坐在她身邊，開始用湯匙戳開他碗裡的冰淇淋。妳知道她嫁給一個避險基金經理人嗎，他說。他們一面看電視，一面斷斷續續討論年底前愛爾蘭舉行大選的可能性，以及如果大選，賽蒙黨內哪幾個議員有可能保住席次。他擔心他最喜歡的那個人會敗選，而「野心家」比較有可能勝選。電視上有位政黨發言人在講話。首相——不好意思，對不起，首相說了一遍又一遍——愛琳把吃空了的冰淇淋碗擺在茶几上，又盤起腿坐在沙發上。記得你上電視那次嗎？她說。賽蒙還在吃。大概只有三分鐘吧，他說。她拿橡皮筋把頭髮重新紮好。我那天晚上大概收到上百條訊息說，妳朋友賽蒙上電視了！她回答說。有個人——我不會說他是誰，但這個人傳了一張你的截圖給我，訊息的大意是，這就是妳老是談個不停的那個賽蒙嗎？他眼睛盯著電視，咧嘴笑，但什麼也沒說。愛琳觀察他的表情，繼續說：我沒那麼常談起你啦。反正，我回答他說，是啊，就是他。她回我一個訊息——我這是逐字引述喔——無意冒犯，但我想和他生小孩。他開始笑。我不相信，他說。愛琳又說一遍，我是逐字轉述喔。我可以把這條訊息轉傳給你，只是那句「無意冒犯」讓我很惱。這爲什麼會冒犯我呢？她認爲我們之間的友誼是某種悲哀的單戀嗎？因爲我愛你，而你根本就不在意我？我討厭別人這樣看我們。賽蒙轉頭看她，她面對電視螢幕，他只看得見她四分之一的輪廓，天花板的燈照得她顴骨和眼皮尾端白白的。我所有的朋友看法恰恰相反，他說。她沒轉頭，還是看著電視，但露出被逗樂的表情。怎麼，是你單戀我啊？她說，這也太好笑了。不過我也不在意，因爲這對我的自尊心頗有好處。是誰這樣想？彼德？我不認爲狄克蘭會這樣想。電視節目正好結束，螢幕上開始出現製播人員表。愛琳眼睛仍然盯著螢幕，看似隨意地說：聽我說，我知道你不想談這個話題，可是你之前提到的，說你覺得寂寞。我不時有這樣的感覺。我之所以這樣說，是因爲我想讓你知道，你不是唯一一個有這種感覺的人，免得你覺得只有你這樣。從我的角度來說，每次我覺得很寂寞的時候，都會打電話給你。因爲對我來說，你有安撫的作用。你知道，通常我擔心的事情，只要和你聊過，好像就沒那麼讓我擔心了。反正呢，我是想說，如果你有這種感覺的時候想打電話給我，就儘管打吧。你甚至不必說你爲什麼打電話，我們可以聊其他的事情。我八成也會對你抱怨我的家人。又或者我可以過來，我們做這個，好嗎？也不是說你非打電話給我不可，當然，但你可以打給我。隨時都行。就這樣。她講話的時候，他的目光一刻也沒從她臉上移開。然後他語氣溫和親切地說：愛琳，妳知道那天晚上講電話的時候，妳說我應該給自己找個妻子？她笑起來，轉頭看他。沒錯，她說。他微笑，看起來很開心，也很疲累。妳的意思是，某個新的人進到我的生活，嫁給我，他說，某個我以前不認識的人。愛琳插嘴說，而且是很漂亮的人。我想我們也說是個比較年輕的女人。不必太過聰明，但好脾氣又貼心。他點點頭。沒錯，他說。她彷彿又開始編織幻想。現在，我有個問題。我娶到的這個太太——從妳的說法聽來，這個人和妳應該不是同一個人吧。愛琳故作憤慨地打斷他說：她當然不是我。別的不說，我是個比她更愛讀書的人。他還是兀自微笑。沒錯，他說。但如果我找到她了，不管她是誰，妳和我還會是朋友嗎？她往後靠在沙發靠墊上，彷彿在思索這個問題。沉吟一晌之後，她回答說：不會，我覺得你找到她之後，就會放棄我。說不定放棄我就是一開始要找到她的先決條件。

那我想，他說，我永遠不會找到她。

愛琳驚訝地舉起雙手。賽蒙，她說，認眞點，這女人是你的靈魂伴侶。上帝讓她降生於世，就是爲了你啊。

如果上帝希望我放棄妳，祂就不應該讓我成爲我。

好一會兒，他們就這樣看著彼此。她一手貼著臉頰，臉漲得通紅。所以你不打算宣布放棄我們的友誼，她說。

絕對不會。

她伸出手，摸著他的手。我也不會放棄，她說。你可以相信我，因爲我的男朋友沒有半個喜歡過你，但我從來就不在乎。

他哈哈笑，兩人都笑了。午夜時分，她去刷牙，他關掉廚房的燈。她從浴室裡出來說：看吧，我顯然早有預謀，因爲我帶了牙刷來。她跟著他走進臥房，他關上背後的門，不知說了句什麼，但聽不見。她笑起來，隔著門，那笑聲變得柔和，帶有韻律。公寓裡黑漆漆的起居空間再次陷入沉寂，毫無動靜。水槽裡兩個空碗，兩根湯匙，還有一只玻璃杯，杯緣有著淡淡的透明唇蜜印子。隔著門，交談聲低語呢喃，但字句都模糊難辨。凌晨一點，一切歸於靜寂。五點半，天空開始亮起，天光照亮了面東的客廳窗戶，從黑到藍，再到銀白。嶄新的一天。高處電線上的烏鴉啼叫。街頭響起公車的聲音。

16

艾莉絲，妳還記得幾個星期還是幾個月前，我寫給妳一封信，提到後青銅時期文明崩潰的事嗎？之後我繼續找資料來讀，雖然我們對那個時期所知不多，但學術研究的闡述比維基百科來得更多，也更讓我相信。我們目前知道，那個文明在崩潰之前，東地中海富裕且有文化修養的宮廷經濟體之間曾有極爲高價的物品交易互換，顯然拿來當成禮物，和其他王國的統治階級禮尚往來。我們也知道在文明崩潰之後，皇宮被毀壞或棄置，書寫的文字消失，奢華物品的生產不再維持那麼高的品質，也不再送到那麼遠的地方之外。但有多少人，有多少這所謂「文明」的居民，是眞正住在皇宮裡？有多少人戴珠寶，用銅杯飲酒，吃石榴？每有一個菁英存在，就有幾千名不識字，貧苦求生的農民。在「文明崩潰」之後，許多人遷徙到其他地方，有些人死了，但大部分人的生活很可能沒有太大的改變。他們繼續種莊稼，收成有時好，有時不好。在大陸的另一個角落，那些人就是妳我的祖先——不是住在皇宮裡的人，而是那些農民。我們富裕且複雜的國際生產交易網絡以前曾經終結過，但我們，妳和我，還在這裡，人類也還存在。如果在這世界上生活的意義並不在於朝向某個特定目標——設計生產更多更多強大的科技，發展更多更多複雜而抽象的文化形式——永無止境地進步呢？如果這些事物就只是自然地起落跌宕，像潮汐一般，而生命的意義絲毫未改，就只是活下來，和其他人一起生活呢？

至於妳和菲力克斯的關係：請容我這麼說，身爲妳的朋友，聽妳談起過兩人的關係並沒有特定形式，而感情的羈絆也帶有實驗性質，所以我一點都不意外。如果他對妳好，我就會無條件認可他，要是他對妳不好，他就會是我一輩子的敵人。這聽起來合理嗎？可是我相信他會對妳很好。

我不知道我以前有沒有對妳提過，幾年前，我開始寫日記，但我稱之爲「生活之書」。我一開始是想每天寫下一條簡短的紀事，用一兩行描述某件美好的事情。我所謂的「美好」是指能讓我開心，或帶給我愉悅感受的事情。我有一天回頭看，發現剛開始的紀事都是在那個秋天寫的，大概是六年前吧。懸鈴木向上翻捲的乾葉像爪子般落在南環路上。電影院裡嘗起來有人造奶油味道的爆米花。傍晚淡黃色的天空，籠罩在霧裡的湯瑪斯街。都是這類的事情。那年的九月、十月、十一月，我沒有一天沒寫。我總是可以想到一些美好的事物，有時候我甚至刻意做某些事，例如泡澡或散步，就爲了可以寫進日記裡。當時我覺得自己充分享受人生滋味，每日結束，我不費吹灰之力就能想出這一天所見所聞的美好。一切如此自然而然地來到我心裡，甚至那些文字也是，因爲我唯一的目的是清楚簡單地捕捉那些意象，好在未來憶起其中的美好。如今重讀這些紀事，我確實記得當時的感受，至少記得我所見、所聞、所注意到的。到處逛的時候，就算天氣不好，我也還是會看見種種事物——我指的是自然而然出現在我面前的事物。其他人的面容，天氣，交通。修車廠飄出的汽油味，雨滴落在身上的感覺，平凡至極的事情。就這樣，連天氣不好都很好，因爲我能感覺得到，並記得自己體會到的感覺。過著那樣的生活，有種非常微妙的感覺，彷彿我是某種樂器，只要世界一碰觸我，我體內就會發出迴響。

幾個月之後，我開始有些日子沒寫了。有時候是我不記得寫就睡著了，但也有時候，我翻開本子，不知道該寫什麼——我什麼都想不出來。而動手寫的時候，字句也越來越口語，越抽象：歌名，小說摘句，或朋友傳來的訊息。到了春天，我已經完全沒法寫了。我開始把日記本收起來，每次一擱就是幾個星期——那只是一本從辦公室拿回來的便宜黑色筆記本——最後我拿出來，只爲了讀前一年的紀事。而那時，我發現我已經無法想像，也無法再次感受到對雨、對花曾經有過的感覺。我不但不能再因為曾經有過的感官經驗而感到快樂，甚至也不能再真正擁有那樣的情緒感受。我走路去上班，出門去雜貨店或什麼地方，回到家時完全想不起來我見過或聽過什麼特別的東西。我猜我只是睜著眼睛看，但什麼也沒看進去——視覺的世界在我眼中如此扁平，就像一本資訊型錄。我不再真正用心看任何東西，不再像我以前那樣用心看。

如今重讀這本日記，我有了極為強烈的感受。我當時真的有那樣的感覺？一個人真的能沉浸在轉瞬即逝的種種意象裡，同時還能想辦法描述出來，沉醉其間，找到豐富的美感。顯然我可以——「在那幾個小時之內，但如今我已不是那樣的人[23]。」我不禁忖思，是日記本身，書寫日記這件事，讓我過著那樣的生活，又或者，我之所以寫，是為了記錄當時的那些經驗。我努力回想我當時的生活情景，希望有助於釐清頭緒。我知道我當時二十三歲，剛開始在雜誌社工作，妳和我一起住在自由區一間恐怖的公寓裡，凱特也還在都柏林，還有湯姆和伊菲也是。我們一起去跑趴，我們找人請吃晚飯，我們喝太多酒，我們會吵架。有時候賽蒙會從巴黎打電話給我，我們對彼此吐苦水，抱怨工作，而每次我們大笑的時候，我就會聽見他背後有娜塔莉的動靜，在廚房裡收拾餐盤。從某方面來說，我的感覺和經驗都極端強烈，從另一方面來說，又極其微不足道，因為我的任何決定似乎都不會帶來任何後果，而我生活裡的一切——工作、公寓、欲望、愛情——對我來說都不會恆久存在。我覺得一切盡皆有可能，沒有任何一扇門會在我背後關上，在某個地方，雖然還是個未知的地方，會有人愛我，欣賞我，希望我快樂。也許從某個程度上來說，這也可以解釋我爲何會對世界抱持開放的態度——或許因爲一無所知，所以我可以期待未來，我可以等待徵兆出現。

幾天前的一個晚上，我參加完新書活動之後，自己搭計程車回家。街道黑漆漆，靜悄悄，空氣異常溫暖而靜止。碼頭邊的辦公大樓裡還亮著燈，但不見人影。在一切之下，在一切的表象之下，我開始重新有了以前那樣的感覺——那近在咫尺，那美好的可能性，像是一盞燈，從這具體可見的世界背後射出溫暖的光，照亮一切。我一察覺到自己的感覺，就努力想把這樣的感覺深植在思緒裡，想要擁抱、掌握這感覺。但感覺卻微微淡去，離開我身邊，溜向前方更遠處。空辦公室裡的燈光讓我想起一些事，我想起妳，努力想像妳房子的模樣，我想，我想起我曾經收到妳的一封信，但同時，我也想起賽蒙，想起他有多神祕。我坐在計程車裡，望著窗外，開始想到他就存在這個城市裡，

---

23 引自美國詩人弗蘭克・奧哈拉（Frank O'hara，1926-1966）的詩作〈*How to get There*〉。

就在城裡的某棟建築裡，或站或坐，手臂這樣擺或那樣放，穿衣或沒穿，他人就在這裡，都柏林就像耶督降臨曆[24]，把他藏在百萬扇窗戶之中的一扇裡，空氣緩緩注入，溫度緩緩注入，他的存在，妳的信，還有我現在回覆給妳的這封信的內容，當時都在我腦袋裡。這世界似乎可以涵括這一切，我的眼睛，我的大腦都可以接收並理解這一切。我很累，時間也很晚，半睡半醒坐在計程車後座，但卻清清楚楚記得，無論我到哪裡，妳都陪著我，還有他也是，只要你們兩人都還在這世界上，那麼世界對我來說就無比美好。

我不知道妳住院的時候讀聖經。妳爲什麼會想讀呢？妳覺得那樣有用嗎？我覺得妳關於寬恕罪孽的看法非常有意思。我有天晚上問過賽蒙，他是不是會向上帝禱告，他告訴我說會——「向祂說謝謝」。我想如果我信上帝，我不會俯伏在祂面前，請求祂寬恕。我只想謝謝祂，爲了每一天，爲了這一切。

24 Advent Calender，從十二月一日倒數到聖誕節的日曆，通常每一日是一個格子，戳開來裡面會有一個小禮物。

17

五月的第二個星期五傍晚，菲力克斯花了八分鐘在安檢處排隊等下班。排在他前面的某個人觸發了機器，被帶到小房間裡搜查。那房間門上有張告示：只限主管，出示證件。排隊的隊伍卡在外面動彈不得，房間裡面傳出拔高的嗓音。菲力克斯和排在他前面的那人互看一眼，但誰也沒說話。等他通過掃描器，坐進自己車裡，已經是七點十三分了。天空雲層濃密，但頂上有一片白，偶有幾柱陽光穿透低低的雲層射下來。他打開CD，掉頭開出停車場，離開工業區。

上路幾分鐘之後，他轉進一片鋪滿碎石礫的平坦停車區，這裡可以俯瞰大海。入口處的遊客中心木屋已經關閉，附近一輛車也沒有。碎石地盡頭有個大大的黃色告示板，張貼有這個地區值得關注的歷史地理資訊。菲力克斯停在停車場最遠的邊緣，擋風玻璃外，浪濤洶湧的灰色大西洋在眼前延展。他解開安全帶，拉下身上這件黑色羽絨外套的拉鍊，露出裡面繡有白色小標章的褪色綠帽衫。他從口袋裡掏出手機，開機，然後打開置物箱，開始給自己捲根菸。手機震動了好幾次，接收他上班期間傳進來的訊息，他的目光在手機螢幕與方向盤上那張捲菸紙之邊來來回回。捲好菸之後，他把還沒點亮的菸叼在嘴裡，捲動螢幕上的訊息和通知：有好幾則社群媒體和應用程式的通知，還有一則是直接傳來的簡訊，是他哥哥達米安傳的。

達米安：你今天幾點下班？你可以過來還是我把東西帶過去給你，看你方便，告訴我。

菲力克斯斜躺在駕駛座上，仰頭看著車頂毛絨絨的灰色內裝，點亮打火機。他閉上眼睛一晌，吸口菸，然後拿起電話，點開訊息串。前一則訊息是菲力克斯昨天傳的，說：明晚下班，會打給你。在那之前，則是好幾通未接來電，都是達米安打的。十天前，菲力克斯傳了一則訊息：抱歉我不在。他茫然瞪著訊息串，然後關掉。好一會兒，他就這樣抽一大口菸，緩緩吐煙，滑動其他的通知，有些略過，有些點開來看。他收到一則透過約會應用程式傳來的新訊息，他在螢幕上點開。

派崔克：你今晚有空？

菲力克斯點開「派崔克」的名字，看著一張張上傳的照片。其中一張是一群在某個社交活動的男人們，手臂摟著彼此的肩膀。另一張是個留鬍子的男人蹲在水邊，手裡抓著一條大魚。在陽光下，魚身色彩斑斕，光彩耀眼。菲力克斯跳回那則訊息，輸入回答：也許，有什麼想法？他沒按下發送鍵，再次跳回他哥哥傳給他的訊息。他鎖定手機螢幕，繼續抽菸，聽音樂，偶爾心不在焉地跟著哼歌，嗓音很輕，很愉快。車外，雨滴開始敲打擋風玻璃。

七點五十五分，他把菸蒂丟到窗外，掉頭開出停車場，眼神有點呆滯。接近村子時，他打方向燈，從儀表板上拿起手機，又瞄了一眼。沒有新訊息。他沒來由地關掉方向燈，繼續直行。他後面的車子按喇叭，菲力克斯不溫不火地低聲說：好喔，沒問題，快滾。他一手抓著方向盤，一手打電話。

響了兩聲之後，有人接起：喂？

妳在家？菲力克斯說。

在我家？對啊。

在忙？

沒，一點也不忙。爲什麼問？

我剛下班，他說，想說如果妳在家的話，我可以過去找妳。妳覺得呢？

嗯，我當然在家。我就在這裡。

我馬上就到，菲力克斯說。

他掛掉電話，把手機用力甩到旁邊的座位上。又往前開了幾分鐘，一幢白色的大房子出現在左邊，他再次打方向燈。

他按電鈴的時候，雨還在下。艾莉絲出來開門，身上是羊毛運動衫和深色裙子，腳上沒穿鞋。她雙臂抱胸，然後又放下來。菲力克斯站在那裡看她，一手插在口袋，一隻眼睛微微半閉，彷彿不太能聚焦。

嗨，他說，我打擾妳了嗎？

才沒有，你要進來嗎？

既然都來了，我想。

他跟著她走進屋裡，關上門。她走向客廳。這個寬敞的空間粉刷成紅色，壁爐裡有火。面對爐火的是一張沙發，堆滿不同顏色的罩巾與靠墊。茶几上一本翻開的書，旁邊一杯熱茶。艾莉絲走進客廳，菲力克斯卻停在門口。

看起來好舒適，他說。

她靠在沙發上，又雙臂抱胸。

妳在幹嘛，看書嗎？他問。

是啊。

希望我沒打擾到妳。

這句話你已經說過了，她說，我也告訴過你沒有。

兩個人就這樣沉默了好一會兒，沒再多說什麼。菲力克斯低頭看淡黃褐色的地毯，再不然就是他自己的鞋子。

我有一陣子沒你的消息了，後來她說。

他似乎一點都不意外，繼續瞪著地毯。是啊，他回答說。

她什麼也沒說。一會兒之後，他抬頭，迅速瞥了她一眼。

妳生氣嗎？他問。

我沒生氣，沒有。我只是很不解。老實說，我以爲你不想再見到我，我很想知道我是不是做錯什麼了。

他蹙起眉頭，啊，沒有，他說，妳什麼也沒做。聽我說，妳說得沒錯，隨著時間過去，我開始覺得有點尷尬。

她點點頭，面無表情。

妳希望我離開嗎？他說。

她嘴巴動了動，不太確定似的。我不知道這是怎麼回事，她說，但說不定是我的錯。

他彷彿想了想，又或者只是做做樣子，假裝在想。這個嘛，我不會說這是妳一個人的錯，他說，我懂妳的意思。我想我們兩個都有錯。坦白說，當時我並沒打算許下什麼人生的重大承諾。

我看得出來。

是啊，他說，而且在去了義大利一趟之後，我想，妳也知道，事後最好是表現得不在意一點。

沒錯。

他腳後跟微微往後，那好吧，他說，那我就走了，好嗎？

隨便你。

好一會兒，他一動也不動，繼續心不在焉地打量房間。反正妳也不在乎，對吧？他說。

不好意思？

他鼻子深吸一口氣，慢慢又說一遍：反正妳也不在乎，還是妳在乎？

在乎什麼？

我指的是，我走或不走，有沒有我的消息，妳反正都不在乎。

我覺得我顯然很在乎，她說，說自己不在乎的人是你。

可是妳表現得不像在乎的樣子。

她露出有點驚詫的表情，回答說：你希望我怎麼做，跪下來哀求你別走？

他兀自笑起來。好問題，他說，我不知道，說不定我就是希望這樣。

那好吧，你的期望無法實現。

我看得出來。

他倆看著彼此。她對他蹙起眉頭，他又笑起來，搖搖頭，把臉轉開。

他媽的，他說，我不知道。爲什麼我老覺得妳像老大，而妳叫我做什麼，我就得做？

我不知道你爲什麼有這種感覺，我甚至不覺得我曾經叫你做什麼。

她還是看著他，但他沒看她，目光飄向踢腳板的方向。

最後她說：你既然來了，想喝一杯嗎？

他環顧客廳，做了個像是聳肩的動作。好啊，有何不可呢，他說。

我有瓶葡萄酒，我去拿杯子？

他蹙起眉頭，說：好啊，沒問題。他清清嗓子，補上一句：謝謝。

她走出客廳到廚房，他脫掉外套，掛在扶手椅椅背上，人坐在沙發，從口袋掏出手機，看看螢幕，上面有一通達米安打來的未接來電。他滑開通知，開始輸入訊息。

菲力克斯：抱歉晚上不在，明天打給你。

不到幾秒鐘，回覆就來了。

達米安：快三星期了。你在哪？

菲力克斯蹙眉，整張臉皺了起來，開始輸入回覆，但不停刪掉一些字重打。

菲力克斯：我前兩星期不在，告訴過你了，這週一直在上班。我明天休假，給你電話。

他送出訊息，鎖定螢幕，坐在沙發上瞪著爐火。艾莉絲帶著兩個空酒杯和一瓶紅酒回來。他看著她開酒，給兩個杯子斟酒。

我們要開始深度的生命對話了嗎？他說。

她遞給他一個酒杯，坐在沙發另一頭。嗯，她說，我想我還在努力搞清楚自己的定位。我不確定我已經準備好要進行深度對話了。

他點點頭，看著他的酒。有道理，他說，那妳想做什麼，看影片還是什麼？

如果你想看影片，我們就看啊。

她建議他可以用她的Netflix帳號，輸入她的密碼之後，她把筆電交給他。他打開網頁瀏覽器，而她小口喝酒，看著爐火。他用兩根手指漫無目標地捲動一連串小縮圖，不時抬頭看她，彷彿有點心不在焉。最後他說：嗯，我不知道妳喜歡看哪一類的影片，妳來挑吧。只要別是有字幕的，我就看。他把筆電交給她，她默默接過來。他閉上眼睛，頭往後仰，靠在沙發上緣。天哪，我好累，他說，我要是喝了這杯酒，八成不該開車。她繼續滑動螢幕，說：你可以留下來過夜，如果你想的話。他什麼也沒說。螢幕出現分類選單，標題包括：「好評愛情片」、「黑暗懸疑片」、「小說改編電影」。壁爐裡有根燒焦的柴薪啪啦一聲，迸出火花，嘶嘶響。艾莉絲轉頭看菲力克斯，他依然靜靜坐著，閉上眼睛。她看了他好幾秒鐘，然後闔上筆電。他一動也不動，她就這樣盤腿坐在沙發上，看著壁爐裡飛舞的火花，喝完她杯裡的酒，然後走出客廳，關掉天花板的燈。

兩個半鐘頭之後，還坐在同一個位置的菲力克斯醒來。客廳黑漆漆，只有壁爐餘火微亮。屋裡某處有嘩啦啦的水聲。他坐直起來，抹抹嘴巴，從口袋掏出手機。時間將近十一點，而且他又收到一則新訊息。

達米安：你怎麼回事啊菲力克斯。你在哪不能打電話給我？

菲力克斯開始回覆，輸入「是怎樣」，又刪掉，重新輸入「是你的」，然後又停下來。他就這樣坐著，瞪著壁爐裡微微燃燒的餘燼好一會兒。火光在他的臉和衣服上映照出暗紅色的亮光。最後他從沙發起身，走出客廳。外面的走道很亮，他站在樓梯口蹙起眉頭，讓眼睛適應光線。廚房裡，艾莉絲在笑，朗聲說：噢，我才不會讓這樣的小事困擾我呢。他穿過走道，停在敞開的廚房門口。廚房裡的艾莉絲在看冰箱，背對他。冰箱裡的燈光形成一個白色的長方形，把她的身體框在裡面。她一手拿著手機貼在耳邊，另一手拉著冰箱門。菲力克斯或許是下意識地模仿她的動作，所以右手撐在廚房門框上，看著她，什麼也沒說。她還在笑。發照片來，好嗎？她說。她鬆手讓冰箱門用力關上，走向水槽。她面前的廚房大窗映出明亮的室內。她這時抬頭，看見菲力克斯站在她背後。她一點也不意外地對著手機說：我得掛了，因爲有人剛進來，我們下個星期見，好嗎？菲力克斯就這樣站著，不再看她，眼睛盯著地板。我們再聊，晚安。她把手機擱在流理臺上，轉身面對菲力克斯。他沒抬頭，只清清嗓子說：對不起。我今天上了很長的班，顯然比我以爲的要來得累。她要他別擔心。他下巴動了動，點點頭。她又看著他一晌，看他還是繼續盯著地板，便轉身，把一條麵包包起來。

你上班時間很長？她問。

他彷彿想裝出逗趣語氣似的，回答說：在那裡上班永遠覺得時間很長。

她已經轉身背對他，所以他又抬頭看她。她把白色小碟子裡的麵包碎屑倒進踏板式掀蓋的垃圾桶裡。

妳和誰講電話？他問。

噢，就只是個朋友。

妳的朋友愛琳？

不是，她說。說來好笑，愛琳和我從來不講電話。不是，是我的一個朋友丹尼爾，我想我以前沒提過他。他住在倫敦，是個作家。

菲力克斯又點點頭。我敢說妳有很多作家朋友，對吧？他問。

是有幾個。

他站在門口，指尖用力揉揉左眼眼皮。艾莉絲從水槽裡拿起一條抹布，擦淨餐桌桌面。

對不起，我一整個星期沒回妳訊息，他說。

沒關係，別擔心這個。

我和妳在義大利過得很開心，如果妳以爲我不喜歡那段日子，那我會很難過。

沒關係，她說，我也很開心。

他吞吞口水，一手又插回口袋。我今天可以在這裡過夜嗎？他問，我覺得我有點醉，沒辦法開車回家。我可以睡沙發，如果妳希望這樣的話。

她把抹布放回水槽，說她會幫他鋪張床。他低頭看地板。她走到他面前，用親切的口氣說：菲力克斯，你還好吧？他要笑不笑的。嗯，我沒事，他說，只是累了。他終於迎上她的目光，說：妳不希望我和妳睡在一起，對不對？要是妳不喜歡這個主意也沒關係，我知道我是個大白癡。她也看著他，目光在他臉上打轉。你音訊全無，確實讓我覺得自己很蠢，她說，你能理解我爲什麼會有這樣的感覺嗎？還是你覺得我瘋了？這時明顯有些不安的他說他不覺得她瘋了，他本來打算回覆她的訊息，但一天天過去，他開始覺得有點尷尬。他手揉著肩膀。聽我說，我要走了，他說。我可以開車，我沒問題。反正我最後也沒喝完那杯酒。對不起，打斷妳講電話，妳可以再打給妳朋友，如果妳想的話。

我寧可要你待下來，她說。和我一起，如果這是你所希望的。我不介意。

妳是不介意，還是希望我留下來？

我希望你留下來。但是如果你事後再一次不見蹤影，我就會開始懷疑你是不是恨我。

他一臉愉悅，手也不再揉肩膀了。不會的，我會記得應有的禮貌，他說，妳明天會收到一則普通但客氣的訊息，說我很愉快。

她露出有點痛苦的表情，回答說：噢，原來這只是很普通的事？這個嘛，上一個和我在一起的人，我並沒回她訊息。我想她應該會爲這樣而生我的氣，我不知道。

說不定你該突如其來地出現在她家，然後在她家沙發上睡兩個小時。

他一手貼在胸口，彷彿受了傷。艾莉絲，他說，別這麼殘忍，我已經很尷尬了。過來。

她走近他，他親吻她。他雙手在她身上游移，她輕聲嘆息。他的手機開始在口袋裡震動，是有人打電話進來的嗡嗡聲。你要接電話嗎？她說。不要，他回答說，沒關係，我關掉。他掏出手機，按下一個鍵，拒聽達米安手機號碼打來的電話，然後說：妳知道我眞正想做的是什麼嗎？我想上樓，躺在妳床上，聽妳告訴我妳這個星期做了什麼。艾莉絲說這聽來非常純眞無邪。好吧，我可以一面聽妳說，一面脫妳的衣服，他說，妳覺得如何？她臉紅起來，摸摸嘴唇，說：如果你想要的話。他用有點戲謔逗趣的表情看她。我這樣說，讓妳臉紅了？他問，我無所謂，但妳才是那個靠寫齷齪東西賺錢的人。她說她的書才不齷齪，他說他在網路上讀過了，確實齷齪。而且我知道妳在公開場合談論性並不覺得尷尬，因爲我見過妳談，他說。我們在羅馬的時候，妳就在舞臺上談。艾莉絲說那不一樣，因爲那無關個人，只是抽象的討論。他打量她好一會兒。我可以問一下嗎，他說，妳這個星期要去倫敦，還是妳的朋友要從倫敦過來？我不是好管閒事，只是剛才聽妳說你們下週要見面。她微笑說她必須去倫敦工作。眞是個空中飛人啊，他說。不過倫敦有點爛，所以我也不嫉妒妳。我以前在那裡住過。他的電話又開始震動，他嘆口氣，再次從口袋裡掏出來看。我不會問是誰打的，艾莉絲說。菲力克斯按掉電話，心不在焉地回答說：啊，是我哥打的。我絕對不會背著妳，在其他人的沙發上睡覺，別擔心。她笑起來，似乎讓他也很開心。他把手機又收回口袋裡，說：我們可以上樓了嗎？在這裡繼續待下去，對妳不會有什麼好處，我會不行的。

他們上樓到艾莉絲房間，一起坐在她床上。她拉起他的手親吻，沿著每根手指的指關節一路吻，最後把他的食指指尖含在嘴裡。起初他什麼也沒說，幾秒鐘之後，他說：啊，該死。他把中指伸進她嘴巴裡，她的舌頭舔著他的手指內側。艾莉絲，他說，我可以問問，妳喜歡口交嗎？要是妳不喜歡也沒關係。她從嘴巴裡拉出他的手指，說她喜歡。那我們現在可以做嗎，妳覺得呢？他說。她張開嘴巴，一臉輕鬆，手探進他內褲的褲腰裡。他躺下，頭靠在枕頭上，她俯身爲他口交。他看著她。她一綹淡色的頭髮往前垂，蓋住部分的臉，嘴唇濕潤，眼睛半閉。她問他這樣可不可以。可以，很好，他說，過來一下。她往上爬到他身邊，他手伸進她裙子裡。她閉上眼睛，雙手抓著他背後的床頭板。妳想到我上面來嗎？他說。她點點頭。衣服要穿還是脫？她問。他若有所思地蹙眉。脫掉，他說。但如果妳不介意，我想穿著衣服。她脫掉針織套衫，咧嘴笑說：這是某種權力遊戲嗎？他一手擱在腦後，看著她解開自己上衣的鈕釦。不，我只是懶，他說。她脫掉上衣，解開胸罩。我脫掉衣服，看起來漂亮嗎？她問。他看著她，手慢慢摸著陰莖。是的，妳很漂亮，他說。我之前有沒有告訴過妳？她拉起裙子，把內褲褪到腳踝，說：我想我還是少女的時候很漂亮，但現在已經不行了。她把衣服丟在床尾，爬到他身上。我喜歡把你含在嘴巴裡，她說。她閉上眼睛，而他仰望著她。妳能這麼說眞好，他說。那妳喜歡怎麼樣呢？她呼吸沉重。我本來怕你會對我很粗暴，她說，但你很溫柔。其實我的意思也不是粗暴，我只是說，我很怕我明明知道自己辦不到，但你卻還會要我繼續嘗試，做更多。他左手摟住她的臀部。妳是說像色情片裡的那些人一樣，他說。她說對。噢，但我想她們都有相當專業的技巧，他說，我覺得妳們普通人是不可能做到的。艾莉絲閉著眼睛說，要是他希望她學習怎麼做，她會願意試試。仍然凝視著她臉孔的他說：別擔心這個，妳的口交技術很棒。順便問一下，妳喜歡我說口交嗎？還是喜歡別的說法？她露出微笑，說她不挑剔。但一定會有些詞讓妳聽了不高興吧，他說。沒有嗎？譬如我說，我要妳含我的老二，妳大概就不會喜歡。她笑出聲來，說她不在乎，但覺得這樣說一點都不性感，就只是好笑而已。他說他也覺得這樣說很好笑，有點像電影裡的臺詞。妳討厭「操」這個字嗎？他說。有些人不喜歡，我倒是不在乎。但如果我說我們現在來操一下，妳會不會覺得很掃興？她說她不會覺得掃興。好吧，他說，那就讓我操妳。他抽出手，手指因爲潮濕而閃著亮光，所到之處，在她皮膚留下一個個濕濕的印子。他的陰莖前端進到她裡面時，她深吸一口氣，手緊緊抓住他的肩膀。他身上的衣服還在，仍然穿著那件繡有小標章的綠色恤衫。妳脫下衣服之後看起來好小，他說，我以前沒發現妳這麼嬌小。她發出呻吟，搖搖頭，什麼也沒說。他稍微坐起來，打量她。妳需要一點時間嗎？他問。她深深吸氣，緩緩吐出，眼睛閉著。我沒事，她說。你要來了嗎？或許因爲她沒在看，所以他容許自己露出微笑。嗯，快了，他說，妳還好嗎？她的臉孔和脖子都紅了。有一點點，她說。他一手愛憐地撫摸她身體側邊。嗯，他說，不會痛吧？依舊緊閉雙眼的她回答說：第一次的時候我覺得有點痛。他溫柔輕撫她的乳房。我們第一次上床的時候？他說，妳沒告訴我。她搖搖頭，彷彿要集中注意力似的蹙起眉頭。沒，我沒說，她說，因爲我不想讓你停下來，那感覺好棒，讓我覺得自己變得完整。他舔舔上唇，仍然看著她。啊，我喜歡讓妳有這樣的感覺，他說。她張開眼睛，看著他。他雙手捧著她的臀部往前推，非常溫柔，讓自己整個進到她裡面。她吸了長長一口氣，然後點頭，眼睛仍然看著他。好幾分鐘的時間，他們就這樣做愛，什麼也沒說。她緊緊閉上眼睛，他又問她還好嗎。你覺得這樣夠激情嗎？她說。他仰頭看她，一臉坦率。是的，他說，順便告訴妳，妳少女時代絕對不會比妳現在更漂亮。妳實在太漂亮了，現在。而且我還有個想法，妳之所以這麼性感，是因爲妳講話的方式，還有妳做的一些小事。我敢說，妳年紀比較小的時候，絕對不會表現得這麼好，是不是？就算妳當時可以，也絕對不會像現在這麼溫柔，而會想做什麼就做什麼。她呼吸急促，伸手想拉他的手，而他也讓她拉著。我要來了，她說。她緊緊拉住他的手，拉得非常之緊。他靜靜地說：張開眼睛看我一下。她看著他。他嘴巴張開，她叫喊出聲，胸口與脖子一片粉紅。他也看著她，呼吸沉重。最後她躺在他的胸膛上，膝蓋夾住他的身體。他一手輕撫她的背脊。過了一分鐘，然後五分鐘。嘿，別這樣睡著，他說，我們躺好。她用手背揉揉眼睛，離開他身上。他整理好身上的衣服，她挨著他，赤裸裸地躺在床墊上。他拉起她的手親吻。都很好，他說，對吧？她頭躺在枕頭上，笑了起來。我不知道你以前住過倫敦，她說。他兀自微笑，仍然拉著她的手。我的事情嘛，妳還有很多不知道，他說。她輕鬆地在床單上轉過肩膀。

那就把所有的事情都告訴我吧，她說。

18

我的知心好友！抱歉這麼晚才回信，我是在巴黎寫的信。我去倫敦領完獎，才剛到巴黎。大家老是要頒獎給我，都頒不厭耶，對吧？可惜我這麼快就對領獎厭煩，否則我的人生應該會有無窮的樂趣。反正，我很想妳。我今天早上坐在奧塞美術館，看著可愛的小馬賽爾・普魯斯特的畫像。眞希望是約翰・辛格・薩金特[25]來畫他。這張肖像好醜，但除了這不幸的事實之外（我是眞的認爲除此之外！）他的眼睛讓我想起妳。或許是因爲他眼神裡那智慧的光彩。「或許事實上只有獨一無二的智慧存在，由世上的每一個人所共享。我們每一個人從各自的身體裡凝望它，猶如在劇院裡，我們每個人有自己的座位，但卻只有一個舞臺[26]。」讀到這些字句，讓我快樂到不行——想到我或許和妳共享同一智慧。

今天在美術館頂樓，我看見幾張貝絲・莫莉索[27]的畫像，都是愛德華・馬奈[28]畫的。在每一幅裡，莫莉索看起來都有點不一樣，所以很難想像她眞正的長相——她如何把這些各有不同的相貌組合成一個完整且可辨識的人臉呢。事後我搜尋照片，看到她容貌，覺得很詫異，因爲在馬奈畫作裡，她的面貌通常不是模糊不清，就是過度細緻。在某一張畫像裡，她顯得很帥氣，身穿白色洋裝，皮膚黝黑，姿態優雅，和其他兩個人一起坐在陽臺，前額靠在矮牆上，手握一把闔上的扇子，眼睛望向他方，宛如蹙眉，表情複雜且生動，陷入沉思。在另一張畫裡，她五官柔和，非常漂亮，頭戴黑色高帽，披黑色披肩，盯著觀畫者，眼神有點猶豫，卻流露眞情。她是馬奈最常畫的模特兒，比他自己的妻子更常入畫。但我看著她的畫像時，並不一定能馬上看出她的美麗。她的美是我必須認眞尋找才能看見，需要闡釋，也需要某些智性或抽象的探討才能找得到，或許這就是能吸引馬奈的原因——但也可能並不是。有六年的時間，莫莉索在媽媽陪同下，來到他的畫室，他畫她，衣衫整齊的她。美術館裡也有幾幅她自己的畫作。兩個女孩同坐在布洛涅森林的長椅上，一個身穿白洋裝，頭戴草帽，俯首垂望自己膝上，也許是在看

25 John Singer Sargent，1856-1925，美國知名肖像畫家。

26 引自普魯斯特（Marcel Proust，1871-1922）代表作《追憶似水年華》第二卷《在少女花影下》。

27 Berthe Morisot，1841-1895，法國印象畫派畫家。

28 Edouard Manet，1832-1883，法國印象畫派畫家，莫莉索為其弟媳。

書；另一個女孩穿深色洋裝，金色長髮以黑色緞帶束在腦後，對觀畫者露出白皙的脖子與耳朵。在她們背後是蒼蒼鬱鬱的矇矓公園。但莫莉索從未畫過馬奈。她認識他六年之後，顯然是在他的建議之下，嫁給他弟弟。此後，他只再畫過她一次，結婚戒指在她纖巧的手指上閃著暗光，這是最後一張，再無其他畫作。妳不覺得這是個愛的故事嗎？這讓我想起妳和賽蒙。而我再深入想想，不禁又加上一句？謝天謝地，還好他沒兄弟！

是說呢，我突然想到，像奧塞這樣的美術館有個問題，就是藝術品太多了，所以不管你怎麼詳盡規劃參觀行程，或你原本的計畫有多崇高，最後都免不了發現自己快步走過價值連城的天才作品前面，焦急尋找洗手間。而事後，你會有點看不起自己，好像你讓自己失望了——至少我是這樣。我敢說妳從來就沒在博物館裡找洗手間，愛琳。我敢說妳一走進博物館美術館，就拋開了這些生理實際需求，就算它們一開始眞的荼毒過妳。沒有人會眞的把妳當成肉身的存在，而是視妳爲一道純粹知性的光。在那一刻，我眞希望我能擁有一絲像妳那樣四射的光芒，照亮我的人生。

昨天下午，我接受三個採訪，拍了一個鐘頭的照片，在兩個採訪之間，我爸打電話給我，告訴我說他跌倒，要去醫院照X光。他聲音聽來微弱，口齒有些不清。我當時站在蒙帕納斯的出版社辦公室走廊上聽電話，面前是女廁門口，旁邊是一張海報，一名法國作家暢銷平裝書的海報。我問他排定什麼時間照Ｘ光，他說他不知道。我甚至不知道他怎麼有辦法打電話。掛掉電話之後，我沿走廊往回走，進到辦公室，已經有位客氣的四十幾歲女記者準備進行一個鐘頭的採訪，談我的影響力與文學風格。之後我們在街頭拍照。好幾個行人駐足觀看，也許是好奇我是誰，以及攝影師在拍什麼。攝影師不停下達指令，例如：「臉放鬆」、「想辦法看起來更像平常的妳」。晚上八點，有輛車接我去蒙馬特的一個活動空間，我在那裡公開朗讀，回答聽眾問題，偶爾喝一口小塑膠瓶裡微溫的水。

今天早上，我疲憊茫然，在飯店附近的街道閒逛，最後找到一座空蕩蕩的教堂，走了進去。我沐浴在和緩嚴肅的聖潔氣氛裡，坐了差不多二十分鐘，爲耶穌的高貴行止掉了幾滴如詩似畫的眼淚。我之所以這樣說，是爲了向妳說明我對基督信仰的興趣——簡單來說，耶穌的「人格」讓我著迷，感動，這是一種非常感性，甚至也可以說是傷感的感覺。他生平的一切都讓我感動。一方面，我在他身上所感受到的個人吸引力與親近，讓我回想起我對某些最愛的虛構角色的感情——這很說得通，因爲我也是透過同樣的方式，也就是透過書本的閱讀，才認識他的。但另一方面，他又以完全不同的方式讓我感到謙卑，感到敬佩。在我看來，他似乎實現了某種道德美感，我對這種美感的推崇，強烈到讓我甚至想說我「愛」他，雖然我知道這話聽起來有多荒謬。但是，愛琳，我眞的愛他，我甚至無法假裝我對他的愛僅僅像我愛米什金王子[29]、查爾斯．斯萬[30]或伊莎貝爾．阿切爾[31]那樣。這是完全不同的愛，完全不同的感覺。雖然我並不是眞正「相信」耶穌死後復生，但福音書裡最令我感動的場景，以及我最常反覆閱讀的章節，都是在耶穌復活之後的篇章。復活之後出現的耶穌和之前出現的耶穌，在我看來很難一分爲二，完全都是同一個人。我想我的意思是，以復活之姿出現的他，繼續說著那些「只有他」才能說的話，我無法想像任何其他神智清明的人可能說這些話。但正因爲這樣，我才開始思索他的神性。我非常非常喜歡他，非常非常愛戀他，深刻思索他的生與死，讓我非常感動。就是這樣。

然而，耶穌所樹立的典範，沒讓我的心靈平靜安詳，反而讓我的生活相形之下，顯得膚淺且微不足道。在公開場合，我總是談論關懷倫理與人類社群的價值，但在眞實生活裡，我除了自己，從未關懷過任何人。這世界上有任何人爲任何事情仰賴我嗎？沒有。我可以責怪自己——我確實自責——但我認爲像這樣的失敗是普遍存在的。在以前，我們這個年紀的人都已經結婚生子，有愛情生活，而現在，大家到了三十歲都還單身，和從來就見不到面的室友住在一起。傳統的婚姻顯然已經不符目的，也幾乎普遍會以某種形式終告失敗。但那至少是爲某件事奮力嘗試，而不只是悲哀而無育地喪生人生的可能性。當然，如果我們保持單身，執行禁欲生活，謹慎守好我們的個人疆界，就可以避免許多問題，但如此一來，我們似乎也就無法留下任何足以證明我們人生有價值的東西。我猜妳會說以前那種在一起的方式是錯的——確實是錯的！——而我們不想重蹈那樣的錯誤——我們也確實不想。但拆除掉禁錮我們的生活方式之後，我們能想出什麼來加以取代呢？我並不是要捍衛強制性的異性戀一夫一妻制，但那至少是一種行事方法，是一種度過人生的方式。而我們現在有什麼？可以用來取而代之的？什麼都沒有。我們痛恨別人犯錯的程度，遠遠超過我們愛他們做對事情的程度，因此，人生最簡單的方式就是什麼也不做，什麼也不說，誰也不愛。

然而：耶穌教導我們不要評斷他人。我不認同毫不寬貸的清教徒主義或道德自負，但我自己在這兩方面，也不見得毫無瑕疵。我對文化的狂熱，對「眞正好」的東西的追

29 Prince Myshkin，杜斯妥也夫斯基小說《白癡》的主角，純潔、善良、悲天憫人。
30 Charles Swann，普魯斯特《追憶似水年華》的主要人物。
31 Isabel Archer，亨利・詹姆斯《一位女士的畫像》的主角，為熱情洋溢的美國少女，堅強挑戰命運。

求，對瞭解爵士樂唱片、紅酒、丹麥傢俱，甚至對瞭解濟慈、莎士比亞與詹姆斯・鮑德溫的狂熱，會不會只是自負的一種表現形式，又或者更慘的，是用來遮掩我出身背景傷口上的小徽章？我在自己和爸媽之間劃下一道世故的鴻溝，讓他們完全無法碰觸我，或接近我。我轉頭回望那條鴻溝時，心中湧現的並非歉疚或失落，而是如釋重負與滿足的感覺。我比他們更好嗎？當然不是，雖然我運氣或許比較好。但我和他們不一樣，我不太瞭解他們，我沒辦法和他們一起生活，沒辦法讓他們踏進我的內心世界——也因此無法寫他們。我所盡的子女義務就只是一連串的儀式性行爲而已，爲的是讓我自己避免遭受批評，而不是眞正付出任何東西。妳上一封信寫到我們的文明崩潰與之後的生活，很讓我感動。然而我還是無法想像那樣的生活——我指的是之後的一切，那就不再是我的人生，不算是。因爲從內心最深處的本質來看，我就只是我們文化的產物，我只是個在我們文明邊緣閃爍的小泡泡。文明消失了，我也就消失了。但倒也不是說我會在意。

PS——我實在不想問，但賽蒙說他會和妳一起來——我是要準備兩個房間，還是一個？

19

星期五早晨下雨，愛琳搭公車去上班。她已經讀完《卡拉馬助夫兄弟們》，正在讀《金缽記》[32]，這時站在公車上，一手抓著黃色的直桿，一手捧著平裝本小說。下車後，她把圍巾裹在頭上，冒雨走了幾分鐘的路到位在基爾戴爾街的辦公室。辦公室裡，她的同事正在看一部諷刺英國脫歐談判的影片，哈哈大笑。愛琳站在他們群集觀賞的電腦前，越過他們的肩頭看螢幕，辦公室玻璃窗外的雨輕柔無聲滑落。噢，我看過這部，她說，很好笑。之後她煮了壺咖啡，坐在自己辦公桌後，查看手機，看見蘿拉傳來一則本週「蛋糕試吃」的訊息。我明天晚上有事，其他時間都可以，愛琳回覆，安排好再通知我。蘿拉幾分鐘之後回訊：

32 *Golden Bowl*，亨利．詹姆斯的小說，名列二十世紀百大小說。

蘿拉：妳明晚有什麼事

愛琳：我已經安排事情了

蘿拉：嘿嘿

蘿拉：妳有交往對象啊??

愛琳環顧辦公室，彷彿看看有沒有人在看她，然後注意力轉回到手機上，開始輸入。

愛琳：無可奉告

蘿拉：他高嗎

愛琳：不關妳的事

愛琳：不過他六呎三吋

蘿拉：!!

蘿拉：妳是在網路上認識他的？

蘿拉：他是連環殺手嗎？

蘿拉：不過如果他有六呎三吋，我想這就算有得有失啦

愛琳：偵訊結束

愛琳：讓我知道「蛋糕試吃」時間

蘿拉：妳想帶他來婚禮嗎

愛琳：沒必要

蘿拉：為什麼??

愛琳放下手機，在工作電腦上打開一個新的瀏覽視窗，停頓一晌，瞪著首頁的搜尋引擎，然後輕快輸入「愛琳．萊登」，按下輸入鍵。螢幕上出現搜尋結果，頂端還有一組圖片。其中一張是愛琳本人的照片，夾在兩張黑白歷史照片之間。大多的搜尋結果都是其他人在社群媒體上的簡介，還有幾則訃聞和工商名錄。但在這頁的底端，有個雜誌網頁連結：愛琳．萊登——助理編輯。她點開連結，出現一個新頁面。裡面沒有照片，內文非常簡單：愛琳．萊登，《哈考特評論雜誌》助理編輯與作者。她那篇探討娜塔莉亞．金茲柏格小說的文章刊登於二〇一五年冬季號，第四十三期。這段文字的最後幾個字有超連結，愛琳按下，連結到她那篇可以在網上付費閱讀的文章。她關掉這個視窗，打開她的工作郵件帳號。

這天晚上在家，愛琳打爸媽家裡的電話，是爸爸派特接的電話，父女倆聊了幾分鐘近來新聞裡討論的政治小爭議，兩人對這個問題都很不以爲然，口氣很像，甚至可以說是一模一樣。求求老天爺，希望大選快點舉行，派特說。愛琳說她會手指交叉，祈求好運。他問她工作還好嗎，她說：沒什麼可報告的。她坐在自己房間裡的床上，一手拿電話貼著耳朵，一手擱在膝蓋上。我把電話給妳媽，他說。電話那頭傳來一陣刺耳的噪音，近似某種喀噠聲，然後才聽到瑪麗對聽筒說話的聲音：喂？愛琳擠出一個微笑。喂，她說，妳好嗎？她們聊了一會兒工作。瑪麗談起學校的趣事，說有個新同事把兩位都姓華許的女老師搞混了。這太好笑了，愛琳說。之後她們聊起婚禮，愛琳在商店櫥窗裡看見的衣服，兩雙瑪麗拿不定主意該穿哪雙的鞋，最後談到蘿拉的行爲，瑪麗對蘿拉行爲的反應，以及瑪麗對蘿拉行爲的反應所顯露的內在態度。她對妳發脾氣的時候，妳希望我站在妳這邊，愛琳說，可是她對我發脾氣的時候，妳卻說那不關妳的事。瑪麗對著聽筒大聲嘆氣。好，好，她說，我搞砸了，我讓妳失望，妳還希望我怎麼說？愛琳嚴肅地回答說：不，我才沒這麼說。沉默片刻之後，瑪麗問她這個週末有沒有事。她頗有戒心地回答說，她星期天晚上要和賽蒙碰面。他還和他那個女朋友在一起嗎？瑪麗問。愛琳閉上眼睛，說她不知道。妳有段時間很喜歡他，瑪麗說。愛琳沉默了好幾秒鐘。不是嗎？瑪麗又追問。愛琳張開眼睛。沒錯，媽，她說。瑪麗帶著微笑的語氣說：他是個很帥的男孩。不過他已經三十好幾了，對吧？我相信安德魯和潔拉汀一定很希望看他定下來。愛琳指尖搓著被子上的一塊刺繡。說不定他會娶我，她說。瑪麗發出嚇人的響亮笑聲。噢，妳眞是愛鬧，她說。妳知道嗎，看妳那樣把他吃得死死的，我一點都不意外。這是妳新的陰謀嗎？愛琳說這不是什麼「陰謀」。好吧，那妳是個幸運的女人，瑪麗說。愛琳默默點頭，點了好一會兒。但他不是個幸運的男人嗎？她問。瑪麗又笑起來。愛琳，她說，妳知道我很愛妳，但我不得不這麼說，因爲妳是我女兒。愛琳的食指繼續摸著繡花上凹凸不平的繡線。如果妳不得不這麼說，那我以前爲什麼沒聽妳說過？她問。瑪麗不再笑了。好吧，小乖，她說，我別再拖著妳不放了。祝妳有個愉快的夜晚，我愛妳。

掛掉電話之後，愛琳點開訊息程式，選了賽蒙的名字。螢幕上顯示最近的訊息紀錄，是前一天的，她往回拉，重讀這一串對話。

愛琳：寄給我一張你房間的照片

下一則訊息是飯店房間的內部照片，絕大部分的空間都被一張雙人床佔滿了。床上有紫色的羽絨被，還有一條摺好的被子，也是紫色，只是深淺不同。

愛琳：現在要有一張有你的……

賽蒙：哈哈

賽蒙：「資深政治顧問被逮到在獨立戰爭紀念典禮上傳露骨照片。」

愛琳：愛爾蘭共和軍如果不是為我們的自由而戰，那又是所為何來呢，賽蒙？

賽蒙：「這就是男孩們想要的」，聲名狼藉的前副官說。

愛琳：噢，趁我還記得

愛琳：你知道艾莉絲這個星期在巴黎嗎？

賽蒙：妳不是說真的吧

賽蒙：她從哪裡搭機？

愛琳：她沒說，但應該是都柏林

賽蒙：神祕的國際女子

愛琳：噢天哪，千萬別這麼說

愛琳：她就是希望大家這麼說

賽蒙：不，我只是希望她平安

賽蒙：要是我今天晚上早點回來，就打電話給妳，好嗎？

之後愛琳傳了個豎起大拇指的表情符號。訊息到此爲止，沒有其他的了。她退出對話串，回到訊息程式的首頁。有那麼一晌，她手指懸浮，準備要按下程式關閉鍵。但她沒有，反而像一時衝動似的，點開蘿拉的名字。蘿拉最近的一則訊息是這天早上傳來的，顯示在螢幕上：爲什麼？愛琳雙手拇指開始輸入回覆。

愛琳：因為反正他會去

她按下傳送鍵，幾乎就在同時，訊息上的圖示顯示蘿拉「已讀」。跳動的刪節號又出現，不到幾秒鐘就出現回覆的文字。

蘿拉：噢，我的天哪

蘿拉：說到連環殺手

蘿拉：告訴我，不是賽蒙·柯斯提肯

愛琳又靠在床頭板上，輸入：

愛琳：哇

愛琳：都這麼多年了，妳還是怨恨他喜歡我多過妳

蘿拉：愛琳

蘿拉：妳不是認真的吧，妳和這個怪胎交往

愛琳：就算是，也不關妳的事

蘿拉：妳知道他去教堂告解

蘿拉：把他心裡的壞念頭告訴神父

愛琳：好吧

愛琳：首先，我覺得告解並不是這樣的

蘿拉：我說他是個性變態

蘿拉：妳十五歲的時候，他就喜歡妳了

蘿拉：他那時起碼二十歲了

蘿拉：不知道他有沒有告訴過任何神父

愛琳：笑死

愛琳：我這輩子，就只有一個人喜歡我多過於喜歡妳

愛琳：妳還是放不下

蘿拉：好吧，老妹

蘿拉：等妳結婚懷孕，別來找我哭訴就好

蘿拉：妳家附近的女學生開始神祕失蹤……

好幾秒鐘的時間，愛琳就這樣瞪著手機螢幕，心不在焉地搖頭晃腦，然後才又開始輸入。

愛琳：妳知道妳為什麼討厭他嗎，蘿拉？

愛琳：因為他是唯一一個站在我這邊和妳對抗的人

蘿拉已讀訊息，但跳動的刪節號沒出現，也沒有回覆。愛琳鎖定螢幕，把手機丟到床上。她伸長雙腿，打開筆電，開始打草稿寫信給艾莉絲。二十分鐘之後，她的電話又嗶嗶叫，她拿了起來。

蘿拉：真是太好笑了

看見這個訊息，愛琳深吸一口氣，閉上眼睛。慢慢的，她呼出的氣息離開身體，重新進入房間，這氣息與房間裡的空氣混合在一起，穿透房間的空氣，飄散開來，飛沫和微小的氣體分子滲進房間的空氣裡，緩緩，緩緩地墜落在地板上。

——

隔天晚上十點，愛琳在皮林寇一幢房子的廚房裡，用塑膠杯喝威士忌，和名叫黎妍的女子聊天。工時是有可能很長，沒錯，黎妍說，反正我一個星期總有幾天待到九點鐘。愛琳身穿黑色眞絲上衣，脖子上一條細細的金鍊，在天花板的燈具照射下閃閃發亮。客廳傳來音樂，在她們旁邊的水槽前，有人想要打開一瓶氣泡酒。愛琳說，她多半都在六點以前下班。黎妍發出高亢，近乎驚駭的笑聲。天哪，她說，下午六點？不好意思，妳在哪裡上班？愛琳說她在一家文學雜誌社工作。派對主人寶拉走了過來，拿氣泡酒給她們。愛琳舉起杯子說：我不用了，謝謝妳。門鈴響了，寶拉放下酒瓶，又走開了。黎妍開始對愛琳說她最近幾次在辦公室加班的事，有一回搭計程車回到家已經早上六點半，過兩個鐘頭，又搭計程車到辦公室上班。我無法想像，這會影響妳的健康吧，愛琳說。這時，廚房門打開，黎妍轉頭看進來的人是誰。是賽蒙，穿白色襯衫式外套，肩上背著帆布袋。一看見他，黎妍就大叫歡迎。她張開雙臂，他接受她的擁抱，微笑看著她背後的愛琳。哈囉，他說，大家還好嗎？

天哪，多少年了，黎妍說，嘿，你們認識嗎？寶拉的朋友愛琳。

愛琳靠在餐桌邊，心不在焉地用指尖摸著項鍊，眼睛盯著他看。

啊哈，他說，我們很熟，其實。

愛琳開始笑，舌頭舔舔嘴唇。

噢，黎妍說，對不起，我不知道。

他從袋子裡掏出一瓶酒，輕鬆地說：不，沒關係。愛琳和我是一起長大的。

是啊，從我還是小寶寶的時候，賽蒙就很疼我，愛琳說。他常帶我到我家後院，輕輕親我，我媽說的。

他逕自微笑，打開葡萄酒的酒塞。當時我才五歲，對美的品味就很好，他說，只有最棒的寶寶才達得到我的標準。

黎妍目光在他倆身上來回打量，問賽蒙是不是還在倫斯特府[33]工作。我自做自受啊，他說，妳有沒有看見玻璃杯？黎妍說這裡的玻璃杯都是髒的，不過餐桌上有塑膠杯。我來洗，他說。愛琳告訴黎妍說，賽蒙不再用塑膠杯，爲了尊重大自然。拿酒杯在冷水下沖洗的賽蒙說：她說得活像我這人很討人厭似的，對不對？可是黎妍，告訴我，妳的工作還好嗎？黎妍開始對他談起她的工作，特別提到一些也是他朋友的同事。有個穿丹寧外套的男子從後院進來，拉著門，對門外的某人大聲說：外面越來越冷了。透過廚房門口，愛琳看見他們的朋友彼德，於是往外走，揮手和他打招呼。她轉頭看見賽蒙和黎妍正在講話，賽蒙靠著廚房流理臺，黎妍站在他面前，手指扭著一綹頭髮。

客廳很小，很擁擠，樓梯靠著一面牆，書架上有盆栽，葉片蔓過書脊。彼德站在壁爐前，正在脫外套，一面和寶拉聊某個政治爭議，正是愛琳和她父親前一天晚上談的那個問題。不，沒有半個人看起來像樣，彼德說，這個嘛，除了新芬黨之外，顯然。有人把自己的手機接到擴音器上，安琪．歐森的歌聲乍然響起。就在這時，他們的朋友漢娜正好從玄關走進來。彼德和愛琳的對話慢了下來，等著漢娜走近。漢娜抓著一瓶酒的酒脖子，腕上手鐲叮叮噹噹響。她一走到他們身邊，就開始講她家車庫下午出了問題，他們花了多久的時間等修理師傅來，害她誤了時間，趕不及到市區和她媽媽吃午飯。愛琳耳朵聽她講，但眼神飄向廚房。穿過廚房門，可以看見賽蒙的部分身影，依舊靠著流理臺，但有其他幾個人和他講話。彼德循著她的目光，說：那個大人物，我不知道他也來了。漢娜在茶几上找到一只乾淨的塑膠杯，給自己倒了杯酒。她問他們說的是誰，彼德說是賽蒙。噢，我希望他帶了卡洛琳來，漢娜回答說。聽見這句話，愛琳的注意力迅速從廚房轉回漢娜身上。沒有，寶拉說，今天沒有。漢娜把瓶塞塞回她的葡萄酒上，愛琳看著她。太可惜了，漢娜說。她把酒瓶擺在茶几上，迎上愛琳的目光，問：妳見過她沒，愛琳？

卡洛琳，愛琳唸了這個名字，她是……？

賽蒙交往的對象啊，寶拉說。

愛琳微笑，看得出來是費了一些勁才擠出來的微笑。沒，她回答說，我沒見過。

漢娜吞下一大口酒，繼續說：噢，她人很好。妳一定會喜歡她。你見過她吧，彼德，對不對？

---

33 Leinster House，愛爾蘭國會參眾兩院所在地，原為倫斯特公爵府邸，一九二二年成為國會。

他轉頭彷彿是對愛琳說：是啊，她很不錯。她只比他小十歲，所以算是個進步。

你這人眞討厭耶，漢娜反擊。

愛琳發出刺耳的笑聲。我從沒碰見他們，她說，他不想介紹我們認識，我也不知道爲什麼。

太有意思了，彼德說。

我覺得才不是這樣呢，漢娜說。

彼德繼續對愛琳說：妳知道嗎，因爲我一直對你們兩個的關係有個小小的問號。

漢娜發出可怕的笑聲，抓住愛琳上臂。別理他，她說，他根本不知道自己在說什麼。

他們的朋友羅欣走過來加入他們，想要彼德支持她對他們之前討論的那個政治爭議的立場。午夜時分，愛琳走進廚房再倒一杯酒，駐足望向後窗，隱隱約約看見賽蒙的身影，他正在和那個叫黎妍的女人講話。黎妍食指和中指鬆鬆夾著一根菸，另一手摸著賽蒙的衣領。愛琳放下酒瓶，離開廚房。客廳裡，羅欣坐在彼德腿上，表演一段之前發生過的好笑插曲。愛琳站在沙發旁邊，小口喝她的酒，結尾大家都哈哈大笑，她則微笑以對。之後，她走到玄關，從同時掛了好幾件外套的掛勾上，拿下她埋在其他人衣服之下的外套。她走出前門，把門關上。在她背後，寶拉家的客廳窗戶燈火通明，散發濃郁溫暖的金色光澤，屋裡傳來隔著牆壁而變得小聲的喧嘩與音樂聲。愛琳從口袋裡掏出手機，螢幕上的時間顯示：零點零八分。她走出外面的大門到人行道上，雙手插進外套口袋裡。

她還沒走到街角，寶拉家的門又打開，賽蒙走下門階。他沒關上門，大聲喊：嘿，妳要走了？愛琳轉身。夾在他們兩人之間的街道光線黝暗，空無一人，路邊停放的車輛，弧形的引擎蓋反射出路燈的幽微燈光。是啊，她說。他就這樣站著看她，看了好一晌，也許還蹙起眉頭。好吧，我可以陪妳走回家嗎？他問。她聳聳肩。等我一下，他說。他回到屋裡，她站在那裡，雙手插進口袋，手肘往外，瞪著有裂痕的人行道路面。他再次出現，把背後的門關上，那聲音從對街的露臺牆面迴盪回來。他彎腰，從寶拉家前院欄杆上打開腳踏車的鎖，然後把車鎖和鑰匙收進他隨身帶來的帆布袋裡。她站在那裡看著他。他再次挺身，推著腳踏車走向她。嘿，他說，妳還好嗎？她點點頭。妳離開得有點突然，他說，我在找妳。

你應該不必找太久的，她說，這房子又不大。

他露出有點困惑的表情。是沒有，嗯，妳也沒走太久，他說，妳離門口才五十呎。

愛琳又開始往前走，賽蒙跟在她身邊，腳踏車在他倆之間靜靜轉動。

我覺得黎姸之前想介紹我們認識是好意，他說。

是啊，我還注意到她擁抱你。而我連個握手都沒得到。

他笑起來。我知道，我真的很克制自己，對吧？他說，可是我想她曉得了。

愛琳悶悶地說：是嗎。

他低頭看她，再次蹙起眉頭。好吧，我不想害妳尷尬，他回答說，妳覺得我應該怎麼說？噢，愛琳和我不需要介紹，我們是情人。

我們是嗎？她問。

嗯。我想現在沒有人再用這個名詞了。

他們走到街角，左轉離開這個社區，走回大馬路。步道兩旁間隔一定距離栽植的樹木，樹幹瘦瘦的，但在他們頭頂上方長出繁茂枝葉。愛琳手還是插在口袋裡。她清清嗓子，然後大聲說：你的朋友剛剛告訴我，卡洛琳這個人有多好。就是你在交往的那個女孩。他們都很喜歡她，她顯然給他們留下很好的印象。

愛琳說這些話的時候，賽蒙一直看著她，但她只盯著面前的人行道。沒錯，他說。

我不知道你把她介紹給每一個人認識了。

不是每一個人，他說。她和我們一起去喝過幾次酒，就只有這樣。

愛琳聲音低得幾乎聽不見：天哪。

他們兩人沉默了好長一段時間，最後他說：我告訴過妳，我在和其他人交往。

而我是你的朋友之中，唯一沒見過她的？她問。

我知道這感覺有點怪，但我是真的想把一切都搞定。只是——妳知道，這情況不是那麼簡單。

愛琳發出尖銳的笑聲。是啊，這一定很難，她說，你沒辦法操每個人，對吧？又或者你可以，只是事情最後變得很難看而已。

賽蒙似乎在思索這個問題。過了一會兒，他說：聽我說，我知道妳心裡很難過，但妳這樣說，我覺得也不見得公平。

我不難過，她回答說。

他的目光轉到他們面前的街道。他們就這樣默默走了幾秒鐘，汽車從他們身旁的馬路駛過。最後他說：妳知道，我二月約妳出來的時候，妳說妳只想和我當朋友。妳從來沒有——我不是要怪妳，我只是告訴妳我的觀點——妳從來沒有對我表現出一絲一毫的興趣，直到我開始和其他人交往。如果我說得不對，請儘管糾正我。

愛琳頭往前垂，纖長的頸部線條露在外套衣領外，眼睛瞪著人行道。她什麼也沒說。

他繼續：妳發現我和別人交往之後，就決定要挑逗我。妳夜裡打電話給我，妳在我已經上床睡覺的時候說妳要過來，然後我們一起打發時間或什麼的，沒問題，我不在乎。就我的理解，我一直對妳開誠布公，我是有其他約會的對象沒錯，但我和她並沒有定下來，所以妳如果想在我的公寓過夜也沒問題。我並沒有給妳壓力，逼妳做決定，確認我們彼此之間的關係究竟是什麼。只要能和妳在一起，看情況怎麼發展，我就很開心了。從妳說過的話聽起來，我認爲這就是妳想要的。這樣眞的很好，至少對我來說是如此。妳聽到我的朋友談起我和別人交往的事，心裡不舒服，我完全能理解，但妳又不是不知道有她這個人的存在。

愛琳再次開口時，抬手把額頭的頭髮用力往後撥，她的肩膀、脖子，還有那動作猛烈到近乎撕扯的手指動作，都讓她的緊張情緒暴露無遺。天哪，她說，你還是天主教徒呢。

什麼意思？他問。

她發出簡直嚇人的笑聲說：我不敢相信我竟然這麼蠢。

他們在一排公寓大樓門口停下腳步，站在路燈下。他看著她，神情關切。不，他說，妳才不蠢。對不起，我讓妳傷心了。我最不樂見的，就是讓妳傷心，相信我。我這個星期甚至都沒見卡洛琳。如果我讓妳誤以爲我上個週末之後和她分手了，那我很抱歉。

她掩住臉，雙手用力搓眼睛，一開口，聲音悶悶的，彷彿隔了層什麼。天哪，她喃喃說，我以爲——不，我甚至不知道我以爲什麼。

愛琳，妳希望怎樣？因爲如果妳眞的希望我們兩個在一起，那我隨時可以和卡洛琳分手。我會很開心，甚至不只是開心。但如果妳不願意，只是想和我玩玩，找點樂子，妳很清楚，我不可能終此一生保持單身，就只因爲妳喜歡這樣。我必須，到了某個時間點，我必須終結這樣的狀態。妳明白我在說什麼嗎？我很努力想搞懂妳想要的是什麼。

她閉上眼睛，好幾秒鐘沒說話。然後壓低嗓音，語氣平板地說：我想回家。

好吧，他說，妳是說現在？

她點點頭，眼睛緊閉。

最快的方式可能是繼續走，他說，可以嗎？我會陪妳走到門口。

她回答說好。他們默默走向湯瑪斯街，左轉，朝聖凱瑟琳教堂的方向去。幾輛車停在紅綠燈前，有輛計程車亮著燈。他們一語未發地走過布里奇福特街，穿過厄舍島的橋。街燈的燈光在黝黑的河面破碎，溶解。最後他們走到愛琳公寓大樓入口，站在外面突出的拱門下。他看著她，她也抬起頭看著他。她深吸一口氣，很費力地說：我們忘了這件事，好嗎？他沒馬上開口，彷彿在等她繼續說，但她沒有。對不起，我這樣說好像很白癡，他說，但妳指的是什麼？她繼續看著他，臉罩薄而蒼白。我指的是全部的事情，她說，我們可以重新當朋友，就只是朋友。她看著他，而他點點頭。當然可以，他說，這沒問題。我很高興我們談開了。他短暫停頓，然後又說：要是妳覺得我在寶拉家忽略了妳，那我很抱歉，我一直很想見妳，非常想。我並不是有意要讓妳覺得我不理妳，但情況就是這樣。我現在要回家了，好嗎？這個星期我可能都沒辦法和妳見面，但無論如何，我們還是會在婚禮上碰面。她彷彿吞了吞口水，遲疑地問：卡洛琳也會去嗎？我知道你說你考慮要帶她去的。他看著愛琳，開始微笑。噢，不會，他說，我最後沒邀她。但如果妳希望我這麼做，妳可以直接告訴我，不需要旁敲側擊。她轉開臉，搖搖頭。不，不是這樣的，她說。他又盯著她看了好一會兒，然後語氣親切地說：別擔心，回頭見。他走開，腳踏車車輪靜悄悄在路面上轉動。

愛琳從口袋掏出鑰匙，走進大樓，直接爬上樓梯，進了自己的公寓門。她隨手推開臥房門，用力關上，然後躺到床上，開始哭。她臉很紅，太陽穴上的血管清晰可見。她把膝蓋抵在胸前，抽泣著，喉嚨發出痛苦窒息的聲音。她脫掉平底皮鞋，丟向對牆，鞋子無力摔落在地毯上。她發出一聲近似慘叫的聲音，臉埋在手裡，搖著頭。過了一分鐘。兩分鐘。她坐起來，抹抹臉，黑色的彩妝在眼睛下方和手上糊成一片。三分鐘，四分鐘。她站起來，走到窗前，透過窗簾的縫隙往外看。有輛汽車亮著車頭燈駛過。她眼睛浮腫通紅。她又用手揉揉眼睛，從口袋裡掏出手機。時間是零點四十一分。她打開訊息程式，點開賽蒙的名字。前一天的對話出現在螢幕上。愛琳在回覆的空格裡緩緩輸入：天哪，賽蒙，我他媽的恨死你。她平靜地看著這段文字，思索再三，然後加上幾行：看來在你心裡，我們這整個星期其實就只是在「找樂子」，而你一直在和別人約會？你那天對我說你有多寂寞，是在開玩笑嗎？你他媽的到底有什麼毛病？她再次看了這段文字一遍，看得很慢，若有所思。然後，她的拇指按下退格鍵，刪掉整段文字。她深吸一口氣，重新輸入。賽蒙，對不起，我覺得糟透了。我不知道我在幹嘛。有時候我好恨我自己，真希望有什麼重重的東西掉在我頭上，砸死我。你是唯一一個對我好的人，現在你八成也不想再和我講話了。我不知道我為什麼要毀掉我人生裡美好的一切。對不起。等打完這段文字，螢幕上的時間顯示零點五十四分。她拉回到訊息的上端，然後又往下讀到最後一行。但她的拇指指掌又按下退格鍵，回覆格裡又一片空白了，游標規律閃現一行淺灰色的字：輸入訊息。她鎖定螢幕，躺回床上。

20

艾莉絲，我覺得有點不解，妳竟然又開始出差了。我們二月聊天的時候，妳給我的印象是，妳之所以要離開都柏林，是因爲妳不想見人，妳需要時間休生養息。我當時擔心妳自己一個人待在那裡，但妳告訴我，這正是妳所需要的。所以妳在信裡嘰嘰喳喳聊起在巴黎參加的頒獎典禮，讓我覺得有點怪。要是妳覺得自己好一點了，可以回去工作，那當然很棒。但妳應該是從都柏林機場飛去這些地方的吧？妳卻沒讓任何朋友知道妳會回都柏林來？妳顯然不想告訴我和賽蒙，羅欣告訴我說她兩個星期前發過訊息給妳，但沒收到回訊。要是妳不想交際往來，我完全可以理解，但如果是這樣，現在就逼妳自己回去工作，也許是太早了。妳明白我的意思嗎？

這幾天，我一直思索妳上封信最後提到的問題——也就是妳說的，「失敗是不是普遍的現象」。我知道我們都同意，當前的文明正處於衰退崩潰的階段，也認爲駭人的醜陋是現代生活最爲突出的視覺特質。汽車很醜，建築很醜，大量生產的拋棄式消費品醜到無法形容。我們呼吸的空氣有毒，我們喝的水滿是塑膠微粒，我們吃的食物被致癌的鐵氟龍化學物質污染。我們的生活品質在下降，繼之而來，是我們所能接觸到的美學經驗水準也在下降。當代小說（只有很少的例外）文不對題，主流電影是由汽車公司和美國國防部贊助的闔家觀賞午夜情色片，而視覺藝術主要是爲商業寡頭提供的商品市場。在這樣的情況下，很難不覺得現代生活遠遠不如古老的生活方式，因爲過去的生活代表了某種更加具體，更加與人類景況本質息息相關的東西。這種懷舊的衝動當然是極端強烈的，近來又因爲極端保守與法西斯政治運動而更加激化其效應，有人或許會因此認爲這表示懷舊衝動本身的眞正本質是法西斯，但我並不相信。我認爲人們渴望回到大自然還未步向死亡之前的時代，回到我們共有的文化形式尚未惡化成大眾行銷，我們的大城小鎮都還未成爲無名的就業中心之前的時代，是極其合理的。

我知道妳的想法是，在蘇聯崩潰之後，世界就已經不再美麗了。（離題一下，這個事件發生的時間和妳的出生日期幾乎一致，豈不是個有趣的巧合呢？或許這也可以解釋妳爲何覺得和耶穌這麼有共鳴，因爲我想耶穌也認爲自己是個預見天啓的人。）不過，妳是不是曾經體驗過一種並不見得強烈，但非常個人化的感覺，彷彿妳的生活，妳的世界，速度緩慢，但清晰可辨的，變成一個更加醜陋的地方？甚至有一種感覺，向來可以跟得上文化話語腳步的妳，如今卻跟不上了，妳覺得自己已遠離理念的世界，疏離一切，知性再也無發揮的餘地？或許是因爲我們所處的特殊歷史時刻，也或許只是因爲我們逐漸變老，不再抱持幻想，每個人都難以倖免。回想當年初次見面時的我們，我覺得我們除了對自己的看法有些問題之外，對任何事情的看法都沒什麼錯。理念本身是對的，錯的是我們以爲自己重視的是什麼。嗯，我們兩個都犯了這個錯，雖然情況各有不同——我是在成年之後的這十年間一事無成，而妳（請原諒我這麼說）則是竭盡所能達成最多的成就，卻還是無法獲得任何足以自外於資本主義體系順暢運作的成就。我們年輕的時候，以爲我們的責任延展擴及整個地球，以及生存於地球上的一切。如今我們只要能不讓我們所愛的人失望，只要儘量不用太多塑膠，又或者就妳的情況，是每隔幾年寫一本有意思的書，我們就已心滿意足。就這方面來說，我們做得也還算可以。對了，妳開始寫新書了嗎？

我還是認爲我自己是個對美感經驗有興趣的人，但我不會形容自己（除了在這封信裡對妳提起之外）「對美有興趣」，因爲要是這麼說，別人會以爲我是對化妝品有興趣。我覺得這是我們現在的文化對於「美」這個字的主流定義。照這樣看來，「美」這個字代表的似乎是極爲醜陋的東西——高貴百貨公司裡的美容專櫃、折扣藥妝、人造香水、睫毛膏，一罐罐所謂的「產品」。此刻想想，我們周遭視覺環境裡最醜陋的一些現象，美妝產業應該都難辭其咎。而最低劣，也錯得最離譜的美學理念，就是消費主義的概念。美妝的種種不同潮流和面貌，始終都在強調同一個原則——消費的原則。要認眞開創美感經驗，第一步需要的或許是全盤否定這個概念，甚至是採取絕對反抗的行動，就算如此一來，在剛開始時會讓外貌顯得有些醜陋，但這是更爲實質的「美」，遠遠好過付出金錢代價來購買個人魅力。我當然希望自己長得好看一點，也喜歡別人肯定我長得好看的感覺，然而把基本上是自淫或地位取向的衝動和眞正的美學經驗混爲一談，在我看來，對任何在意文化的人都是極端嚴重的錯誤。在過往的歷史上，這兩種概念可曾如此廣泛且嚴重混淆嗎？

妳還記得我幾年前發表過一篇娜塔莉亞・金茲柏格的文章嗎？我沒對妳提過，但當時倫敦有位經紀人來和我聯絡，問我要不要寫本書。我沒告訴妳，因爲妳那時很忙，而且我想，和妳生活中其他的事情比起來，這件事太過微不足道。想到我還曾經把這件事拿來和妳相提並論，現在想想眞是不好意思。不過，反正我收到那封信的時候很開心，還拿給埃登看，雖然他對出版一無所知，也不太在意。我甚至告訴我媽了。一兩天之後，我開始感到焦慮與壓力，因爲我當時並沒在寫書，也不知道自己能寫什麼樣的書，我甚至不認爲我有毅力能完成像這樣的大計畫。我想得越多，就越覺得嘗試寫一本書對我來說太痛苦，也太絕望，因爲我並沒有知性的深度或原創的理念，而且我爲什麼要這麼做？就爲了說我寫完了一本書？或只是爲了覺得自己可以和妳平起平坐？如果我說得好像妳是我心頭的大陰影似的，那很對不起，妳並不是。妳就算對我有影響，也是好的影響。反正，最後我根本沒回覆那封信。信就留在我的收件匣裡，讓我覺得越來越難過，難過到有一天我終於刪掉了。我至少應該要寫信謝謝那位女士，說我不想出書，但我沒有，或許是沒辦法說出口，我也不知道爲什麼。我想事到如今，這也不重要了。最蠢的是，寫那篇文章我眞的很開心，本來也很想再寫一篇，但接到那封信之後，就再也沒寫了。我知道我如果有天分，活到今天應該已經做出一些成績來了——我不會這樣自欺欺人。要是我去嘗試，肯定會失敗，這也就是爲什麼我連試都不試的原因。

妳幾個月前寫的一封信裡說，埃登和我兩人絕對不可能幸福。這倒也不是事實——我們剛在一起的那段時間很幸福——但我理解妳的意思。我自己也很想知道，我倆既然不可能有結果，我幹嘛要爲分手覺得那麼難過。我想從某方面來說，很可能是因爲我覺得自己年近三十，卻還沒有一段眞正幸福的關係。我想，如果我傷心是因爲一段感情的破裂，而不是因爲覺得自己終此一生都無法維持任何有意義的情感關係，那麼我可能會更加傷心難過，但並不會覺得自己本質上是個不完整的人。然而從另一方面來看，也或許是別的原因。我想過那麼多次要和埃登分手，甚至也講過要這麼做，但爲什麼沒做呢？我不認爲是因爲我愛他，雖然我也眞的愛他；也不是因爲我覺得自己會想他，因爲我從來沒有這個念頭，更何況老實說，我也不想念他。有時候我想，我怕的是沒有他在身邊，自己的生活卻還是和以前一模一樣，甚至變得更慘，那麼我就必須接受事實，知道這一切都是我自己的錯。而且留在爛情況裡，比負起逃脫的責任，要來得更容易，也更安全。或許吧，或許。我不知道。我告訴自己說，我想過幸福的生活，而幸福的條件並未出現。但如果這並非事實呢？如果我才是那個無法讓自己幸福的人怎麼辦？因爲我很害怕，或者我寧可耽溺在自哀自憐之中，或者我不相信自己值得更好的一切，又或者是其他原因。無論什麼時候，只要碰上好事，我都會發現自己心想：我很納悶要過多久，情況才會轉壞。我甚至希望壞事早點來，快總比晚好，若是可能，那就直接來吧，至少我就不必再爲此提心吊膽。

如果——我現在覺得這相當有可能——我永遠沒有子女，永遠寫不出書，我想我在這世上就不會留下讓任何人可以追念的東西。或許這樣比較好。我覺得這樣總比擔心和分析世界狀況來得好，因爲擔心和分析對誰都沒有好處。我應該把心力投注在生活與追求幸福上。我嘗試爲自己勾勒幸福生活可能的樣貌，但那圖像似乎從小時候起就沒有太大改變——一幢有繁花綠樹環繞的房子，附近有條河，一間擺滿書籍的房間，有個愛我的人，就這樣。只要在那裡安居，等我爸媽老了，好好照顧他們就行了。永遠不搬家，永遠不再搭飛機，就只是過著平靜的生活，然後長眠地下。生活還要追求什麼呢？但就連這樣的生活圖像，對我來說都遙遠似夢，和現實的一切完全沒有關係。噢，對了，關於我和賽蒙，請給我們兩個房間。永遠愛妳，琳。

21

隔天晚上，星期三，艾莉絲出門去碼頭附近的街角，一家叫水手之友的酒吧，和菲力克斯與他的朋友碰面。她到酒吧的時候差不多九點鐘，因為步行而臉頰泛紅，身穿灰色高領衫和窄管褲。酒吧裡很暖，很吵。左邊是佔滿整個牆面的深色長吧檯，櫃檯後面，在酒瓶上方，有許多彩色明信片。一條勒車犬躺在壁爐前睡覺，臉貼在爪子上。菲力克斯和朋友坐在靠後方的窗邊，正有說有笑地議論線上博奕的行銷問題。菲力克斯看見艾莉絲走近，忙站起來迎接她，輕碰她的腰，問她要喝什麼。他指著背後的朋友，說：妳認識那些傢伙，你們以前見過。坐下吧，我去幫妳拿喝的。她和他的朋友坐在一起，等他去吧檯點酒。有個叫席芳的女子正在講她一個朋友的事，說那人貸款六千歐元去償還賭債。艾莉絲對這個故事表現出很有興趣的樣子，多問了幾個問題。菲力克斯端著伏特加加湯尼回來，坐在她身邊，一手貼在她下腰，手指撫摸她的羊毛衣。

午夜時分，他們一起從酒吧走回他家。在樓上，艾莉絲仰躺床上，菲力克斯在她上方。她眼皮眨啊眨的，呼吸急促，非常大聲。他用單手手肘撐住身體的重量，把她的右腿往後壓近胸部。妳出國的時候想我嗎，他問。她緊繃的嗓音回答說：我每天晚上都想你。他閉上眼睛。她呼進的空氣彷彿一波波襲來，強行鑽進她的肺部，然後又透過她張開的嘴巴吐出來。他眼睛依舊緊閉。艾莉絲，他說，我要來了，可以嗎？她雙臂摟住他。

早上，他出門上班時載她回家。她下車前問他，今天晚上可以不可以和他一起吃晚飯，他說可以。你的朋友認爲我是你女朋友嗎？她問。他微笑以對。這個嘛，我們常一起出去，他回答說，我不覺得他們會半夜不睡覺思考這個問題，不過，對，他們或許這樣想。他停頓一下，又說：鎮上的人也這麼說，但我不再乎，我只是想告訴妳，讓妳知道而已。艾莉絲問，鎮上的人究竟是怎麼說的。菲力克斯蹙起眉頭。啊，妳也知道，他說，其實沒什麼啦。就是住在牧師宅邸的那位作家小姐和布萊迪家的小子一起混，諸如此類的。艾莉絲說，他們確實是「一起混」，菲力克斯也同意他們是這樣沒錯。也許有幾個人不以爲然吧，他說，但我不在乎。她問，兩個單身的年輕人一起混，爲什麼有人會不以爲然，他手握排檔桿，想了想。他們不覺得我是個好對象，他說，我是這麼想的。不是個很可靠的人，而且老實說，我在鎮上還欠了些錢。他淸淸嗓子。但聽好了，如果妳喜歡我，那是妳自己的事，他說。我不會找妳借錢，放心。快下車吧，我要遲到了，這位好女人。她解開安全帶。我確實喜歡你，她說。我知道，他回答說，快下車吧。

這天上午，菲力克斯上班的時候，艾莉絲和她的經紀人講電話，討論她收到的文學季與大學邀請。就在他們講電話的時候，菲力克斯手持掃碼器，給各式各樣的包裝袋掃碼分類，擺到各個貼有標籤的置貨推車上，再由其他工人集貨推走。有些工人過來取貨箱的時候會和菲力克斯打招呼，有些則不會。他身穿前開拉鍊的黑衣服，拉鍊拉得嚴嚴的，偶爾還把下巴縮進豎起的衣領裡，顯然覺得冷。艾莉絲和經紀人談話的時候，一面在筆電上擬信件草稿，主旨是「夏季書約」。打完電話之後，她關掉電子郵件，打開一個文件檔，裡面的筆記是她正在爲倫敦一家文學雜誌撰寫的書評。倉庫裡，菲力克斯推著一個疊得高高的置貨鐵推車，穿過兩旁都是貨架的走道，頭頂上是白色的日光燈燈泡。他偶爾停下腳步，瞄一眼標籤，查看掃碼器，然後掃描貨品，擺進推車裡。艾莉絲吃兩片擺在小碟子上塗了奶油的麵包，切一顆蘋果，給自己弄了杯咖啡，打開一封寫給愛琳的信件草稿。

——

菲力克斯晚上七點下班的時候，艾莉絲正在煮飯。走出倉庫的時候，他傳訊息給她。

菲力克斯：嘿不好意思，我真的沒辦法過去吃晚飯

菲力克斯：我要和同事出去

菲力克斯：反正我去了也沒意思，因為我心情不好

菲力克斯：也許我們明天見，看我有多慘再說

艾莉絲：噢

艾莉絲：我好想你

菲力克斯：妳不會想看見現在的我，相信我

艾莉絲：不管你是什麼樣子，我都喜歡

菲力克斯：妳可以寫封情書給我，我回家就讀

艾莉絲丟開手機，茫然瞪著空空的廚房水槽。菲力克斯告訴他的朋友布萊恩說可以順路載他到穆洛伊酒館，然後他就要把車丟回家，走路到村裡。艾莉絲接下來的幾個鐘頭，都花在準備義大利麵醬，燒開水，擺餐具，吃晚飯。菲力克斯開車回家，餵狗，迅速沖了個澡，換好衣服，查看一下交友軟體，然後步行到村裡，和他的同事碰面。在八點到午夜之間，他喝了六品脫的丹麥啤酒。艾莉絲吃完晚飯，洗好碗碟，在網路上讀了一篇關於安妮．艾諾[34]的文章。十二點左右，菲力克斯和他的朋友搭一輛七人座計程車到鎮外的一家夜店，在路上唱了幾句愛爾蘭反英歌曲。艾莉絲坐在客廳沙發上寫電子郵件給住在斯德哥爾摩的一位女性朋友，問她工作的情況和新的感情發展。菲力克斯在夜店裡吞了兩顆藥丸，喝了一杯伏特加，然後去洗手間。他再次打開交友軟體，拒絕了好幾個人的邀請，查看訊息，看看BBC的運動首頁，然後又回到夜店裡。凌晨一點，艾莉絲喝薄荷茶，寫她的書評，而菲力克斯和他的兩個朋友，以及從未見過的其他兩個

人在舞池裡。他跳起舞來一派輕鬆自然，彷彿絲毫不費力，隨著音樂的節奏輕輕搖擺身體。又喝了一杯酒之後，他走到店外，在有輪子的垃圾箱後面嘔吐。艾莉絲這時已經躺在床上，讀菲力克斯之前傳給她的訊息，手機螢幕在她臉上映出灰藍色的光。與此同時，菲力克斯也掏出手機，打開訊息程式。

菲力克斯：嗨

菲力克斯：還醒著？

艾莉絲：在床上，但醒著

艾莉絲：好玩嗎？

菲力克斯：老實說艾莉絲

菲力克斯：我吼得像個瘋子

---

34 Annie Ernaux，1940-，法國小説家。

菲力克斯：我還吐了
菲力克斯：但到目前都還好

艾莉絲：好，我很高興

菲力克斯：妳在床上幹嘛
菲力克斯：有穿衣服還是？
菲力克斯：說給我聽聽

艾莉絲：我穿白色睡衣
艾莉絲：希望我們明天能見面

菲力克斯：好喔
菲力克斯：還是我搭計程車去妳家
菲力克斯：現在

菲力克斯：我說真的

艾莉絲：如果你想來，沒問題

菲力克斯：妳確定？

艾莉絲：反正我還醒著，無所謂

菲力克斯：酷

菲力克斯：待會見

她從床上起來，套上睡袍，打開床頭燈，看著鏡裡的自己。菲力克斯打電話給計程車行，回到店裡拿外套，又點了杯伏特加，含在嘴巴裡漱了漱，吞下，找到布萊恩，要他告訴其他人說他走了，然後就出去搭計程車。艾莉絲打開他在他們認識的那個約會程式上的個人檔案，再次讀他的個人資料。前往艾莉絲家途中，菲力克斯和計程車司機聊起目前梅奧郡足球隊的相對強項與弱點。菲力克斯指出艾莉絲住的那棟房子時，司機問那是不是他爸媽家。

不是，是我小妞的家，菲力克斯說。

司機用逗趣的口吻回答說，想必是位有錢的小姐。是啊，她很有名。你可以在網路搜尋她。她是寫書的。

噢，真的？你最好抓牢她。

別擔心，她黏我黏得可緊咧，菲力克斯說。

車子開進車道，司機轉頭說：她竟然願意讓你在凌晨兩點去敲她家大門。但看看你現在這個樣子，要是你幾分鐘之後又打電話給我，我也不意外。十點八歐元，謝謝。

菲力克斯把錢給他。

你要我等你嗎？司機問。

別嫉妒，好傢伙。快走，好好享受你的古典音樂電臺吧。

他下車，敲門。計程車駛出院子大門時，艾莉絲下樓開門。菲力克斯走進屋裡，用腳踢門關上，把艾莉絲摟進懷裡，稍微抱起來，貼在牆上。他們親吻了一會兒，他解開她睡袍的腰帶，但她一手緊緊拉住睡袍前襟。

噢，你喝醉了，她說。

是啊，我知道。我在訊息裡說了。

他又試圖拉開她的睡袍，但她雙臂緊抱胸前，阻擋他。

嘿，怎麼回事？他說。妳是月經來了還是怎樣？就算是，我也不在乎，我是個大人了。

艾莉絲沉著臉，重新繫好睡袍腰帶，說：你這是故意要讓我難堪。

不，不，我只是想知道是怎麼回事。我沒打算怎麼樣，到這裡來，我很開心。女朋友住在這麼大的房子裡，連計程車司機也很羨慕。

艾莉絲抬頭看他，最後說：你嗑藥了？

是啊，天哪，他說，不嗑藥，晚上出去幹嘛。

她雙手抱胸。我不知道，她說。其他人會容忍你這樣的行爲？你以前的那些女朋友或男朋友。這樣正常嗎？你和你的朋友出去，喝得爛醉，然後半夜跑來找人上床？

他彷彿想了想，抬起手臂，撐在她腦後的牆上。我是常會試試看，沒錯，他說，但不是每個人都買單，顯然。

是喔，你一定以爲我是該死的大白癡。

不，我覺得妳絕頂聰明。但從很多方面來說，反而很不幸，因爲妳如果稍微蠢一點，生活就會容易很多。

他挺直身體，雙手貼住她的臀部，看起來似乎是要表達愛意，甚至是懺悔。

計程車司機說妳會把我趕出去，菲力克斯說。他告訴我，她絕對不會在這個時間讓這個樣子的你進門的。我是什麼樣子，我其實並不知道，我又看不見自己。但我可以想像，肯定不太好看。

你看起來就是喝醉了。

哦，是嗎？我不知道，我想我不該傳訊息給妳的。最白癡的就是，我今天晚上過得很開心。我的意思是，我有點過嗨，還吐了，但除此之外，都很開心。妳大概也過得很好，躺在床上還是什麼的。所以我眞的不該傳訊息給妳。

沒錯，但你想要找人上床，她說。

這個啊，我是人嘛。不，可是如果我只是想找人上床，我大可以去別的地方，對吧？我不必爲了這個來打擾妳。

她緊閉雙眼，用毫無抑揚頓挫的嗓音靜靜說：我想這倒是眞的。

艾莉絲，別這麼一臉嚴肅的樣子嘛，他說。我沒和其他人鬼混。我如果眞的想要，一定會有對象，妳也是。聽我說，如果我惹妳生氣了，那很對不起，好嗎？

她沉默了一晌。

妳八成不喜歡和喝醉酒的人在一起，他說。

是，我不喜歡。

沒錯，妳何必喜歡呢？我是說，妳在成長的過程裡已經受夠了。

她瞪著他看，而他的手繼續貼在她臀部，把她壓在牆上。

是，我是受夠了，她說。

如果妳希望我回家，就開口說吧。

她搖搖頭。他再次吻她。他們一起上樓。艾莉絲拉著菲力克斯的手，跟在他後面。在她的房間裡，他脫掉她的睡袍，把她的睡衣從她頭上扯掉。她躺在床上，他貼近她上方。她的身體看起來小巧玲瓏，彷彿雌雄同體。她一手平貼在自己嘴巴上。他開始脫衣，摘掉手錶。他俯望赤裸癱躺在床上的她，微笑說：妳知道妳是什麼模樣嗎？就像我們在羅馬看見的女生雕像。

她笑出聲，掩住臉。

這樣不好嗎？他說，我覺得很好。

她說是很好。他躺在她旁邊，頭靠在枕頭上，一手懶洋洋地撫弄她嬌小柔軟的乳房。

我今天上班的時候在想妳，他說，我覺得那樣讓我心情稍微好一些，但只有一會兒的時間，之後心情變得更不好，因爲妳整天躺在這裡，而我卻困在倉庫裡打包貨箱。並不是說我因爲這樣而怪妳。我沒辦法清楚解釋那種感覺，但我們現在要做的，和我一整天所做的事情之間的差異，我眞的無法形容。要我說呢，就是很難相信做這兩件事情的，是我的同一個身體。現在撫摸妳的這雙手，我竟然用來打包箱子？我不知道。工作的時候，一雙手總是凍得要死。基本上就是凍得麻痺了。就算戴手套，最後還是會凍僵，每個人都這樣說。有時候會有小割傷、擦傷還是什麼的，但我甚至要到流血了才會注意到。而這是現在撫摸妳的同一雙手？我不知道，妳八成會以爲我腦袋壞了，才講這些事。但妳摸起來好柔軟，好好摸，就是這樣。而且很溫暖。妳讓我進到妳裡面的時候，感覺好棒，棒到我無法形容。我今天上班的時候一直在想這件事，我眞的好想好想要，想到都開始發火了。發火，沒錯，很生氣。這也是我想說的，這份工作就是會讓你覺得心情很壞，讓你有一些亂七八糟的念頭。我心裡很想來看妳，但我眞的很生氣，氣到我根本不想再見到妳。沒必要解釋爲什麼，因爲這根本就沒道理。我只是講出我的感覺，對不起。

她告訴他說沒關係。他吻著她，吻了一小段時間，什麼也沒說。然後他問她要不要到他上面來，因為他好累，她說好。他進到她裡面的時候，她僵住幾秒鐘，呼吸沉重。還好嗎？他說。她點頭。他似乎安於等待。妳的小穴太美妙了，他說。一陣顫抖貫穿她全身，從頭部直抵恥骨。她一手搭在他肩上，兩人緩緩做了幾分鐘，他不停撫摸她。她嗓音高亢激動：噢，天哪，我愛你，我真的好愛你。他抬頭看她，真的嗎？他說，太好了，再說一遍。她渾身顫抖，喘不過氣來，頭垂得低低的，說：我愛你，我愛你。他雙手摟住她的腰，手指戳進她背部的皮膚，用力把她拉近跟前，一次又一次，動作越來越快，她皺起臉，彷彿很痛。

事後，他們就這樣貼著彼此，靜靜躺了好一會兒。然後她從他身上爬下來，坐在床墊一側，拿起床頭櫃上的水瓶喝水。他頭靠在枕頭上，躺著看她。妳喝完之後，給我，他說。她把水瓶遞給他，他頭也沒抬地開始喝。

他遞還水瓶，說：嘿，我想問妳一件事。妳老是說妳很有錢。這是什麼意思，妳是個百萬富婆嗎？

她把水瓶的蓋子旋好。差不多，她說。

他默默看著她。妳眞的有一百萬，他說，那是很大一筆錢耶。

是啊，沒錯。

全都是寫書賺來的？

她點頭。

錢都存在銀行戶頭裡，還是拿去投資什麼了？他說。

她揉揉眼睛，說大部分都在銀行戶頭裡。他還是看著她，目光迅速且愼重地在她的臉、她的手臂和肩膀游走。過了一會兒，他說：過來，再說一遍妳愛我，我很喜歡妳這樣說。她沉重疲憊地躺回他身邊。

我愛你，她說。

妳什麼時候知道的？是一見鍾情嗎？

不，我想不是。

那就是後來囉，他說，在羅馬的時候？

她轉身面對他，他垂手摟住她的身體。她眼睛半閉。他表情若有所思，有點警醒。

我想是吧，她說。

這樣就愛上一個人，好像有點太快了吧。多久時間，大概三個星期？

她沒睜開眼睛，說：差不多吧。

這對妳來說很正常嗎？

我不知道。我並不常愛上別人。

他就這樣看著她一兩秒鐘。我想反過來也一樣，他說。

她隱隱微笑，說：你的意思是，別人也不常愛上我？不，其實根本就沒人愛我。

妳好像也沒太多朋友，他說。

她不再微笑，轉頭看菲力克斯，沉默了幾秒鐘，臉上沒有任何表情。然後才說：是的，我想是。

是啊，沒錯。我想，從妳搬來這裡之後，也沒人來看過妳，對吧？妳家人沒來。還有妳的朋友愛琳，妳不時提起她，但是她也沒想到要來看看妳。我想從妳住到這裡之後，我是唯一踏進這房子的人，我說得沒錯吧？而妳已經搬來好幾個月了。

艾莉絲瞪著他，什麼也沒說。而他似乎把這當成是她允許他繼續說的訊號，若有所思地把一條手臂伸到枕頭下。

我一直在想義大利的事，他說。看著妳在臺上朗讀，還有妳親筆簽書等等。我不會說妳有多麼努力，因爲比起我的工作，妳的工作實在太輕鬆了。但是有這麼多人希望從妳身上得到東西。我只是認爲，他們整天煩妳，卻沒有一個人眞正關心妳。我不知道是不是有人眞的關心妳。

他們就這樣互望良久，默默過了好幾秒鐘的時間。菲力克斯看著她，但他原本的自信，甚至有點殘酷的勝利感，逐漸轉變成其他的情緒，彷彿太慢才意識到自己的誤解。

你肯定非常恨我，她冷冷地說。

不，我沒有，他回答說，可是我也不愛妳。

你當然不愛。你何必呢？我才不會抱這樣的幻想。

她轉身，非常平靜地關掉床頭櫃上的燈。黑暗模糊了他們的面容，只看得見他們在被子下的身體輪廓。兩人都一動也不動，房間裡的每一根線條，每一個陰影都靜止不動。

你想走的話，就走吧，她說，但如果你想留下來，我也歡迎。你或許會自吹自擂，說你傷得我很重，但我向你保證，我遇過更慘的事。

他默默躺著，沒回答。

我說我愛你，是實話，她又說。

他發出一個聲音，聽似很勉強的笑聲，然後說：哈，我喜歡妳的作風，我給妳按讚。妳好不容易才取得優勢，對吧？這我顯然無法應付。很好笑，因爲妳表現得好像我可以隨便糟蹋妳似的，回覆我凌晨兩點傳送的訊息，然後說妳愛我，叭啦叭啦叭啦。但這只是妳的手法，想辦法控制我的手法而已。因爲妳不愛我，而我也知道我不會愛妳。妳沒辦法控制我，連一分鐘都不可能。十次裡也許有九次，妳可以用這樣的手法愚弄得了對方。他們會自鳴得意，以爲他們眞的是妳的主子。是啊，沒錯，但我不是白癡。妳只是故意要讓我表現出惡劣的一面，因爲這樣可以讓妳顯得比我更優越。這就是妳想要的，優越，比其他人更優越。我可以告訴妳，我並不認爲妳是特別針對我。我覺得妳不肯讓任何人靠近妳。事實上，我也尊重這一點。妳處處留神，必然有妳自己的道理。我話講得這麼重，實在很抱歉，因爲妳說得沒錯，我只是想要傷害妳。我很可能眞的傷了妳，傷得很重。任何人只要刻意費力去做，必定可以傷害其他人。但妳不但沒有對我發飆，還說歡迎我留下來，說妳還是愛我等等。因爲妳必須表現得百分之百完美，對不對？不，妳的作風眞的很獨特，我必須說。我很抱歉，好嗎？我不會再挖苦妳。我學到教訓了。但從現在開始，妳不必再表現得像被我一手操控似的，因爲我們兩個都心知肚明，我和妳的距離其實非常遙遠，好嗎？

又一陣漫長的沉寂。在黑暗中，兩人的面貌都看不見。最後，她打破沉默，聲音高亢且緊張，或許她的緊張只是爲了裝出若無其事的平靜，但卻沒能辦到。她說：好。

要是我有可能掌握妳，妳不必告訴我，他說，我也會知道的。但我不會追得太緊，我只會留在這裡，看妳是不是會來找我。

是啊，獵人對鹿就是這樣的，她說，在他們殺了牠們之前。

22

愛琳，對不起，我上封信嚇到妳了。如妳所知，幾個月來，我確實取消了所有的公開活動，但我也一直在計劃，總有一天要回去工作。妳當然能理解，這就是我的工作，對吧？這工作有多累人，有多不體面，沒有人比我更清楚，但我並沒想要讓妳以爲，我將退出所有的公開活動。妳從來沒一口氣請超過四天以上的病假，所以我想，我休息四個月，在妳看來應該是拖得相當長的一段休養時間。是的，我從都柏林機場飛出國，再飛回都柏林，時間分別是早晨七點和凌晨一點。因爲妳有工作，而且我知道妳作息正常，所以不會在半夜吵醒妳，就爲了要和妳急急忙忙喝杯咖啡，客套聊天。妳該不會以爲我不想見妳吧，因爲這幾個月以來，我已經邀請過妳好幾次，希望妳來看我。我就住在離都柏林才三個鐘頭車程的地方。至於羅欣說我沒回覆她的訊息，我很不解——妳是以個人的身分寫信給我，還是代表大都柏林地區的親善大使？妳說得沒錯，我沒回覆她的訊息，因爲我一直很忙。不好意思，我愛妳，也喜歡妳，但我不打算每次誤了回訊就寫份報告給妳。

至於妳提到的其他問題：妳所謂的「美」究竟是什麼呢？妳信中說，把個人虛榮與美感經驗混爲一談是大錯特錯。但從一開始就把美感經驗看得這麼嚴重，也是個錯誤，一個或許互有關聯的錯誤？我們確實有可能在和個人全然無關的情況下，因爲藝術的美或大自然的美而感動，這是毫無疑問的。我甚至認爲我們可以透過欣賞他人美麗的外表——容貌與身體——而享受到快樂，這是一種純粹的美感，也就是說和欲望無關。就我來說，我常會看著漂亮的人，但卻沒有絲毫欲望想和他們發展出某種關係——事實上，我並不認爲美是欲望的誘因。換言之，我既未行使任何探究「美」的決心，當然也就不會因此而體驗到有意識的意志。我想這就是啓蒙時代哲學家所謂的美學判斷，而這正和我欣賞某些視覺藝術、音樂、風景之類的經驗完全吻合。我覺得這些東西很美，它們的美令我感動，給我愉悅的感覺。我也認同，大衆消費主義行銷給我們的所謂「美」，實際上是醜惡的，無法像穿透樹葉的陽光、《亞維農的少女》[35]或《泛藍調調》[36]那樣帶給我美感的愉悅感受。但我想問的是：就算我們認爲《泛藍調調》的美之於香奈兒包包的美，從某個層面來說具有客觀的優越之處，而且在哲學的析辯上也可以得到論證，但這有什麼重要呢？妳似乎是認爲，除了愉悅的感覺之外，美感的經驗也很重要。而我想知道的是：是在哪一方面重要呢？當然，我不是畫家，也不是音樂家，但我是個小說家，我努力認眞看待小說——部分原因是我很清楚，自己靠著像藝術這般絕對無用的東西賺錢過活是一種很不尋常的特權。但如果我設法描述我閱讀偉大小說的經驗，那就和前面所述的那種美感經驗——與決心無關，也不會挑起任何欲望——有很大的不同了。就我個人而言，我必須運用大量的動能去閱讀，瞭解我所讀到的內容，並在心中反覆思索很久的時間，久到足以讓我理解這本書所具有的意義。這絕非被動的過程，美感並不會在沒有我主動參與的情況下自然而然傳遞給我。這像是一種積極的努力，而美感經驗就是努力所建構的成果。但是我想，更重要的是，偉大的小說會激起我的共感，讓我渴求某些事物。我看《亞維農的少女》的時候，我並不「想要」從中得到什麼。但我閱讀的時候，我確實體會到某種渴望：我希望伊莎貝爾・阿切爾幸福，我希望安娜和佛倫斯基[37]戀情修成正果，我甚至希望被釋放的是耶穌，而不是巴拉巴[38]。之

35 畢卡索開創立體畫派的知名畫作，以西班牙巴塞隆納亞維農街的妓院為背景。
36 *Kind of Blue*，爵士樂手邁爾斯・戴維斯（Miles Davis）一九五九年發行的專輯，創下爵士樂史上最佳銷售紀錄。
37 托爾斯泰小說《安娜・卡列妮娜》的主角。

所以如此，當然也可能是因爲我是個視野狹隘、超級無趣的讀者，一心想著要每一個人（除了巴拉巴之外）有最好的結局。但如果我期待的是相反的結局，伊莎貝爾・阿切爾婚姻不幸，安娜跳軌自殺，其實也只是相同經驗的不同變化而已。重點是我的共感，我的投入，我不再覺得事不關己。

妳和賽蒙聊過這些嗎？我覺得妳應該可以從他那裡得到比我更加條理分明的觀點，因爲他的世界觀連貫一致，而這正是我欠缺的。就我瞭解，在天主教教義之中，眞、善、美是與上帝密不可分的特質。上帝本身似乎「就是」美（當然也是眞理，濟慈說的也許就是這個意思，我不確定）。人類努力擁有並理解這些特質，其實是爲了更接近上帝，瞭解上帝的本質。因此，無論美爲何物，都將引領我們深思神性。身爲評論者，我們或許會爭論什麼東西美，什麼東西不美，因爲我們只是凡人，無法百分之百瞭解上帝的旨意，但我們都同意，美本身具有無比的重要性。美非常之好，也不須借助外力，不是嗎？我可以再稍微多解釋一下我從偉大小說裡所得到的共感。例如，上帝把我們造成我們現在的樣子，不只是擁有欲望與衝動的複雜人類，同時也會對純粹虛構的人物——那些我們明知不可能從他們身上得到任何具體滿足或好處的對象——產生情感連結，正足以讓我們明白人類景況的錯綜複雜，從而理解上帝對我們的愛有多麼複雜。我甚至可以進一步說：耶穌以他的生與死，強調我們可以在毫不考慮個人利害得失的情況下愛其他人。從某個程度來說，我們愛上虛構的人物，知道他們不可能回報我們的愛，這不就是具體而微地實踐耶穌呼籲我們努力實踐的無私之愛嗎？我的意思是，這樣的情感共鳴是一種有客體、卻無主體的欲望，是沒有具體需索的需索。對另一人的欲望並非我希望能爲自己得到什麼，而只是我想爲自己做什麼。

我想我所要說的是，一旦有了天主教徒的這種心態，也就有了無窮的樂趣。對妳我而言，這比較困難，因爲我們擺脫不了一切都無所謂的信念，我們覺得生命是偶然的，我們最眞誠的感受都可以簡化成化學反應，而我們的宇宙也不是建立在任何客觀的道德律法之上。當然，我們是有可能帶著這樣的信念活下去，但我也不認爲我們眞的可能相信妳我都說我們相信的事情。有些美感經驗很重要，有些則無足輕重。或者有些事是對的，有些是錯的。但我們依據的是什麼標準呢？我們又是在哪個裁判面前辯證我們的論

38 Barabbas，因強盜罪入獄的囚犯。耶穌受難時正當逾越節，按猶太人的慣例，羅馬巡撫可以在該節期釋放一個犯人免死。巡撫彼拉多起初有意釋放耶穌，但猶太教的祭司長等人喊著，一定要把耶穌釘死，所以彼拉多釋放了強盜巴拉巴，把耶穌交付猶太人去釘死在十字架上。

點呢？說起來，我也不是要駁倒妳——我始終不放棄懷疑，這不正是妳的立場嗎。我不相信對與錯之間的差別只是品味或喜好的問題，但我也沒辦法相信絕對的道德，亦即上帝。這讓我處在哲學的虛無之境，欠缺勇氣去相信任何一方。我既無法滿足於相信上帝所作所爲皆善，但想到作惡，又讓我憎厭。更進一步說，我覺得自己的工作在道德或政治上都一文不值，然而這是我賴以維生的工作，是我唯一想做的事。

年紀比較輕的時候，我以爲自己想做的是環遊世界，過著亮麗的生活，因作品而聲名大噪，嫁個傑出的知識分子，遠離我成長過程的一切，切斷和狹隘世界的連結。如今想來非常不好意思，但我當時很寂寞，不快樂，而且不知道這樣的感覺是正常的。我的寂寞，我的不快樂，一點都不獨特。如果我當時能像現在這樣，瞭解這個道理，就算只是稍微瞭解，說不定我就不會寫這些書，就不會成爲今天的我。我不知道。我知道我無法再寫出這樣的書，也無法再感受到當時對自己的感覺。對當時的我來說，證明自己是個特殊的人非常重要。而在我努力證明的過程中，也就讓這成爲事實了。只有到事後，在我收到我自以爲應得的金錢與讚譽之後，我才明白，不可能有任何人值得擁有這些東西，但爲時已晚。我已經成爲我曾經渴望成爲、而如今卻斷然蔑視的那種人。我之所以這樣說，並非刻意貶低我的作品。但是，在其他人生活於絕望貧窮之時，爲什麼有人應當名利雙收呢？

我上一次的戀情，妳也知道，結局很慘，在那之後，我寫了兩部小說。談戀愛的時候，我想辦法東寫一點，西寫一點，但思緒總是不停回到我愛戀的對象身上，感情也總是無可避免地圍繞她打轉，所以當時的作品從來沒能獨立發展出自己的本質，也無法在我的人生裡佔有別具意義的一席之地。我們很快樂，然後不快樂，經過一番相互折磨與指責之後，我們分手了——到那時，我才能開始認眞地投入工作。就像心裡清出了一塊空間，我必須想辦法塡滿，於是我就坐下來開始寫作。我必須先清空我的生活，從那裡開始著手。如今回顧我寫那幾本書的時期，我覺得那是我人生中的一段美好時光，因爲我有工作要做，而我也做了。我一直身無分文，寂寞孤單，爲錢擔心，但我也擁有另一個部分，生活的這個部分非常隱密，被我好好保護起來。我的思緒不時回到這裡，情感也圍繞著它轉，它完完全全屬於我。從某個角度來說，這很像一場戀愛，一種迷戀，只是這段關係裡除了我之外，並沒有其他人存在，而一切也都在我自己的掌控之中（所以和戀愛恰恰相反。）儘管寫小說會遇上許多挫折與困難，但在這個過程開始之初，我就知道自己被賦予了非常重要的東西，一種特殊的才華，一種福分。就像上帝把手放在我頭上，讓我身上充滿強烈到不能再強的欲望，但我的欲望並不是渴求另一個人，而是希望能讓某些東西具體成形，成爲前所未見的一種存在。回顧那些年，我生活的簡單程度，讓我感動到幾近心痛，因爲我知道自己必須做什麼，而我也做了，就是這樣。

最近差不多兩年的時間，我除了一篇書評和幾封很長的電子郵件之外，幾乎什麼也沒寫。我想，目前我心裡的那塊空間已經清理乾淨，空無一物了，所以或許現在我該再談一場戀愛。我需要感覺自己的生活有某種中心，讓思緒有地方可以回去，可以安歇。當然，我知道大部分人都不需要這樣的東西，如果我也不需要，肯定會比較健康。菲力克斯不覺得需要按什麼中心原則安排他的生活，我也不認爲妳會覺得有需要。賽蒙有，但他有上帝。談到生活中心這件事，上帝是我的一個好選項——至少比編造一些並不存在的人物故事，或愛上一個恨我的人要好吧。但這就是我們現在的處境。愛上什麼，總比什麼都不愛來得好；愛上某人，也總比沒人可以愛來得好。我身在此時此地，活在這個世界上，沒有任何一刻鐘希望自己不存在。從某個角度來看，這難道不是一種特別的天分，一種福分，一種非常重要的東西嗎？愛琳，對不起，我好想妳。寫過這麼多郵件之後，等我們再次相見時，我一定會非常害羞，像隻小小鳥躲在自己的翅膀後面。這個週末請替我恭喜妳姐姐和她的新郎——還有，如果不太麻煩的話，請務必來看我，拜託。

23

婚禮這天早上，愛琳坐在新娘套房床上，蘿拉在梳妝臺前。蘿拉手指摸著臉，說：我覺得她把我的眼妝化得太濃了。她身穿白色新娘禮服，露肩的簡單款式。妳看起來很漂亮，愛琳說。兩人目光在鏡中相逢，蘿拉皺起臉，站起來，走到窗前。窗外剛過中午的陽光是白色的，稀薄如水流淌。但蘿拉背窗而立，面對愛琳，盯著坐在大床墊上的她。她倆就這樣對看許久，委屈，歉疚，不信任，悔恨。最後蘿拉說：現在呢？愛琳瞥了一眼左手手腕上細細的金錶。才五十分，她說。她身穿淡綠色洋裝，青瓷一般的顏色，頭髮往後夾。她在想別的事，兩人都是。蘿拉回想起在斯特蘭希爾海邊涉水的情景，還是在羅斯角海灘或恩尼斯克羅的那天。手指甲裡，頭皮上，都有沙子粗礪的感覺，還有鹽的味道。接著她跌倒，喝了海水，鼻子和喉嚨都很痛，光線和感覺讓她一片混亂，她記得自己哭了，爸爸把她摟在懷裡，抱離海灘。一條紅橘相間的浴巾。後來，開車回斯萊戈途中，她繫安全帶坐在後座，收音機吱吱嘎嘎，遠處點點燈光跳躍。黑漆漆的路邊有輛賣香腸和薯片的廂型車，掀開後車門，飄出刺鼻的醋味。那天晚上睡在表親房間裡，書架上有一本本不同的書，陌生的窗戶射進光線，在傢俱上映出各種不同的陰影。午夜，教堂鐘響。樓下有大人在講話，樓下燈亮著，還有一杯杯啤酒。愛琳也在回想童年，想起蘿拉愛玩的角色扮演遊戲，一個祕密王國，皇宮，公爵和農民，被施了魔法的河流，森林，天空上的光。所有曲折離奇的情節都已消失，那些用魔法語言創造的名字，那些忠臣和奸臣。留下來的只有當初那個虛構世界賴以棲身的真實地點：她們家後面的牲口畜棚，花園盡頭的雜草叢，樹籬之間的缺口，延伸到河邊的潮濕頁岩。還有屋子裡的：閣樓，樓梯，外套衣櫥。這些地方到現在都還讓愛琳有特別的感覺，至少只要她願意，仍然可以對它們湧起特別的感受，一種美的頻率。這感覺讓她愉悅，帶著一種近似興奮的刺激感。就像上好的信紙，粗大的鋼筆，沒有格線的紙，在她看來，都代表著一種想像的可能性，不須借助外力就可以變得精緻美好，遠比她所能想像得出來的一切更加精緻美好的可能性。不，她的想像力讓她失望。想像力是其他人要嘛有，要嘛就根本不想要的東西。愛琳很想要，但卻沒有。和艾莉絲的道德哲學一樣，她也夾在兩難中。說不定每個人都是這樣，在任何重要的事情上都是如此。有人敲門，她倆抬頭，媽媽瑪麗走進來，身穿藍色洋裝，漆皮皮鞋，頭髮上插了根羽毛。她們三個開始講話，嘰嘰喳喳，速度很快，抗議，大笑，抱怨，調整彼此的衣服，房間裡的一舉一動都又快又鬧，像是一群小鳥的行動。蘿拉想幫愛琳重新夾好頭髮，讓垂在背後的頭髮不要那麼緊。瑪麗在最後一刻想換雙鞋子試試，而手臂細如蘆葦與樹枝的愛琳解開頭髮，拿條披肩披在瑪麗肩上，幫化好妝的蘿拉擦掉溢到臉頰上的睫毛膏。她哈哈大笑，嗓音輕快，不時又迸出笑聲。瑪麗也想起自己的童年，想起他們那幢隔壁就是店鋪的連棟樓房，薄薄一層冰淇淋夾在威化餅之間，餐桌上鋪著格紋防水布桌巾，玻璃後面有飾圖案的陶罐。金光燦爛的夏日，空氣清澈得像涼水，金雀花豔黃一片。想到童年，讓她有種古怪的不安，因爲那曾經是她的眞實生活，而今卻完全是另一回事了。老人死了，寶寶慢慢變老了。這也可能發生在愛琳身上，還有蘿拉身上，她們現在年輕貌美，對彼此既愛且恨，笑得露出皎潔牙齒，渾身散發香水的香味。又有人敲門，她們安靜下來，張望一番。她們爸爸派特進來了。各位小姐都還好嗎？他說，我們該出發去教堂了，車子在等。派特穿了他的西裝。他想著自己的妻子瑪麗，想起她第一次懷孕時，他覺得她有多陌生，她整個人都變了，一言一行都變得嚴肅，有著奇怪的堅決目標。他覺得很不安，但也讓他想哈哈大笑，只是他並不知道爲什麼。她變了，轉開頭不再看他，去追尋其他的經驗。隨著時間過去，蘿拉出生，感謝上帝，她是個健康的寶寶。他告訴自己，他絕對不要再來一遍。這經驗太怪異，一生一次就嫌太多了。一如既往。一如既往，他錯了。戶外，風擾動樹，清涼的氣息撲上他們臉龐。他們一起上車。蘿拉鼻子貼在車窗上，在玻璃留下一小圈粉印。灰色的教堂低矮，有細細長長的彩繪玻璃窗，玫瑰紅、藍色與琥珀色。他們踏進教堂時，電子琴開始彈奏，薰香的味道迎面襲來，濕潤，芳香，衣料颯颯作響，長椅吱吱嘎嘎，每個人都站起來，看著他們一起踏上打磨晶亮的中央走道。蘿拉一身白，高貴華麗，散發明白自己懷有珍貴計畫的氣息，鎮靜接受朝她射來的目光，沒點頭致意，而是挺直背脊。派特身穿西裝，態度莊嚴，但略顯笨拙的動作中和了他的嚴肅。瑪麗緊張微笑，冒汗的手抓住愛琳的手。身穿綠色洋裝的愛琳苗條蒼白，深色頭髮鬆鬆夾在腦後，手臂光裸，頭微微昂起，在纖長的脖子上宛如一朵花。她迅速轉動目光，搜尋他，但沒看見。馬修站在祭臺前等待，恐懼，但喜悅，神父開口講話，交換誓詞。我的鴿子啊，你在磐石穴中，在陡巖的隱密處。求你容我得見你的容貌，得聽你的聲音。因為你的聲音柔和，你的面貌秀美[39]。之後，在教堂外面的碎石地上，迎著亮白的晝光，沁涼的微風，簇簇纏綣蔓生的飾葉，每個人都大笑，握手，擁抱。女方親友在樹下拍合照，稍微靠近一點，稍微分開一點，每個人都彼此竊竊私語，臉上的微笑都僵了。就在這時，愛琳看見他，賽蒙，站在教堂門口看她。他們互望良久，一動也不動，沒開口，就在這方見證無數歲月埋葬的土地上。他記得她出生的時候，萊登家的新寶寶，他第一次獲准去看她，她那張發皺的紅臉看似某種古老的生物，而非新生兒愛琳，他爸媽說，在那之後，他一直吵著要有個妹妹，不只是個手足，而是要妹妹，像蘿拉那樣，有個妹妹。她也記得他，和她上不同學校的大男生，活力充沛，聰穎伶俐，但會有奇怪的癲癇發作，他成爲大人憐憫的對象，雖然是個漂亮的孩子，卻也有點不太正常。她媽媽總是說他的言行舉止好討人喜歡，是個小紳士。她是他印象裡的那個青春期少女，纖瘦，長雀斑，兩腿交叉站在廚房流理臺前，十五歲的她老是皺眉頭。她不是不講話，就是突然講太多話，是個壞脾氣，一點也不友善的女生。還有她轉頭面對他時的漠然表情，臉頰粉紅，幾乎又要發脾氣了。對她來說，他也是當年的那個男孩，二十歲的年輕人，暑假在她家農場打工，她看著他用無比溫柔的態度拿奶瓶餵小羊，她苦惱一整個星期，就只爲了能讓他看她一眼，她走進房間看見他在的時候，簡直要喘不過氣來了。那天他們三個騎腳踏車去樹林，把車留在空地上。被陽光照亮的樹梢後面，一朵朵看起來很不眞實的烏雲。蘿拉加油添醋講了一個很長的故事，說有個人在森林裡

---

39 出自《聖經・雅歌》第二章第十四節。

被殺害，賽蒙嘟嘟囔囔說了些話，大意是他並不這麼肯定，噢，天哪，這太可怕了吧？愛琳專心踢著面前步道上的小卵石，偶爾抬頭看看賽蒙的臉。她被刺了好多刀，頭差點就斷了，蘿拉說。啊，賽蒙說，我寧可不去想這些。蘿拉大笑，說他膽小如鼠。呃，說到這個嘛，我是有一點，他說。這時開始下雨，蘿拉解開繫在腰間的夾克。你就像愛琳一樣，她說。他看著愛琳說：我希望我更像她一點。蘿拉說愛琳還只是個小寶寶。愛琳突然以快速激昂的嗓音，異常大聲地說：妳自己想想，妳在我這個年紀的時候，別人是怎麼講妳的。蘿拉轉頭，一臉同情地看著她。老實說，她回答說，我在妳這個年紀的時候啊，比妳成熟多了。賽蒙說他覺得愛琳很成熟。蘿拉蹙眉說：別那麼猥瑣。賽蒙耳朵紅了起來，再次開口時，聲音都變了。我指的是智力方面，他說。他沒再說什麼，蘿拉也沒說，但兩人都不太開心。蘿拉拉起外套的帽子擋雨，走在前面。她跨著大步往前繞過步道的一個彎處，從他們的視線裡消失。愛琳低頭看步道，原本乾乾的泥土路，現在變成泥濘，一條條水流穿過石縫。雨越下越大，在她的牛仔褲上留下一個個大大的暗色印子，也淋濕了她的頭髮。他們轉過第二個彎道時，蘿拉還是不見蹤影。她可能走到很前面，再不然就是走別條路了。你知道我們現在在哪裡嗎？愛琳問。賽蒙微笑，說他應該知道。我們不會迷路的，他說，妳放心。不過，我們有可能會淹死。愛琳用衣袖抹抹額頭。希望不會有人跑出來，刺我三十八刀，她說。賽蒙笑起來。在這些故事裡，受害人都是自己一個人，他說，所以我想我們不會有事。愛琳說很好，只要他不是凶手就行了。他又笑起來。不，不，他說，妳和我在一起很安全。她再次仰頭看他，有點害羞。我也這樣覺得，她說。他轉頭看她，說：嗯？她搖搖頭，再次用衣袖抹抹額頭，吞吞口水。我覺得我很安全，她說，和你在一起的時候。賽蒙沉默了好幾秒鐘。這時他說：很好，聽妳這麼說，我很高興。她看著他，突如其來地停下腳步，站在一棵樹下。她的臉和頭髮都濕淋淋的。賽蒙發現她不再走在他身邊時，便轉身。嘿，他說，妳在幹嘛？她看著他，眼神無比專注濃烈地凝望他。你能過來一下嗎？她說。他朝她走近幾步。她非常平靜，不慍不火地說：不，我是說到這裡來。我站的地方。他停下腳步。哦，爲什麼？他說。她沒回答，就只是用近似哀求且苦惱的表情繼續看他。他走向她，她一手伸向他前臂，抓住。他襯衫的衣料濕透了。她把他往前拉，兩人的身體幾乎靠在一起，她嘴唇濕潤，雨水淌下她的臉頰與鼻子。他不想放開她，事實上他站得非常之近，他的嘴巴幾乎貼在她的耳朵上。她什麼也沒說，但呼吸變得又快又喘。他輕聲說：愛琳，我知道，我懂，但不能這樣，好嗎？她渾身顫抖，嘴唇發白。對不起，她說。他沒走開，就這樣站著，讓她拉著他的手臂。沒什麼好對不起的，他說，妳沒做錯什麼。我們可以繼續走了嗎，妳想？他們繼續往前走，愛琳低頭盯著自己的腳。蘿拉在大門後面的空地等他們，已經拉起她的腳踏車了。看見他們，她不耐煩地踢著腳踏板，讓腳踏板空轉。你們去哪裡了？他們走近時，她大聲喊著。妳自己跑到前面，愛琳說。賽蒙幫愛琳把腳踏車從草地上扶起來，交給她，然後才抓起自己的腳踏車。我才沒跑，蘿拉說。她臉上出現怪異的表情，伸手搔亂愛琳濕答答的頭髮。妳看起來像隻溺水的老鼠，她說，走吧。他讓她們一起走。他眼睛盯著自己的腳踏車車輪，默默說：親愛的主，請讓她過上幸福的生活吧。我願意做任何事，求您，求您。她二十一歲，到巴黎找他。那個夏天他在巴黎，住在一棟有機械式升降梯的老公寓裡。他們那時是朋友，會寄正面是裸體名畫的有趣明信片給彼此。他們一起走在香榭麗舍大道，女人都會轉頭看他，因為他又高又帥，但他很潔身自愛，從不回頭看她們。她到他公寓的那晚，便把她失去處子之身的故事告訴他，那就發生在幾個星期之前。她講的時候臉紅得幾乎發疼，這個故事蹩腳到極點，令人尷尬，但無論如何，她還是堅持要講給他聽，她喜歡他對她講話時，那彷彿什麼也嚇不倒他的逗趣口吻。他甚至還會逗她笑。他們躺在一起，挨得很近，幾乎肩膀碰肩膀。這是第一次。把她攬入懷中，讓她感覺到他進到她身體裡面的這個男人，總是與其他人保持一段距離。能感覺到他屈服，在她身上找到慰藉，就是她對性行為的極致概念，再也沒有任何經驗能超越那一次，至今仍沒有。對他而言，當時的她如此天眞，如此緊張，全身顫抖，渾然不知自己給了他什麼，就這樣擁有她，讓他幾乎有罪惡感。但無論他們在一起做什麼，都絕對不會是錯誤，因爲她身上沒有一絲一毫的邪惡，他願意拋棄他的人生，只求她能快樂。他的人生，無論是什麼樣的人生。之後的幾年，和娜塔莉在巴黎，他早已逝去的青春再也沒能回來。和你一起生活，就像和沮喪生活在一起，娜塔莉說。他希望，也努力讓她快樂，但做不到。之後他隻身一人，晚餐後洗碗盤，把一個人的餐盤刀叉擺在瀝水板上。他甚至已不再年輕，不算眞的年輕。對愛琳來說，那幾年的光陰也同樣流逝無蹤，坐在地板上拆開包裝得扁平的傢俱，爭吵，就著塑膠杯喝微溫的白酒。看著她所有的朋友搬離，往前走，到紐約，到巴黎，而她被遠遠拋在後面，在同一間小辦公室裡工作，和同一個男人一次又一次吵著同樣的問題。她已不再記得自己以前想望的人生是什麼樣貌。是不是曾經有過一段時間，人生對她來說具有某些意義，讓她朝氣蓬勃，活力充沛？但那意義又是什麼呢？去年有個週末，他們兩人都回老家，賽蒙向爸媽借車，載她去高威。她穿了件紅色格紋外套，領子上別了別針，深色頭髮鬆垂肩上，非常柔軟，雙手擱在腿上，膚色白得像鴿子。他們談起各自的家庭，她媽媽，他媽媽。當時她還和男朋友住在一起。那天晚上開車回來的時候，一彎月亮斜掛天際，金亮得像舉起的香檳杯。她上衣最上面的幾顆釦子沒扣，她手伸進衣服裡，摸著胸骨。他們談起小孩，她以前從來不想要小孩，但最近開始有點懷疑，他不可能不想這個問題，他感覺到自己體內下方有股難以忍受的疼痛，讓我爲妳這麼做吧，他很想說，我有錢，我可以打理好所有的事情。主啊。你呢，她問，你想要小孩嗎？非常想，他說，沒錯。她下車關上車門，那聲音了無生息。那天晚上再次想起這件事，想像她讓他做，想像她當下希望他做，但事後感到空虛，他就覺得很羞愧。幾個星期之後，他在歐康諾街看見她，那時是八月，她和一個他不認識的朋友走在一起，越過馬路，朝河的方向去。那天很熱，她穿白色洋裝。在人群裡，她看起來多麼優雅，他目光緊隨著她，她那優美纖長的頸子，她的肩膀，在陽光裡閃閃發亮。他彷彿看著自己的人生遠走離去。聖誕節前後，有天晚上在都柏林，她隔著公車車窗看見他。他正過馬路，八成是下班要回家，身上是他的冬季長大衣，在路燈下顯得很高，滿頭金髮。天哪，那段時間很難熬，艾莉絲住院，埃登說他需要思考一下，而賽蒙就在公車車窗外，正在過馬路。光是看著他，她就覺得心平靜下來，他那英俊修長的身形，穿過十二月如水的墨藍夜色，他的寂靜獨處，他的怡然自得，她覺得好開心，好慶幸他們住在同一個城市裡，她可以無意間碰見他，他可以像此刻這樣，在她最需要看見他的時刻，出現在她面前，這個愛了她一輩子的人。這一切的一切。還有他們打的電話，他們寫給彼此的訊息，他們的嫉妒，他們這些年來的眼神，勉強壓抑的微笑，以及種種不同的小小碰觸。他們告訴彼此的所有故事，他們自己的故事。這一切都在他們的眼神裡，都在他們交會的目光裡。看這裡，麻煩，攝影師說。賽蒙微微點頭，讓她可以轉頭望向另一個方向。攝影師拍完之後，整群人散開，走過碎石地，交談，揮手。而她走向他，站在臺階上的他。妳好漂亮，他說。她臉紅了起來，懷裡捧著一束花。已經有別人在喊她，要她做什麼了。賽蒙，她說。非常溫柔，彷彿帶點痛苦似的，他們對彼此綻開微笑，什麼也沒說，但他們心裡想問的是同一個問題，你想的是我嗎，我們做愛的時候你開心嗎，我弄疼你了嗎，你愛我嗎，你會永遠愛我嗎。她媽媽站在教堂大門口喊她。愛琳伸手摸摸賽蒙的手，說：我馬上回來。他點頭，對她微笑。別擔心，他說，我會在這裡。

24

最最親愛的艾莉絲——我先簡單說一下，婚禮非常之美，聊這些的時候，我們正在開往巴利納的火車上。我總是忘了賽蒙基本上（雖然他否認）是個政客，所以認識全國的每一個人。眞的。他現在就和一個不小心碰上，而且我這輩子從沒見過的人講話，已經講好久了，而我坐在他旁邊打這封信給妳。這讓我想起妳在上封信裡提起的美的問題，如果美只是偶然，實在很難相信會是重要或具有意義。不過，這也爲人生帶來樂趣，不是嗎？妳不需要有宗教信仰就能領會，我相信。說來好笑，我在這世界上只有兩個好朋友，但這兩個完全都不會提醒我，讓我知道自己是什麼樣的人。事實上，眞正會提醒我是什麼人的就是我姐——因爲她腦筋不正常，我也是，而且她讓我很火大，我也讓她很火大。告訴妳，她昨天好漂亮，雖然她的禮服是露肩的，而我知道妳不贊成那樣穿。和賽蒙講話的那個偶然碰到的人，現在坐到我們這一桌來，給賽蒙看他手機上的不知什麼東西。我想也許是鳥的照片？說不定這人是某種愛鳥人士？我不知道，我根本沒在聽。反正，我一心盼著見到妳。我覺得我心裡有個想法，或許是關於美，或許是關於婚禮，也或許是關於妳和賽蒙以及你們從來不會讓我想起自己之類的，但我不記得那個想法究竟是什麼了。妳知道我第一次和賽蒙上床，是差不多十年前嗎？我有時想，他當時如果做天主教徒都會做的事，向我求婚，我應該會過著幸福美滿的生活。到現在我們可能已經有幾個小孩了，而現在他們大概也會和我們一起坐在火車上，偷聽他們父親和愛鳥人士的談話。我只是有種感覺，如果賽蒙在人生更早的階段就能這樣呵護我，我或許可以變得更好。甚至他也會。但很遺憾，我不得不說，現在想改變我們如今的樣貌已經來不及了。轉變的過程已經結束了，我們已經成為今天的樣子，再無其他的可能了。我們的父母變老，蘿拉結婚了，我大概還會繼續做出蹩腳的人生選擇，抑鬱隱忍的風波定期上演；而賽蒙大概依舊會是個能力超強、脾氣超好，但情感上難以接近的人。但或許世事就是如此，對於一切，我們向來都無能為力。這讓我想起第一次見到妳那天，我記得我穿綠色的兩件式針織衫，也記得妳頭上戴的髮箍。我的意思是，自此而後的人生，無論我們是在一起或沒在一起——是不是從那天就已經註定了。老實說，我真的很愛蘿拉，還有我媽，而且我想她們也愛我，雖然我們一直都處不來，也許永遠都處不來。從某個有趣的角度來看，處不處得來說不定根本不重要，反正更重要的是對彼此的愛。我知道，我知道——她去望了幾次彌撒，然後突然就想要愛每個人了。反正，我們已經到阿斯隆，所以我大概應該別再寫了。只是我想到，我打算寫篇關於《金缽記》的文章，有些想法要說給妳聽。妳讀過這本生動有趣的小說沒？我讀完之後，還丟到房間另一頭耶。迫不及待想見妳。愛妳愛妳愛妳，愛琳。

25

六月初，將近中午時分，在火車站月臺：兩名女子在分別幾個月之後擁抱。在她們背後，一名修長的金髮男子提著兩個行李箱步下火車。兩名女子一語未發，眼睛緊閉，手臂攬住彼此，一秒，兩秒，三秒。沉浸在熱情擁抱裡的她們是否察覺到自己所處的場景有些可笑，近乎喜劇般的荒謬：附近有個人捏著一團衛生紙擤鼻涕，月臺上一只髒兮兮的廢棄塑膠空瓶被風吹著跑，車站牆上的機械控制告示板輪播著從洗髮產品到汽車保險不一而足的廣告，生活以其平凡無奇、甚至醜陋粗鄙的面目籠罩她們周圍的一切。或許此時此刻的她們並未察覺，甚至比未察覺更有過之的——醜惡與粗鄙都傷害不了、碰觸不了她們，她們此時看見隱藏在生活表面之下更爲深刻的事物，不是虛妄，而是隱藏的眞實：一個存在於任何時間、所有地方的美麗世界？

菲力克斯這天晚上下班之後，把車停在艾莉絲家門外時，窗裡亮著一盞盞燈。這時已經七點多，天色還亮，但溫度降低，樹木背後是銀綠色的海。他把背包背在肩上，小跑步到門口，拉起門環迅速在銅板上連續敲了兩次。帶鹽味的冷風非常刺鼻，他雙手冰冷。門打開，站在裡面的不是艾莉絲，而是另一個女人，相同的年紀，個子比較高，髮色也比較深，一雙深色眼睛。哈囉，她說，你一定是菲力克斯，我是愛琳。快進來吧。他走進屋裡，讓她關上門。他有點心煩意亂地微笑。是啊，他說，愛琳，我聽說過妳。她瞥著他說：希望都是好事。她告訴他說艾莉絲正在做晚飯，他跟著她走過玄關，看著她的後腦勺和纖窄的肩膀在他前面穿進廚房門。廚房裡，有個男的坐在餐桌旁，艾莉絲站在爐前，腰上繫了髒髒的白圍裙。哈囉，她說，我正在瀝乾義大利麵。你見過愛琳了，這是賽蒙。菲力克斯點頭，手指撥弄著背包的肩帶。賽蒙和他打招呼。廚房有點暗，只打開了工作檯上的燈，餐桌上點了蠟燭。後窗因爲蒸汽而霧濛濛的，玻璃藍藍的，帶著絲絨般的光澤質感。我可以幫什麼忙嗎？菲力克斯問。艾莉絲腕背拍拍額頭，彷彿是要叫自己冷靜下來。我想我控制得了情況，她說，但還是謝謝你。愛琳正在談她姐姐的婚禮。菲力克斯遲疑一晌，在餐桌旁坐下。是在週末舉行的，對吧？他問。愛琳把注意力轉到他身上，表情愉快，又開始講婚禮的事。她很有趣，手勢很多，偶爾也會要賽蒙講幾句。賽蒙語氣輕鬆，好像覺得什麼事都很有趣似的。他也很注意菲力克斯，不時迎上他的眼神，露出心照不宣的微笑，彷彿很高興有另一個男人在場，又或者是很高興有這兩個女人在場，而且希望菲力克斯也知道並分享這份快樂。他長相英俊，身穿亞麻襯衫，艾莉絲幫他添酒的時候，非常自在地低聲謝謝她。餐桌上擺了有圖案的配菜小碟，銀刀叉，白色餐巾。一只黃色的大沙拉碗，裡面的生菜淋了油，閃閃發光。艾莉絲把一盤義大利麵端上桌，放在愛琳面前。菲力克斯，你的麵會最後才上，她說，因爲這兩位是我的貴賓。他倆目光接觸。他對她微笑，稍微有點緊張，朗聲說：沒問題，我知道自己的地位。她露出嘲諷的表情，回到鍋子前面。他看著她。

——

吃完飯後，艾莉絲起身撤掉餐桌上的餐盤。刀叉湯匙叮噹匡啷，還有水龍頭嘩啦嘩啦的聲響。賽蒙問菲力克斯工作的情況。疲憊滿足的愛琳靜靜坐著，眼睛半閉。酥皮水果派在烤箱裡加熱。餐桌上有晚餐的殘渣，一條髒餐巾，沙拉碗裡濕漉漉的菜葉，桌巾上一滴滴柔軟的藍白蠟燭燭油。艾莉絲問有沒有人要喝咖啡。麻煩妳，我要，賽蒙說。你流理臺上一盒冰淇淋慢慢融化，盒外淌下涓細水珠。艾莉絲轉下銀色咖啡壺的底座。你是做什麼工作的？菲力克斯說，聽艾莉絲說你是搞政治還是什麼的。水槽裡有只髒的小鍋子，一個木砧板。接著瓦斯爐發出嘶嘶嗶啵的聲音，艾莉絲說：你還是喝黑咖啡嗎？愛琳睜開眼睛，只是爲了看賽蒙半轉頭對爐子前面的艾莉絲說：沒錯，謝謝妳，也不加糖，謝謝。他的注意力轉回菲力克斯身上，重新坐好，愛琳的眼皮眨啊眨的，又快要閉上了。他脖子白白的。他在她身上顫抖的時候，臉紅，低聲呢喃：這樣可以嗎，對不起。烤箱門匡噹一聲，飄出奶油和蘋果的香味。艾莉絲的白色圍裙丟在一張椅子的椅背上，繫帶垂下來。是的，我們去年和他有些合作，賽蒙說，我和他不熟，但他的幕僚對他評價很高。他們所在的這幢房子靜悄悄的，非常結實，有釘子釘牢的地板，還有在燭光下閃爍生輝的晶亮磁磚。花園幽暗寂靜。外面的大海平靜呼吸，從窗戶送進一波波帶鹹味的空氣。想到艾莉絲住在這裡，獨自一人，又或者並非獨自一人。她這時站在流理臺前，用湯匙把酥皮水果派分到一個個碗裡。一切都在同一個地方。這天晚上，他們的生活和這幢房子密不可分，就像在抽屜底部糾結成一團的項鍊。

晚餐之後，菲力克斯走到外面去抽菸，愛琳上樓去打電話。賽蒙和艾莉絲在廚房裡一起洗碗碟。透過水槽上方的窗戶，不時可以看見菲力克斯纖瘦的身影，因爲他在逐漸變暗的花園裡走來走去。還有他菸頭亮著的火光。艾莉絲看著他，一面用格紋擦碗巾擦乾碗碟，收進櫃子裡。賽蒙問她工作進度如何，她搖搖頭。噢，我沒辦法談這個問題，她說，這是祕密。不，我退休了，我不再寫書了。他把滴著水的沙拉碗遞給她，她用擦碗巾擦乾。我覺得很難相信，他說。這時從窗口已經看不見菲力克斯，他走到房子的另一側去了，再不然就是又走得更遠，到樹叢裡去了。你非相信不可，她說，我腦力用光了。我總共就只有那兩個好點子而已。不，反正寫書太痛苦了。而且你知道，我現在很有錢。我想我比你更有錢。賽蒙把沙拉夾放在水槽旁邊的網架上，說：這我相信。艾莉絲收起沙拉碗，再次關上櫃門。我去年幫我媽還清房屋貸款，我有沒有告訴你？我錢太多了，所以做事情有點隨興。我也打算做其他的事，我有計畫，但我這人很沒章法。賽蒙看她，但她轉開視線，從架上拿起沙拉夾，用擦碗巾擦乾。妳很大方，他說。她很不好意思。是啊，嗯，我之所以告訴你，是希望你會認爲我是個好人，她說。你知道我很渴望得到你的認可。她把叉子放進餐具抽屜。我百分之百認可妳，他說。她肩膀往上一聳，半開玩笑地回答說：噢，才怪，沒有人會百分之百認可我。可是你可以稍微認可我一點點沒關係。他沉默一晌，用海綿擦洗烤盤。她有點不安地再度看看窗外，什麼話也沒說。光線漸漸消失。樹木的剪影。反正，她也不會再和我講話，她說。他們兩個都不會。賽蒙停頓了一下，然後把烤盤擺回架上。妳媽和妳弟弟？他說。她拿起烤盤，開始用擦碗巾擦，動作很快且很用力地擦掉小水珠，說：也許是我自己不和他們講話吧，我不記得是哪一種情況。我住院的時候，我們吵了一架。你知道他們現在又住在一起了。他鬆手，任由海綿隨著洗碗水漂到水槽底端。我很遺憾，他說，這應該很痛苦吧。她發出嘶啞的笑聲，彷彿灼傷了喉嚨，繼續擦乾烤盤。最可悲的是，不必再去探望他們，我反而覺得好過一些，她說。這很不像天主教徒的作風，我知道。我希望他們快樂。但我寧可和喜歡我的人在一起。她彎腰，匡噹匡啷地把烤盤塞到櫃子後面，她知道他在看她。我不覺得這不像天主教徒的作風，他說。她又發出一聲抖顫的笑聲。噢，你能這麼說眞好，她回答說。謝謝你，我覺得好多了。你近來還好嗎？她問。他微笑低頭看著洗碗水，是個認命的微笑。我還好，他說。她繼續看著他。他抬眼看她，幽默地說：幹嘛？她挑起眉毛，一臉無辜。我不確定這是怎麼回事，她說，我指的是你和愛琳。聽到她這麼說，他的目光轉回水槽。彼此彼此，他回答說。她若有所思地雙手扭著擦碗巾。可是你們現在只是朋友，她說。他點點頭，把鍋鏟丟到瀝水架上，回答說沒錯。而你很快樂，她繼續說。他終於發出笑聲。我還沒辦法達到那個階段，他說，不，恐怕我就只是像以前那樣聽天由命。後門打開，菲力克斯走進來，鞋子在門墊上用力踩了踩，然後關上門。外面很舒服，他說。頭頂上有吱吱嘎嘎的腳步聲，是愛琳輕輕走下樓梯了。艾莉絲折起濕軟的擦碗巾。他們一起走過去和她會合。這就是他們全聚在她家裡的原因，沒有其他理由，現在大家都在，所以不管做什麼或說什麼，都不太重要了。菲力克斯問賽蒙他以前抽不抽菸。沒，我想我從來就不是個菸槍。太健康了，我敢說你也喝很多水，對吧？交談與笑聲，空氣裡迴蕩著愉悅的聲音。愛琳站在門口，艾莉絲起身爲她再倒一杯酒，問她工作的情況。她來看她，她們再度團聚，不管她們說什麼或做什麼，都不重要了。

—

凌晨一點剛過，他們上樓睡覺。燈再次轉亮又熄滅，水龍頭水流的聲音，貯水槽重新加滿水，門打開關上。艾莉絲放下房間裡的百葉窗，菲力克斯坐在床邊。她走向他，他動手解開她衣服的釦子。對不起，他說。她一手放在他頭上，把他的頭髮往後撫平。你爲什麼要道歉？她問，因爲我們吵架？他緩緩吐口氣，沉默一晌。我們也不算眞的吵架，不是嗎？他說。我無所謂，如果妳覺得是吵架，那就是吵架吧。無論算不算吵架，以後都不會再發生了。她憂哀地低頭看他，目光停駐了好一會兒才轉開，繼續把衣釦全解開。你對我失望了嗎？她問。他看著她把衣服從肩頭拉起來，丟進洗衣籃。不是的，他說，我只是想對妳好一點。她解開胸罩的勾子，發出高亢的笑聲。我大概不會喜歡這樣，她回答說。他爬到床上，兀自微笑。是啊，我想也是，他說，可是妳不可能永遠想要什麼就有什麼。她也上床，躺在他身邊。他搓揉她的乳房，說：她來這裡，妳很開心，對吧？妳的朋友。隔了一晌，艾莉絲回答說是。嗯，妳們這麼愛對方，眞是太可愛了，他說。女生都喜歡這樣。她待在這裡的時候，妳應該找時間單獨和她在一起，別讓男生擠在妳們中間。艾莉絲微笑。我們有好長一段時間沒見面了，她說，我們現在單獨待在一起會有點害羞。他轉身仰躺，看著天花板。這情形不會太久的，他說，而且，順便讓妳知道，我喜歡她。艾莉絲的手輕輕撫摸他，從肩膀一路往下到手臂。你明天願意撥時間和我們一起玩嗎？她說。他做出類似聳肩的動作。好啊，有何不可呢，他說。他閉上眼睛，又想想，補上一句：我很樂意。

——

海風緩緩把浪潮拖離海岸，留下平坦的沙子閃亮如星。海藻濕淋淋，髒污纏結，爬滿昆蟲。沙丘團團隆起，寂然平靜，冷風吹得沙丘草一片平滑。鋪有路面的步道從海灘延伸而上，此時靜悄悄的，埋在一層白沙之下。露營車有弧度的車頂微微發亮，停放的車輛擠在草地上看來像團深色的影子。再過去是遊樂場，賣冰淇淋的亭子已拉下門板，再往上走，到了街上，進了市區，郵局，旅館，餐廳。水手之友酒館的門關著，窗戶上的貼紙難以辨識。一輛車行經，車頭燈閃過，後車燈紅得像燒紅的炭。再往街上走去，有一排房子，窗戶漠然反射路燈，戶外垃圾箱排排站，接著就是離開市區的濱海路，一片沉寂，空無一物，黑暗中一棵棵樹聳立。海在西面，像一匹深色的布料。東面，穿過大門，是以前的牧師宅邸，淡淡的藍色宛如牛奶的顏色。屋裡，四個人體睡著，醒來，又睡著。側躺，仰躺，踢掉被子，靜悄悄穿過夢境。此時，太陽已在屋子背後升起。在房子後牆，穿透樹幹，穿透多種顏色的樹葉，穿透濕潤的綠草，黎明曦光射進來。夏日的清晨。一隻手掌捧起冰涼澄澈的水。

26

九點鐘，他們一起在廚房吃早餐，燒水壺冒出團團蒸汽，杯盤叮叮噹噹，陽光從後窗照進來。之後，樓梯有上上下下的腳步聲，叫喊的聲音。艾莉絲把裝滿浴巾的草編籃丟進車子的後行李廂，菲力克斯靠站在引擎蓋旁。她太陽眼鏡架在頭上，把臉上的濕頭髮往後撥。他走過來，從後面攬住她，親吻她的頸背，在她耳邊不知說了什麼，她笑起來。他們四人坐進車裡，搖下車窗，車裡有塑膠發燙與陳年菸霧的味道。收音機傳來瘦李奇[40]的樂音，間雜著靜電的嘰嘰喳喳聲。坐在後座的賽蒙對艾莉絲說：天哪，不要吧，我幾輩子沒聽過他們的歌了。愛琳的臉對著敞開的窗戶，強勁的風吹過她的頭髮。停車之後，潔白閃亮的海灘在他們面前延展，一個個人影點綴其上，有穿著濕泳衣的人，有撐海灘傘、帶彩色塑膠桶的一家人。星期二的上午十點鐘。在沙丘旁邊，艾莉絲

40 Thin Lizzy，愛爾蘭知名搖滾樂團，一九六九年於都柏林成軍，活躍迄今。

和愛琳把浴巾鋪在沙上，一條橘色，一條是粉紅與黃色的貝殼圖案。賽蒙脫掉鞋子，說他要去試試海水。菲力克斯把玩他泳褲上的抽繩，兀自微笑。我知道你的意思，他說，來吧，我和你一起去，有何不可呢。潮水退去，他們走過海灘，沙的顏色變暗，踩在腳下感覺很夯實，上面布滿彩色石頭、貝殼碎片、乾海藻和發白的螃蟹遺骸。海在他們面前。太陽熱燙燙曬在他們的脖子和肩膀上。站在賽蒙旁邊，菲力克斯顯得矮小結實，深色頭髮，機敏靈活。賽蒙的影子在平坦的濕沙地上顯得更長。菲力克斯又開始打聽他工作的事，問他每天究竟在做什麼。他說他大部分時間都在開會，有時候是和政治人物，有時候是和社會團體與社區組織。鹹水輕輕漫過他們的腳，等漫過腳踝時已覺得冷，淹過膝蓋時又更冷了。賽蒙說近幾個月以來，他們都在和一個難民組織合作。在幫助他們，菲力克斯說。想辦法幫，賽蒙說，順便問一下，這水向來都這麼冷嗎？菲力克斯大笑，牙齒喀喀作響。是啊，向來都這麼可怕，他回答說，不知道我爲什麼要來，我通常都不下水的。你在都柏林租房子住，還是有自己的房子？他講話的時候雙臂抱胸，肩膀發抖。嗯，我有間公寓，賽蒙說，我是說，我貸款買的。菲力克斯漫不經心地用手撥著水面，朝賽蒙的方向踢起一點點白色的水花。他眼睛抬也沒抬地說：嗯，我媽去年在那裡死了，留給我們一棟房子。但還有十年的貸款要繳。他用濕濕的指尖揉揉頸背。我沒住在那裡，他又說。我哥正忙著要賣掉房子。賽蒙靜靜聽，涉水前行，跟上他的腳步。現在水深已及腰。他輕聲說很遺憾聽到菲力克斯母親過世的消息。菲力克斯看著他，一眼緊閉，然後又低頭看水。是啊，他說。賽蒙問他，要賣掉房子，他有什麼感覺，他發出古怪勉強的笑聲。很怪，他回答說，過去六個星期，我都在躲我哥，不想在文件上簽字。我是不是腦袋有問題？我不知道我幹嘛要這樣。我並不想住在那裡，而且我眞的很需要錢。但我就是這樣，做什麼事都沒辦法乾脆。他又漫無目的的用手潑水。你做你剛才說的那些事眞好，幫忙那些尋求庇護的人，他說，上帝愛他們。賽蒙彷彿想了想，然後說他的工作讓他越來越挫折，因爲他實際做的就只是去開會，寫沒有人會讀的報告。但至少你在乎，菲力克斯說，很多人根本不在乎。賽蒙說，雖然理論上來說他確實很在乎，但不管他做與不做，似乎都不會有太大的差別。大部分時間我都照常過日子，彷彿那些事情根本沒發生，他又說。我的意思是，和我一起開會的那些人，他們做的事情我甚至無法理解。雖然我基本上和他們站在一起，每天去上班，做我的工作，但實際上大半的時間心裡想的都是——我也不知道。菲力克斯轉身面向岸邊，指著艾莉絲和愛琳後仰的身影。例如她們，他說。賽蒙露出微笑，轉開視線，說是啊，例如她們。菲力克斯仔細打量他。你信教，對吧？他問。賽蒙沉吟一晌，才抬頭看他。是艾莉絲告訴你的，他說，還是你猜的？菲力克斯又開心笑起來。天主教徒的罪惡感洩了你的底，他回答說。才怪，是艾莉絲告訴我的。他們沉默了幾秒鐘，繼續往前走。賽蒙靜靜地說，在人生的某段時期，他還想過要成爲神父。菲力克斯看著他，溫和，充滿興趣。那我可以問問，他說，你爲什麼沒去？賽蒙低頭看著冰冷渾濁的水，反射的陽光東一條西一片地把海面切割破碎。然後他回答說：我以前會說，我覺得政治更實際一點。但事實是，我不想變得孤單寂寞。菲力克斯咧嘴笑。這就是你的問題，他說，你因爲自己沒更像耶穌，而譴責自己。你應該像我這樣，當個笨蛋，享受人生。賽蒙抬起頭，微笑。你看起來一點都不像笨蛋，他說，但我很高興知道你享受人生。菲力克斯又涉水往前走了幾步，頭也沒回地高聲說：我做過一些我絕對不該做的事，但也沒必要因爲這樣而哭，對吧？我的意思是，我有時候確實也會哭，但我儘量不哭。賽蒙又看了他一兩秒鐘，海水包圍著他那小小白白的身體。這個嘛，我們都是罪人，賽蒙說。這時菲力克斯轉身看他。噢，是啊，他說，又開始笑。我忘了你信這些東西，他說。請別見怪，但你眞是怪胎。快來吧，要是你一直站在那裡，我們就連泳都別游了。他又走了幾步，然後整個身體鑽進水面下，消失無蹤。

在岸上，愛琳坐起來，盤腿，翻著一本短篇小說集。艾莉絲躺在她旁邊的浴巾上，陽光照得她濕潤的眼皮亮閃閃的。一陣風吹起愛琳的書頁，她不耐煩地用手撫平。艾莉絲眼睛睜也沒睜地說：所以現在是什麼狀況？愛琳起初沒回答，甚至沒抬頭。然後說：妳的意思是，我和賽蒙？我也不知道現在是什麼狀況。妳知道的，我覺得我們是很不一樣的人。艾莉絲睜開眼睛，用手遮住陽光，抬頭看她。什麼意思？她問。愛琳蹙眉低頭盯著書頁上濃黑的鉛字，然後闔起書。他在和別人交往，她說，反正我也不知道我們之間是不是行得通。妳也知道，我們是很不一樣的人。艾莉絲的手還是沒放下，遮住眼睛。妳已經說過了，但這究竟什麼意思？她問。愛琳放下書，拿起瓶子喝了一口水。吞下之後，她說：妳這樣問有點超過。艾莉絲放下手，又閉上眼睛。對不起，她說。愛琳把瓶蓋旋好，說：這是個敏感的話題。一隻小昆蟲停在艾莉絲的浴巾上，又盤旋飛走。瞭解，艾莉絲說。愛琳眺望海平線，看見兩個身影鑽進海面下，然後又冒出來，互換位置。要是行不通，就太讓人難過了，她說。艾莉絲手肘撐地坐起來，在軟軟的沙地上鑽出兩個小洞。但如果行得通呢，艾莉絲說。這是賭博心態，愛琳回答說。艾莉絲點點頭，目光上下打量坐在她身邊的這位朋友。看著她泳裝的黑色細肩帶。這是規避風險，艾莉絲說。愛琳要笑不笑。是自我毀滅，愛琳回答說。艾莉絲也面露微笑，歪著頭。反正不管怎麼說都有得爭論，她說，不過他是真的愛妳。愛琳轉頭看她，說：什麼，他對妳說了？艾莉絲搖頭，沒有，我的意思是，這太明顯了，她回答說。愛琳俯身挨近盤起的腿，手貼在面前那條粉紅圖案的浴巾上，泳衣薄薄的合成纖維布料透出脊椎的小稜角。沒錯，從某個方面來說，他確實愛我，她說，因爲我是個什麼事也沒辦法自己做的小白癡，這正是他可以好好發揮的。她又坐直起來，雙手揉眼睛。今年年初，一月還是二月的時候，我開始頭痛得厲害，她說。有天晚上我一頭栽進網路裡，開始查我的症狀，最後相信自己得了腦瘤。我不得不說，這件事眞的很蠢。反正，我在凌晨一點還是什麼時間打電話給賽蒙，告訴他說我怕自己得了腦瘤，他馬上搭計程車到我的公寓來，讓我靠在他懷裡哭了大概一個鐘頭。他非常冷靜，甚至沒生氣。我當然不是希望他生氣，但我也會爲他這麼做嗎？要是他半夜打電話給我說，嗨，愛琳，是這樣的，我很不理性地相信我得了某種罕見的癌症，妳可以過來讓我有人可以哭訴，等我哭到累睡著嗎？我甚至連想像我會有什麼反應都沒必要，因爲他根本不會這麼做。事實上，如果他這麼做，我就會認爲他腦袋是眞的有毛病了。艾莉絲笑起來。妳老是說妳很愛懷疑自己生病，所以鬧出一大堆話，她說，但我從來不覺得妳是這樣的人。愛琳從皮包裡掏出太陽眼鏡，用剛才脫下的毛衣衣角擦乾淨。不，這就是我的意思，愛琳說，我個性裡最惡劣的部分都留給賽蒙了。我不知道我幹嘛批評他，我應該批評自己才對。哪個成熟的女人會做這種事？太可怕了。艾莉絲手肘撐在浴巾上，若有所思。過了一會兒，她大聲說：妳的意思是，妳不喜歡和他在一起時的自己。愛琳兀自蹙眉，在陽光下檢查太陽眼鏡。不，不是這樣的，她說，我只是覺得我們的關係非常單向。就像他總是搞定我的事情，而我從來沒有爲他打理任何事情。我的意思是，他幫了我很大的忙，這很好。從某個程度來說，我也很需要。但他從來不需要從我身上得到任何東西。停頓一下之後，她又說：反正，這都無所謂了。他有個人人誇讚的二十三歲女友。艾莉絲躺回浴巾上。從愛琳坐的地方已經看不見賽蒙和菲力克斯的身影了，只看得見一大片迷濛的光與水，細細的波浪如線般斷裂。在她們背後，村莊閃著白光，沿著海岸一路蜿蜒至燈塔，左邊則是空蕩蕩的沙丘。艾莉絲手背貼在額頭上。妳覺得妳眞的可以住在這裡？愛琳問。艾莉絲轉頭看她，一點都不訝異。我現在就住在這裡啊，她說。愛琳蹙起眉頭，但這表情瞬即消失。我當然知道，她說，但我指的是長期住在這裡。艾莉絲語氣和緩地回答說：我不知道。我很想。她們背後，有一家人從露營車停車區走過來，兩個穿同花色連身褲的小孩跌跌撞撞走在最前面。爲什麼？愛琳問。艾莉絲綻開微笑。爲什麼不？她說，這裡很漂亮，不是嗎？愛琳低聲回答：是啊，這裡是很美。她低頭看著浴巾，用修長的手指撫平上面的皺痕。艾莉絲盯著她看。妳隨時都可以過來和我一起住，艾莉絲回答說。愛琳緊閉雙眼，然後又睜開。很不幸的，我必須工作掙錢維生，她說。艾莉絲略一遲疑，然後不在意地回答：我們不都是嗎。這時兩個男人已經從海裡回來了，渾身濕淋淋，反射陽光，亮閃閃的。兩人在交談，一開始並聽不見他們說什麼。他們的影子映在背後的沙地上，是斑駁的藍色。兩個女人沉默下來，看著他們。

—

兩點鐘，菲力克斯去上班，其他三人在村子裡閒逛。這天下午很熱，路面的黑色柏油都曬軟了，穿學校制服的中學考生慢慢磨蹭。在教堂旁邊的愛心商店裡，愛琳花六塊半歐元買了一件綠色的眞絲上衣。這時菲力克斯正推著高高的平臺車穿過倉庫貨架間的走道，以特定的姿勢靠在推車的機械裝置上，讓車子得以轉過轉角，鬆開雙手的時候用左腳擋在後輪後面，然後趕忙重新抓住把手。他一再重覆同樣的動作，似乎從來不必動腦筋，除非估算錯誤，讓沉重的手推車稍微滑脫他的控制範圍。在艾莉絲家的廚房裡，賽蒙忙著準備晚餐，艾莉絲則在鼓勵愛琳寫本書。不知爲什麼，愛琳把今天下午買的那件綠色絲衫抓在膝上。聽艾莉絲講話的時候，她偶爾心不在焉地摸著那件衣服，彷彿在摸隻寵物。一方面看來，她似乎想專注地和艾莉絲深談；但另一方面，她卻又幾乎沒聽進艾莉絲在講什麼。她低頭盯著磁磚，顯然是在思考，嘴唇偶爾默默掀動，彷彿要說話，但卻什麼都沒說。

晚餐之後，他們走路去和菲力克斯碰面喝一杯。海面上一道逐漸暗去的冰冷光線，是藍色與淡黃色的。他們到的時候，菲力克斯站在水手之友酒館外面講電話。他用空著的那手朝他們揮了揮，對著手機說：我們再看看，我會問。聽著，我不耽誤你了，好嗎？然後他們一起走進酒館。這位不是勇敢的菲力克斯．布萊迪嗎？酒保說，我最好的客人。菲力克斯對其他人說：他就是愛說笑。四個人一起坐在靠近空壁爐的雅座，喝酒，聊他們住過的不同城市。菲力克斯問艾莉絲紐約的情況，她說她覺得那裡壓力很大，很混亂。她說那裡的每個人都住在非常奇怪的建築裡，有走廊有樓梯，卻哪裡也不通，而且沒有一扇門可好好關起來，包括洗手間的門，就連那些非常昂貴的地方也不例外。菲利克斯說他中學畢業之後搬去倫敦，很長一段時間都在當酒保，甚至還在一家脫衣舞俱樂部做過一小段時間，他說他從沒做過那麼令人沮喪的工作。他問賽蒙說：你去過脫衣舞俱樂部嗎？賽蒙很有禮貌的說沒有。很可怕的地方，菲力克斯說，你應該找時間去看看，如果你覺得這世界的一切都還行的話。賽蒙說他沒住過倫敦，但唸大學的時候在那裡待過一陣子，之後他在巴黎住了幾年。菲力克斯問他會不會講法文，賽蒙說會，又說他當時的伴侶是巴黎人，所以他們在家都講法文。你們住在一起？菲力克斯問，賽蒙端起杯子喝了一口酒。他點點頭。多久？菲力克斯說，對不起，我好像在盤問你。我只是好奇而已。賽蒙說大概四、五年。菲力克斯挑起眉毛，說：噢，好吧，那你現在單身，對吧？賽蒙露出苦笑，菲力克斯笑起來。愛琳無所事事地給一綹頭髮打辮子，看著他們。是啊，我單身，賽蒙說。愛琳鬆開編了一半的髮辮，突然打岔：這個嘛，你還在和某人交往。這句話似乎挑起了菲力克斯的興趣，他迅速瞥賽蒙一眼。沒，現在沒有，賽蒙回答說。妳說的如果是卡洛琳，我們已經不再交往了。愛琳裝出驚訝的表情，嘴巴張成「〇」的形狀，接著，或許是要掩藏眞正的詫異，又開始打辮子。這麼祕密，她說，你不打算告訴我啊？她又對菲力克斯說：他什麼事情都不告訴我。賽蒙坐在那裡看她，似乎覺得有點好笑。我是要告訴妳，他說，我在等待適當的時機。她發出一聲輕笑，臉變成粉紅色。什麼才叫適當？她問。菲力克斯開心地把酒杯擺回桌上。這下我們可以開心玩了，他說。

再一杯酒，又一杯，然後多一杯，他們離開酒館之後，去買冰淇淋。艾莉絲和愛琳一直笑，談起她們在大學時很討厭的一個人，說是和另一個她們在大學時代也很討厭的人結婚了。她們一直都這麼刻薄嗎？菲力克斯對賽蒙說。賽蒙用幽默的口吻回答說，愛琳還沒認識艾莉絲之前，其實是個很好的女孩。艾莉絲回頭喊：我就知道你會這樣說。街角的這家店有自動門，嗡嗡響的白光電燈，亮晶晶的地磚。在水果和蔬菜箱旁邊，陳列了鮮花。濃縮肉汁粉，一捲捲烘烤油紙，一瓶瓶看起來一模一樣的蔬菜油。艾莉絲打開冰櫃門，他們各選了一種小包裝冰淇淋。然後她想起他們早餐需要牛奶和蘇打麵包，也需要廚房紙巾，愛琳要買牙膏。帶著這些商品走向收銀臺時，艾莉絲從皮包裡掏出錢包，賽蒙說：不，不，讓我來。愛琳看他從口袋裡掏出皮夾，一個纖長的眞皮皮夾，一手打開，另一手抽出信用卡。他抬頭，瞥見她在看他，她羞怯微笑，摸摸耳朵，他也對她微笑。菲力克斯靜靜看著，艾莉絲把東西裝進一個布質袋子裡。他們沿著濱海路走回家，一路吃冰淇淋，聊起他們今天在海邊爲什麼沒曬傷。艾莉絲和愛琳落在後面，手挽手，談亨利・詹姆斯。在和妳談過之前，我根本不知道該怎麼想，艾莉絲說。賽蒙和菲力克斯領頭闊步往上坡走，菲力克斯問起賽蒙的家庭狀況，他在哪裡長大，他之前的感情關係。賽蒙很有禮貌，不是愉快地回答他的問題，就是微笑說：恕難奉告。菲力克斯點點頭，手插在口袋裡，覺得很有趣。都是女生，對吧，他說。賽蒙轉頭看他。不好意思，他問。菲力克斯也看他，表情非常平靜。你只喜歡女生，他說。賽蒙沉默了一晌，然後用輕鬆低沉的聲音說：到目前爲止是。菲力克斯高亢的笑聲在房舍立面之間迴蕩。他們經過通往露營車停車區的岔路，經過寂靜的藍色濱海高爾夫球場，以及有明亮玻璃大廳的旅館，繼續往前走。

回到家裡，他們互道晚安，上樓。艾莉絲在她臥房裡的浴室刷牙，菲力克斯坐在床上，滑動手機的訊息通知。妳認識我那個叫丹妮兒的朋友，他說，她明天要邀人去參加她的慶生會。不會太過胡鬧，因爲她姪子姪女也會來。我大概會去露個臉，可以嗎？艾莉絲站在浴室門口，拿毛巾擦乾手。當然可以，她說。他點頭，上下打量她。妳願意的話也可以去，他又說，還有他們兩個。她把毛巾掛好，過來坐在床上，解下項鍊。聽起來很好玩，她說。丹妮兒介不介意？他坐起來，幫她解開背扣。不會，她一點都不介意，他說，是她叫我轉告妳的。艾莉絲讓項鍊滑落到手上，然後丟到床頭櫃上。很有吸引力，對吧？菲力克斯又說，妳的那位朋友，賽蒙。艾莉絲露出貓似的狡猾微笑，然後爬上床。我早就告訴你說他很有魅力了，她說。菲力克斯一手枕在腦後，仰頭看她。他讓我想到妳，他回答說，總是不輕易透露心聲。她拿起自己的枕頭丟向他。很可惜，我想他是異性戀，她說。菲力克斯把枕頭塞在腦袋下面，菲力克斯不急不徐回答：哦？我們等著瞧。她大笑，爬到他身上。你不會因爲他而拋棄我，對吧？她問。他雙手撫摸她，從臀部往下滑到大腿，說：拋棄妳？不，我才不會。妳不認爲我們三個在一起會很好玩嗎？她搖頭。如果情況是這樣，那愛琳怎麼辦，她問，在樓下打毛衣啊？菲力克斯若有所思地噘起下唇，然後說：我不會把她排除在外。艾莉絲的一根手指摸著他的深色眉毛。有長得漂亮的朋友，就會有這樣的下場，她說。他微笑著。妳自己也長得不難看啊，妳知道的，他說。過來。

愛琳坐在自己床上滑手機，看著媽媽傳給她的婚禮照片。地板上丟著她的開襟毛衣，肩帶糾成一團的泳衣，鞋釦打開的涼鞋。床頭櫃上一盞有粉紅皺摺燈罩的檯燈。門上響起輕輕的敲門聲，她抬頭，大聲說：誰？賽蒙把門拉開一條小縫。他的臉在陰影裡，手握在門把上。我剛把妳的牙膏擺在浴室裡，他說，晚安。她抬起手臂，招手叫他進來。我正在看婚禮的照片，她說。他走進來，關上門，坐在床邊。她手機螢幕上的照片是蘿拉和馬修站在教堂外面，蘿拉捧著粉紅白色組合的花束。很好看，賽蒙說。她滑到下一張，新娘家人站在一起，愛琳身穿淡綠洋裝，半露微笑。啊，妳好漂亮，賽蒙說。她往床上挪，拍拍床墊，邀請他。他坐在她身邊，兩人背靠床頭板，她繼續滑動照片。酒會的照片。蘿拉張嘴大笑，手上一只香檳杯。愛琳打個哈欠，頭靠在賽蒙肩上，他手臂摟住她，溫暖而帶重量。一兩分鐘之後，她把手機擱在腿上，讓眼睛隨著睏意閉上。今天很好玩，她說。他的手指摸摸她的頸背，往上滑進她的頭髮裡。她輕輕發出愉悅的嘆息。嗯，他說。她手貼在他胸前，眼睛半張。你和卡洛琳怎麼回事？她問。他低頭看著她的手，回答說：我告訴她我有別人了。愛琳停頓一下，彷彿等他繼續說。然後她說：我認識的人？他的手指在她耳後，穿過她的頭髮。噢，就是我一直很愛的那個女生，他說。她不時喜歡玩弄我的感情，證明我還對她有意思。她抿起下唇，然後又放開。沒良心的女人，她說。他兀自微笑。這個嘛，是我的錯，我把她給寵壞了，他說。只要碰上她，我就是個徹頭徹尾的笨蛋，眞的。她的手滑過他的襯衫鈕釦，往下到他的皮帶扣環。賽蒙，她說，你記得那天晚上我去你的公寓，你已經睡著的那次。他說記得。那天晚上我們上床，她繼續說，你翻身側躺，背對我，你還記得嗎？他露出不太自在的微笑說，記得。她的手指摸著他的皮帶扣環。你那時不想碰我嗎？她問。他發出類似笑聲的聲音，低頭看她白皙的小手。不，當然不是，他回答說。但妳那天上樓來的時候，我覺得妳不知道爲了什麼事情傷心。她想了想。我是有點傷心，她說。我以爲如果我們能上床，我的心情也許就會好一些。如果你覺得那樣不好，那我很抱歉。可是你轉身背對我的時候，我覺得，呃，也許你根本就不想要我。他的手撫摸著她的頸背。噢，他說，我從來沒這種想法。我的意思是，我不知道妳希望和我上床，讓妳的心情好起來。我之所以那麼做，純粹是因爲我想要，而且妳也肯讓我那麼做。老實說，我甚至不太確定妳爲什麼肯讓我那麼做。我猜我的想法是，和某個這麼渴望妳的人上床，想必對妳的自尊大有幫助。我以前也有這種感覺，成爲別人渴望的對象，讓我覺得受寵若驚，甚至到感覺有點性感的地步。但我從來沒想到，妳竟然會以爲我不想要妳。我覺得我思考這件事的方式——我的意思是，就連我們在做愛的時候，我有時候都還是覺得是我在對妳做什麼，純粹是基於我自己的原因。也許妳可以從中得到肉體的快感，我希望是，但對我來說，還是不一樣的。我知道妳會說這是性別歧視。她笑起來，嘴巴張得大大的。這是性別歧視，她說，不過我倒也不在意，這讓我覺得受寵若驚，就像你說的。你有這種赤裸裸的欲望，想要征服我，擁有我，這眞的好有男子氣概，我覺得很性感。他抬起手，拇指摸著她的下唇。我確實有這樣的感覺，他說，但另一方面，也必須是妳想要才行。她抬頭看他，一雙深色的眼睛睜得大大的。我想要，她說。他轉身，親吻她的嘴唇。好一會兒，他們就這樣緊摟對方躺著，他的手輕輕撫摸她臀部硬硬的小骨頭，她呼出的氣息讓他的頸背溫熱而濕潤。他手伸進她衣服裡，她緊閉雙眼，緩緩吐出一口氣。啊，妳眞的好乖，他低聲呢喃。她發出近似動物的叫聲，搖著頭。噢，天哪，她說，拜託。他又笑起來，問：什麼意思，拜託？她還是躺在枕頭上拼命搖頭。你明明知道是什麼意思，她回答說。他把她的一綹頭髮撥到耳後。我沒有保險套，他說。她告訴他說沒關係。然後她又說：只要你沒不戴套就和別人上床就行了。他耳朵紅起來，露出微笑。不，我沒有，他說，只有妳。我可以脫掉這個嗎？她坐起來，他拉起她的洋裝從頭上扯掉。她底下穿了柔軟的白色棉布胸罩，他伸手到她背後解開排扣。看著他把胸罩肩帶褪下她的肩膀，她微微顫抖。她仰躺下來，脫掉內褲。賽蒙，她說。他正解開自己的襯衫鈕釦，關切地看著她。你和你每一個女朋友都這樣嗎？她說。我的意思是，像對我講話這樣，告訴我說我很乖。你常這樣說嗎？倒也不是說這和我有什麼關係，我只是好奇。他露出有點羞澀的微笑。沒，從來沒有，眞的，他說，我只是一時興起，這樣沒問題吧？她笑了起來，他也笑，有點不好意思。噢，我好喜歡，她說。只是在上次之後，我一直在想，你知道的，我在想，說不定這就是他的手法，說不定他喜歡對每個女人都這樣說。他把脫下來的衣服丟在地板上。其實我也沒那麼多女人，他說，我並不是想破壞妳的幻想。她抬手遮住雙眼，但仍在微笑。那有幾個？她問。他躺在她上面。我們別再說了，他回答說。她雙手摟住他的脖子，說：不到二十個？他蹙起眉頭，彷彿覺得有點好笑。沒那麼多，他說。嗯，妳是這樣想的，二十個？她咧嘴笑，舔舔牙齒。不到十個？她問。他耐心吸一口氣，回答說：我還以爲妳會很乖呢。她咬著嘴唇。我是很乖，她說。他進到她裡面的時候，她有點費力地小小倒抽一口氣，但什麼話也沒說。他閉上眼睛。噢，我愛妳，他喃喃說。她用孩子氣的嗓音小聲說：你只愛我一個嗎？他親吻她的臉頰說，天哪，上帝，是的。

事後，她翻身俯臥，手臂交疊在枕頭上，轉頭看他。他拉起被子一角蓋在身上，手枕在腦後仰躺，閉著眼睛，渾身冒汗。有時候我眞希望我是你太太，她說。他讓呼吸平緩過來，露出微笑。繼續，他回答說。她下巴靠在手臂上。但我想像和你結婚之後的生活，她繼續說，其實想的是和現在差不多的場景。好像我們會整天和朋友在一起玩，然後夜裡就躺在床上做愛。可是在現實生活裡，你八成整天開會，和其他人的祕書搞婚外情。他依舊閉著眼睛，回答說他這輩子從沒搞過婚外情。可是你又沒結過婚，她指出。看，你的女朋友都是差不多年紀，老婆應該要老一點。他笑起來。妳這個頑皮鬼，他說，如果妳是我老婆，我就會好好修理妳。她默默看了他一晌，然後說：可是如果我是你老婆，那我們就不會是朋友了。他懶洋洋睜開眼睛，看著她。什麼意思？他問。她垂下目光，瞪著自己的手臂，那被太陽曬出雀斑的纖細手臂。我一直在想這個情況，她說，原本是朋友的人發展成情人關係，結局通常不太好。我的意思是，當然也有人就這樣在一起，但大部分的情況是，你最後會封鎖對方的電話號碼，繼續過自己的生活。我一點都不想封鎖你的電話號碼。她用手肘撐起身體，低頭看他。你還記得我十四還是十五歲的時候，你說我們會是一輩子的朋友嗎？她問。我知道你八成不記得了，但我還記得。他靜靜躺著，聽她說。記得，他說，我當然記得。她迅速點了好幾次頭，坐在床墊上，拉起被子裹在身上。那怎麼辦呢？她問，要是我們在一起，然後分手了——光是這樣講都很痛苦，我只是，我只是連想都不願意想。看看現在的情況——我的意思是，艾莉絲住在這荒郊野外，我所有的朋友好像都在不停遷徙，而我尿道發炎的時候，只能上網去買非法的抗生素，因爲我沒錢可以看醫生，而這世界上的每一場選舉都像對著我的臉猛踢一腳。要是我的生活裡沒有你？天哪，我不知道，我很難想像那會怎麼樣。反過來說，如果我們就只是朋友，當然啦，那我們就不能一起上床，但我們還可能會離開彼此的生活嗎？我無法想像，你能嗎？他靜靜回答說：不能。我明白妳的意思。她雙手搓搓臉，搖搖頭。從某些方面來說，說不定我們的友誼更重要，她說，我不知道。我和埃登住在一起的時候，有時候會想，永遠不知道和賽蒙在一起會是什麼樣子，實在有點哀傷。但從某個角度來說，不知道或許更好。我們永遠都在彼此的人生裡，我們之間永遠有特別的情感，這樣更好。有時候我眞的非常傷心，非常沮喪的時候，你知道嗎，我會躺在床上想你。不是想著性愛，就只是想著你這個人的好。因爲你喜歡我，甚至愛我，所以我一定會平安無事。就連現在，對你談起這一切的時候，我心裡都有這樣的感覺。就像是，其他的一切都變得糟糕透頂的時候，還有一個小小的感覺，小得像橡實一樣的感覺，在我心裡，在這裡。她指著自己的胸骨下端，肋骨之間。就像，嗯，難過的時候，我知道我可以打電話給你，你會對我講一些安慰的話，她說。我這樣想的時候，大部分時候甚至不必眞的打電話給你，因爲我可以感覺得到，我所形容的那種感覺。我可以感覺得到你在我身邊。我知道這聽起來八成很蠢，但如果我們在一起，然後又分手了，那我是不是就不可能再有這樣的感覺？到那個時候，我心裡能有什麼東西來替代？她的手指又焦躁地敲敲胸骨底端。什麼都沒有？她問。他躺在床上看她，沉默良久，然後才說：我不知道，這很難。我瞭解妳的意思。她用絕望，甚至是不敢置信的目光瞪著他。可是你不打算對我說什麼嗎，她說。他露出帶點自嘲的微笑，仰頭看著天花板。嗯，這很複雜，他回答說。也許妳說得沒錯，最好是畫一條界線，別再讓我們陷入這樣的情況。我眞的覺得很難，聽妳說這些事。妳知道的，和卡洛琳的事，我眞的覺得很糟糕，我很想彌補。但從妳剛才說的話聽起來，我想問題也不在這裡，而是別的。我眞的瞭解妳說的道理，但從妳說的話聽來，感覺上妳好像也並不是眞的想和我在一起。她就這樣瞪著他看，一手仍然貼在胸前。他搓搓下巴，坐起來，腳放到地板上，背對著她。

我還是讓妳睡一下吧，他說。他撿起地板上的衣服，重新穿上。她坐在床墊上，被子裹在身上，什麼也沒說。最後他扣好襯衫鈕釦，轉身看她。那天晚上妳來找我，他說，我從倫敦回來那次，我是眞的很興奮，因爲能見到妳。我不知道我是不是說過了，也許有。老實說，我很緊張，因爲我太開心了。她沉默著，手指抹抹鼻子。他兀自點頭，領會她的沉默。我希望妳沒覺得後悔，他說。她輕聲回答：沒。他於是微笑。這很重要，他說，我很高興。他沉吟一下，又說：很對不起，我沒辦法成爲妳所希望的人。她又坐在那裡瞪著他幾秒鐘，然後說：可是你就是我所希望的人。他笑了起來，眼睛看著地板。這感覺是互相的，他回答說，但，沒關係，我瞭解，我眞的瞭解。我不要再耽誤妳的時間了。好好睡一覺，好嗎？他離開房間。愛琳還是坐在床上，垮下肩膀，手臂交疊。她拿起手機，但看也沒看就又丟下，拂開額前的頭髮，閉上眼睛。她茫然想起一句詩：總算完事了，慶幸一切都結束了[41]。她腋下潮濕刺痛，背部發疼，肩膀因日曬而灼熱酸痛。賽蒙穿過樓梯旁邊的平臺，回到自己房間，關上門。如果獨自在靜寂的房間裡跪在地板上，他會禱告嗎？禱告什麼呢？祈求免於自私的欲望——也許吧。又或者他雙肘擱在床墊上，雙手合掌，心裡想的就只有：妳究竟希望我怎麼做？祈求上主讓我明白，妳究竟想要什麼。

27

清晨六點四十五分，菲力克斯的鬧鈴響了，單調反覆的嗶嗶聲。房間暗暗的，朝西的窗戶從百葉窗間隙透進一絲清冷的白光。幾點了，艾莉絲含糊不清說。他關掉鬧鈴。該上班了，他說，妳繼續睡吧。他在房間裡的浴室沖澡，肩上披著毛巾走出來，套上內衣。穿好衣服之後，他在床邊俯身親吻艾莉絲額頭，溫暖而潮濕。我們晚點見，他說。還閉著眼睛的她說：我愛你。他用手背摸摸她額頭，彷彿是要知道她有沒有發燒似的。沒錯，妳是愛我，他說。他下樓，走進廚房。愛琳靠在流理臺前，正要轉開咖啡壺底座。她眼睛浮腫發紅。早安，她說。菲力克斯站在廚房門口看她。妳這麼早起床幹嘛？他問。她露出疲憊的微笑，說她睡不著。菲力克斯端詳她的臉，回答說：妳看起來有點慘。他打開冰箱，拿出一罐優格。她把昨天的咖啡粉倒進水槽。他坐在餐桌旁，

41 艾略特(T. S. Elliot, 1888-1965)詩作《荒原》(*The Waste Land*)。

問：妳做什麼工作？艾莉絲告訴我說妳是記者還是什麼的。愛琳搖頭，在水龍頭底下給咖啡壺裝水。不，不是的，她說，我是在雜誌社工作。我是編輯，算是啦。菲力克斯用湯匙攪拌優格。哪一種雜誌？他問。她說是文學雜誌。好吧，他說，我不太明白那是什麼。她點著爐火。我們的讀者群很有限，她說，我們發行詩、散文之類的東西。他問說這樣雜誌怎麼賺錢。噢，不賺錢啊，她說，我們靠捐款資助。菲力克斯似乎被挑起興趣了。妳的意思是來自納稅人的錢？他問。她坐在餐桌另一頭，微微笑著。沒錯，她說，你反對嗎？吞下嘴裡的東西之後，他回答說：一點也不。所以妳的薪水也是納稅人付的，對吧？她說是的。雖然不太多，她又補上一句。他舔舔湯匙背面。妳說的不太多是多少？他問。她從水果缽裡拿起一顆橘子，開始剝皮。大概是一年兩千，她說。他眉毛挑得老高，放下優格。妳不是說眞的吧？他說。稅後？她說不是，是稅前。他搖搖頭。我賺的都不只這樣，他說。她把剝下來的一條長長迴旋狀的橘子皮擺在桌上。你難道不該賺得比我多嗎？她問。他盯著她看。妳怎麼維持生活？他說。她用手指把橘子掰成兩半。我也常常想不通，她說。他又開始吃優格，語氣親切，含含糊糊說：眞是該死。又吞下一大口之後，他說：妳上大學就是爲了做這份工作？她嚼著橘子。不，我上大學是爲了學習，她說。有道理，他回答說。反正，妳八成很愛妳的工作，對吧？她頭左搖右晃，很不確定，然後說：我不討厭。他點頭，低頭看他的優格罐子。所以我們的差別就在這裡，他說。她問他在倉庫工作多久了，他告訴她說八個月還是十個月吧。咖啡壺開始噗噗響，她起身看看壺裡。她拉起衣袖墊在手上，倒了兩杯咖啡，端到餐桌。他看著她，然後說：嘿，我可以問妳一個問題嗎？她在餐桌旁坐下，回答說：當然可以。他蹙起眉頭。妳爲什麼到現在才來看她？他說。我的意思是，妳住在都柏林，離這裡又不遠。而她來這裡好久了。他這麼說的時候，愛琳的動作有點僵住了，但什麼都沒說，臉上也沒有任何表情。她默默添了一匙糖到咖啡裡。她談起妳的那個樣子，他又說，好像妳是她最要好的朋友。愛琳馬上冷冷地回答說：我們是最要好的朋友沒錯。在她背後，小雨滴開始打在廚房窗戶上。是啊，那妳爲什麼隔了這麼久的時間才來找她？他問，我只是很好奇。如果她是妳最要好的朋友，我以爲妳早就會來看她。愛琳臉色慘白，鼻孔也發白，深吸一口氣，又呼了出來。你知道我有工作，她說。他瞇起一隻眼睛，皺起眉頭。是啊，我也有工作，他說，但妳週末很少要上班，對吧？愛琳雙臂抱胸，手隔著睡袍衣袖抓著自己的手臂。她爲什麼不來看我呢？她問，如果她這麼想見我的話。她週末也不工作，不是嗎？菲力克斯似乎覺得這句話有點古怪，所以想了想才回答。我沒說她急著想見妳，他問，也許妳們兩個都很想見彼此，我不知道。所以我才會這麼問。愛琳緊緊抓著自己的手臂說：這個嘛，顯然我們並沒有。他點點頭。妳們是吵架還是怎麼了嗎？他問。她生氣地撥開蓋在臉上的一綹頭髮。你對我一無所知，她說。他想了想，隔了好一會兒才說：妳對我也一無所知。她又雙臂抱胸。所以我才沒這樣盤問你，她說。他聽了露出微笑。有道理，他回答說。他吞下最後一口咖啡，站起來，從椅背上拿起外套。他昨晚把外套掛在這張椅的椅背上。我的理論是，像他們兩個那樣的人和妳我是不一樣的，他說，如果妳想讓他們照我們的希望做，就只會把妳自己給逼瘋。愛琳盯著他看了幾秒鐘，然後回答說：我沒想要他們兩個做任何事情。菲力克斯拉開背包拉鍊，把外套塞進裡面。要是他們讓妳這麼頭痛，他說，妳就得問問自己，幹嘛自尋煩惱呢？他把袋子背到肩上。妳自己必定也有一些理由，他繼續說，妳爲什麼在乎。她瞪著她的咖啡杯，非常平靜地說：去你的。他發出驚訝的輕笑。愛琳，他說，我並不是在批評妳。我喜歡妳，好嗎？她沉默不語。也許妳應該回去睡覺，他又說，妳看起來很累。反正我要走了，晚點兒見啦。門外晨雨迷濛如霧。他上車，打開CD，開出車道。他眼睛看著馬路，嘴裡隨著音樂吹口哨，不時給原本的旋律來點重複或變奏。他駛過通往村裡的岔路，沿著濱海路往工業區開去。

這天晚上，菲力克斯下班回家時，他的狗從廚房衝過來，連續發出幾聲高亢的吠叫，爪子拼命敲著薄夾板。牠衝到他身邊，前腳搭在他腿上，伸長舌頭，不住喘氣。他雙手摸牠的頭，搔牠耳朵，牠又吠了一聲。噓，他說，我也很想妳。有人在家嗎？他輕輕把牠放到地板上，牠繞著他轉圈子，打噴嚏。菲力克斯穿過玄關，牠小跑步緊跟在後。廚房裡沒人，燈也沒開，幾個早餐盤堆在水槽裡。他無所事事坐在餐桌旁，掏出手機，狗坐在他腳邊，頭靠在他腿上。他一手滑動通知，一手搓著牠脖子上的頸圈。艾莉絲傳給他一則訊息：今天晚上還去丹妮兒的慶生會？我烤了蛋糕，以防萬一。祝工作順利。他打開訊息，迅速輸入回覆：對，還是去。說我們大概七點到，可以嗎？別期望太高，八成只有幾個老人小孩。不過丹妮兒很想見妳。狗兒發出幾聲低低的哀叫，他又摸摸牠的頭說：我才離開兩天，妳知道的。他們有沒有餵妳？牠頭往後仰，舔他的手。謝啦，他說，太噁心了。手機震動，他再次查看。艾莉絲問他是不是要和他們一起吃晚飯，他說他已經吃過了。我晚一點過去接你們，他輸入。她回答說：太棒了。愛琳心情不好，讓你知道一下……他挑起眉毛，再次回覆：哈哈，我已經知道了，今早見到她。

妳的朋友和妳一樣可悲。他站起來，把手機收回口袋，到水槽轉開熱水。他左手左側，小指關節下方處，有塊藍色膠布。沖著熱水，他輕輕把膠布撕開，看看底下的皮膚。指關節下方一道頗深的粉紅色傷口，延伸到掌心的另一側。膠布的白色棉墊沾滿血，但傷口已經不再流血了。他捲起膠布，丟進水槽下的垃圾桶，然後用肥皂和水洗洗手，在水龍頭下把傷口沖洗乾淨。狗兒還是坐在餐椅椅腳邊，尾巴垂在地板上。他轉頭看牠，小心地用乾淨的擦碗巾擦乾雙手，說：妳還記得艾莉絲嗎？她來過這裡幾次，妳見過她的。狗兒從地上起來，朝他走來。我不知道她肯不肯讓狗進她家，他說，我會替妳問問。他給狗碗添滿水。狗兒喝水的時候，他上樓換衣服，脫掉穿去上班的黑色運動鞋，放在床底下，換上黑色運動褲，白色T恤和灰色套頭衫。他臥房門後有面鏡子，他照照鏡子，眼睛打量鏡裡的纖瘦身影，搖搖頭，彷彿想起什麼事情覺得好笑。走到樓下玄關，他坐在樓梯口給白色運動鞋繫鞋帶。狗兒從廚房衝出來，坐在他面前，優雅的長下巴戳著他的膝蓋。妳沒一直被關在屋裡，對吧？他說。蓋文說他昨天帶妳出去了。牠又想舔他的手，但他輕輕推開牠的臉。現在妳讓我覺得不好過囉，他說。牠發出低沉的哼叫，頭靠在樓梯板上，仰頭看他。他站起來，說：妳和她有點像耶，妳知道嗎。妳們兩個都愛我。狗兒跟著他走到門口，哼哼嚶嚶，他再次拍拍牠的頭，然後才出門。他關上門，坐進車裡。

溫暖靜息的傍晚，朵朵白雲之間露出柔和的藍天。菲力克斯再次敲敲艾莉絲家前門，然後才打開，喊道：嘿，是我。屋裡亮著燈，樓上有人回答說：我們在樓上。他走進屋裡，關門，跑上樓梯。賽蒙在樓梯平臺後面，站在愛琳房間敞開的門口。他轉身和菲力克斯打招呼，兩人對看一晌，賽蒙一臉認命的表情，非常疲憊。哈囉，帥哥，菲力克斯說。賽蒙微笑，招手要菲力克斯進他前面的那道房門，說：我也很高興見到你。房間裡，愛琳坐在梳妝臺前，艾莉絲靠在梳妝臺上，旋開一管口紅。菲力克斯在床尾坐下，看著愛琳化妝。他的目光越過她的肩膀，越過她的腦後，看著鏡裡的她，那微帶僵硬的表情，而賽蒙和艾莉絲正討論今天的某條新聞。手裡拿著一根小塑膠棒的愛琳在鏡子裡和菲力克斯眼神交會，說：你想來一點嗎？他站起來，仔細看那個東西。這是什麼，睫毛膏？他說。好啊，有何不可。她在小凳子上挪出一塊空間，讓他坐在她旁邊。他背對鏡子坐下，愛琳說：往上看一下。他乖乖照辦。她手腕輕輕滑動，刷了他左眼的下眼瞼。

賽蒙，你要嗎？艾莉絲說。

賽蒙站在門口靜靜回答說：不了，謝謝。

他已經夠漂亮了，菲力克斯說。

艾莉絲嘖一聲，蓋上口紅的蓋子。你不要以貌取人，她說。

賽蒙手插在口袋裡說：別理她，菲力克斯。

愛琳抽回睫毛刷，菲力克斯再次張開眼睛。他轉頭照鏡子，讚賞地看看鏡裡的自己，然後站起來。順便問一下，你們有誰會唱歌？他問。他們全看著他。像這樣的聚會，有時候會要唱歌，他說，你們不會唱，就不必勉強，當然。艾莉絲說賽蒙在牛津的時候參加合唱團，賽蒙說他可不認爲像這樣的慶生會，會有人想聽男低音唱四十分鐘的《彌賽亞》。那妳呢，愛琳？菲力克斯說，妳會唱歌嗎？她正把睫毛膏的蓋子蓋回去。他看著她，但她迴避他的目光。不，我不會唱，她回答說。她站起來，雙手順著臀部抹了抹。你們都好了，我也可以走了，她說。

在車上，艾莉絲坐前座，端著裝在盤子上用保鮮膜包好的海綿蛋糕。愛琳和賽蒙坐後座，中間隔了個空位。菲力克斯在後照鏡裡瞥他們一眼，手指愉快地敲著方向盤。你們在健身房裡做了什麼？他問，是划船器之類的嗎？賽蒙在後照鏡裡和他四目交接，艾莉絲轉頭微笑，也許是不想笑出聲來。我是練了一點划船器沒錯，賽蒙回答說。菲力克斯問他有沒有練舉重，賽蒙說完全沒有。這時艾莉絲開始笑，假裝咳嗽。怎麼了？愛琳說。沒什麼，她回答說。接近濱海路通往村裡的那條岔路時，菲力克斯打方向燈。你有多高？他問，純粹好奇。賽蒙露出懶洋洋的微笑看著窗外。無恥，艾莉絲說。我聽不懂，愛琳說。賽蒙清清嗓子，壓低嗓音回答說：六呎三吋。菲力克斯咧嘴笑。看吧，這就只是個問題而已，他說。六呎三吋。現在我知道了。他手指再次敲著方向盤，說：順便告訴你，我五呎八吋。也不是說你在乎啦，就只是告訴你一下而已。愛琳在後座說，她也是五呎八吋。菲力克斯轉頭看了她一眼，然後又回頭看路。妳啊，他說，很有意思。對女生來說，這樣算很高耶。賽蒙依舊看著窗外一幢幢閃過的夏日小屋立面，說：我覺得這個身高對誰來說都很合適。菲力克斯笑起來。謝謝你啊，大個兒，他說。這時他們開在村裡的大馬路上，往遊樂園的岔路已經過了。我們不必待很久或什麼的，他說，這個慶生會。我說我們就只來晃一下。他再次打方向燈，又說：要是你們碰到誰說我的壞話，那他們一定是騙你們的。賽蒙開始笑。會有人說你壞話？愛琳問。菲力克斯又從後照鏡看她，等著要右轉。這個嘛，愛琳，這世界上總是有小人，他回答說。而且不是每個人都喜歡我，老實說。他右轉，在教堂後面駛離大馬路，幾分鐘之後，停在一間小屋前面，這裡的車道已經停了好幾輛車。他熄掉引擎說：現在就表現得正常一點，好嗎？進到裡面別談什麼國際政治之類的狗屁，不然他們會以為你們是怪胎。艾莉絲在座位上轉頭，說：他的朋友人都很好，別擔心。愛琳說反正她也不懂什麼國際政治。

菲力克斯按門鈴，丹妮兒來開門。她穿藍色的夏季短洋裝，頭髮鬆垂肩上。她背後的屋裡很亮，很吵。她請他們進屋，菲力克斯親吻她的臉頰，說：嘿，生日快樂，妳好漂亮。她揮手趕他走，拜託，你什麼時候開始這麼會說好話啦？她說。艾莉絲介紹愛琳和賽蒙，丹妮兒說：你們好時髦喔，我太嫉妒了。請進。廚房位在玄關後面，是個鋪磁磚的房間，餐桌上一盞天花板燈，還有一扇通往後院的門。裡面有七八個人拿著塑膠杯喝東西，講話，旁邊的客廳則傳來音樂與笑聲。餐桌上有各種酒瓶酒罐，有喝完的，也有還沒開的，一碗洋芋片，一把開酒器。一個高高的男人站在冰箱旁說：菲力克斯・布萊迪，你這個星期都躲到哪裡去了？另一個站在後門旁邊抽菸的男人大聲說：他忙著搞他的新女友呢。第一個男的拇指朝艾莉絲一比，第二個男的馬上露出抱歉的表情，走進屋裡說：對不起，我沒看見妳。艾莉絲微笑說沒事。正抓著一把洋芋片吃的菲力克斯轉頭說：她的朋友也來了。對他們好一點，他們有點怪。丹妮兒看著愛琳，搖搖頭。你們怎麼受得了他？她說，我幫你們弄點喝的吧。艾莉絲把蛋糕擺在流理臺上，撕開保鮮膜。有個女人懷裡抱個小孩，從客廳走過來。丹妮兒，那女人說，趁這傢伙還沒睡著，我們要走了。丹妮兒摸摸那孩子的淺色鬈髮，親吻他的額頭。愛琳，她說，這是我的寶貝婭兒伊森。妳覺得他怎樣，是不是像小天使？那女人伸手弄好被孩子手指扯得糾纏在一起的耳環。愛琳問孩子幾歲，那女人回答說：兩歲兩個月。菲力克斯的室友和艾莉絲一起站在流理臺前，問她蛋糕是不是她自己烤的。菲力克斯從皮夾裡掏出一根手捲菸，不在意地對賽蒙說：到外面抽一根？

後院更冷，也更安靜。稍遠一點的草地上，有個女人、男人和小女孩在玩隨興亂踢的足球，拿兩件毛衣當球門柱。菲力克斯靠在院子牆邊，面對草地，點亮一根菸，賽蒙站在他旁邊，看著他們踢球。他們背後是個宛如深色龐然大物的車庫，遮住了房子的後方。小女孩精力充沛地在兩個大人之間跑來跑去，動作笨拙地踢著球。菲力克斯吐出一大口煙，說：你覺得艾莉絲會願意在家裡養狗嗎？賽蒙轉頭凝神看他。這個嘛，要是她買下房子，她想怎麼做都行，他說，幹嘛？你有狗啊？菲力克斯皺起眉頭。她打算買那棟房子？他問。賽蒙沉吟一晌。噢，他說，我不知道，我想是她有天晚上打電話給我的時候提起，但我也可能記錯了。菲力克斯露出好奇的表情，瞪著他的菸頭，又抽了一口，才說：是啊，我有狗。我的意思是，其實那狗也不算是我的啦。我們那房子的上一任房客搬走的時候，沒帶走牠，所以我們算是意外收留牠了吧。他講話的時候，賽蒙一直看著他。牠瘦得皮包骨，菲力克斯又說，看起來一點都不健康，而且有焦慮症。不喜歡有人碰牠什麼的。你拿出吃的，牠就不知道躲到哪裡去，等你走了，才衝出來吃。說眞的，牠也有點攻擊性，你知道的，如果太靠近牠，牠就不高興，可能會咬你之類的。賽蒙緩緩點頭，問菲力克斯，他是不是認為這狗過去受過創傷。很難知道，菲力克斯說。也許是以前那些人不理牠。反正牠絕對有問題，不管是怎麼回事。他撣撣菸頭，讓煙灰慢慢掉落在草地上。但牠後來變得比較放鬆了，他說，就是習慣有人餵牠，知道不會碰上什麼壞事，最後也不怕我靠近牠了。牠還是不喜歡陌生人摸牠太久，但如果是我，牠就很喜歡。賽蒙微笑。那很好，他說，很替你高興。菲力克斯又吐了口煙，扮個鬼臉。可是花了好長的時間，他回答說。有段時間，其他傢伙想趕走牠，因為牠的表現實在太差，一刻都不肯安靜。我並不是逞英雄，但挺身說我們應該留下牠的是我。賽蒙哈哈笑說：你可以當英雄沒問題，我不介意。菲力克斯若有所思地繼續抽菸。我只是在想，艾莉絲會不會允許我帶狗去她家，他說，有些房東是不讓人養狗的。如果她買下那棟房子，那情況就不一樣了。但我不知道她在思考這個問題。在花園另一頭，小女孩想辦法把球踢進兩個球門柱之間，那男人把她舉到他肩膀上，開心歡呼。賽蒙看著他們，什麼也沒說。菲力克斯把手上的香菸在身旁的牆上抹了抹，直到火熄滅，然後把菸蒂丟到草叢裡。昨天晚上怎麼回事？他問。賽蒙轉頭看他。你指的是什麼？他說。菲力克斯輕輕咳了一聲，是眞咳。我指的是你和愛琳之間，他說，你不必告訴我，但你大概還是會說。小女孩從花園走回房子，那一男一女走在她後面講話。他們經過時，那男的點點頭，說：日子過得如何啊，布萊迪？菲力克斯回答說：嗯，還不錯，謝謝你。他們走進屋裡，把門關上。花園空蕩蕩的，只剩下賽蒙和菲力克斯，一起站在車庫後面的草地上。沉默良久之後，賽蒙低頭看著自己的腳說：我其實也不知道究竟怎麼回事。菲力克斯聽了笑起來。好吧，他說，我幫你說。我們回家之後，你進她房間，對吧？再晚一點，你回你自己房間，然後今天你們兩個心情都很不好。我就只知道這樣，其餘的你自己告訴我吧。你和她上床了，還是怎樣？賽蒙的手抹抹臉，看起來很累。沒錯，他說。但沒繼續往下說。菲力克斯馬上說：我猜這不是第一次了。賽蒙黯然微笑。對，他說。不算第一次。菲力克斯雙手插口袋，看著賽蒙的臉。然後呢？他說，你們吵架了。倒也不是我聽見你們吵架。如果是吵架，你們也一定吵得很小聲。賽蒙的手搓揉頸背。並不是，他說，我們只是講話而已。她說她寧可當朋友，就只是這樣。我們沒吵架。菲力克斯挑起眉毛，瞪著賽蒙。眞該死，他說。你們才剛上完床，她就這樣對你說？這算什麼啊？賽蒙尷尬笑笑，放下手，轉開頭。這個嘛，我們都會做我們不該做的事，他說，我想她只是不開心。菲力克斯對他蹙起眉頭，看了一兩秒鐘。看吧，你又來了，他說，想表現得像耶穌一樣。賽蒙又露出勉強的微笑。不，他回答說，事實上如果我記得沒錯，耶穌抗拒了誘惑。菲力克斯微笑著碰碰賽蒙的手，賽蒙也隨他。菲力克斯的手指背側緩緩輕拂賽蒙的手，從手腕內側，往下滑到掌心。幾秒鐘的沉默之後，賽蒙靜靜說：她是我非常好的朋友。艾莉絲。菲力克斯開始笑，放開他的手。你這麼說真好玩，他說，是什麼意思？賽蒙靜靜站著，看起來非常平靜，但疲憊。我只是說，我很喜歡她，他回答說，我欣賞她。菲力克斯又咳了一聲，搖搖頭。你的意思好像是，要是我對她做了什麼不好的事，你就會踢破我的頭，他說。賽蒙摸摸自己手腕，也就是剛才菲力克斯摸他的地方，一圈圈揉著，彷彿會痛似的。不，他說，我並沒有這樣的意思。菲力克斯打個哈欠，伸展手臂。不過，你是做得到的，他說，踢破我的頭。輕而易舉。他伸伸懶腰，轉身望著花園。如果她是你這麼好的朋友，他問，她在這裡住了這麼久，你怎麼都沒來看她？賽蒙有點意外，說他從二月就一直安排要過來看艾莉絲，但她不是說她不在，就是說時機不對。我也邀她來和我住幾天，但她說她很忙。我覺得她並不想見我。我不是責怪她，我只是覺得她可能需要一點喘息的空間。她還沒離開都柏林之前，我們常見面，你知道的。菲力克斯點點頭。是她住院的時候，對嗎？他問。賽蒙盯著他看了一晌，回答說：對。菲力克斯手又插進口袋，走開，漫無目標走了一會兒，才回到牆邊，面對賽蒙。所以一直以來，你都不斷告訴她說你想要來看她，而她一直說，不行，我很忙？他問。賽蒙回答說：當然啦，但就像我說的，這樣也沒什麼不對。菲力克斯咧嘴笑。這樣沒傷害你的感情嗎？他說。賽蒙對他微笑。沒，沒有，他回答說，面對這種事情，我的態度是很成熟的。菲力克斯用鞋尖踢牆，問：她住院的時候是什麼樣子？情況很糟，對不對？賽蒙看似思索這個問題，然後回答說：她現在看來好多了。菲力克斯又走開，繞到車庫那邊，回頭看著房子。嗯，他說，要是你在裡面看見她，就告訴她說我想見她。賽蒙點點頭，但隔了好幾秒鐘，什麼都沒說，什麼也沒做。接著，他挺起身來，走回屋裡。

廚房裡，艾莉絲和丹妮兒站在一起，吃著紙盤上的蛋糕。她用叉子戳著海綿蛋糕，說：沒有發得很好，但味道還可以。賽蒙把門在背後關上，說蛋糕看起來很好吃。菲力克斯在外面，他說，我想他有話要對妳說。丹妮兒笑起來。噢，我的天哪，她說，他已經喝醉了嗎？他喝醉的時候就開始變得高深莫測，意味深長。賽蒙自己弄了一片蛋糕，說：不，我想他沒醉。但他現在確實有點高深莫測，意味深長。艾莉絲把盤子擺在流理臺上。聽起來不太妙，她說，我馬上就回來。她走開之後，丹妮兒問賽蒙是幹哪一行的，他開始對她講起國會的事，逗得她哈哈大笑。不管妳想像中的國會有多差勁，他說，眞正的情況都還要更慘。愛琳在客廳檢視連接擴音器的音樂串流平臺Spotify帳戶，有個男的在她背後探頭說：來點眞正的音樂，拜託。屋外，艾莉絲走到後院，關上門，對著空蕩蕩的花園說：菲力克斯？他從車庫後面探出頭。嘿，他說，我在這裡。她雙臂抱胸，走向車庫。他在牆上攤開一張菸紙，從小菸袋裡拿出一撮菸草。妳知道他們爲什麼心情不好嗎？他說，另外那一對。他們昨天晚上上床，然後她轉身說她只想當朋友就好。妳家裡上演的這齣戲，也太不眞實了吧。艾莉絲靠在牆邊，看他捲紙菸。是賽蒙告訴你的？她問。他用舌頭舔舔，封好紙卷，然後拍緊。是啊，他說。爲什麼，她跟妳說了什麼？艾莉絲看著他點菸，回答說：她只說這是個錯誤，可是並沒說細節。我看得出來她很傷心，我不想逼她。她低頭看自己的手指甲，又說：她說他那個人很難對話。她覺得他生長在一個情感壓抑的家庭，他這個人一塌糊塗，說不清楚他自己需要的是什麼。菲力克斯大笑，笑得開始咳嗽。天哪，他說，這也太嚴苛了吧。我絕對不會說他這個人一塌糊塗，我喜歡他。其實他剛才待在外面的時候，我還試探了他一下，結果他就開始說妳是他的好朋友，說他有多欣賞妳。不過，他是被勾引了，我看得出來。我差點就要說，呃，放輕鬆，她對這種事情很開放的。這時艾莉絲也笑了。天哪，他眞是個乖寶寶，她說，你覺得他有點自卑嗎？菲力克斯蹙眉回答說：不，他或許有點喪失生存意志，但自卑嘛，我不覺得。而且他也算是個乖寶寶。他就和妳自己一樣。他的自尊心沒問題，但他痛恨他的生活。艾莉絲微笑，拂掉洋裝裙擺上的碎屑。我不恨我的生活，她回答說。菲力克斯吐出一口煙霧，漫不經心地用手搧散。妳自己告訴我說妳痛恨的，他說。上一次我們一起到戶外抽菸的時候。妳不記得了？我們去羅馬之前。那次妳也抽菸。她把頭髮塞在耳後，有點不好意思。噢，對，她說，我那次說我痛恨我的生活？菲力克斯說他很肯定。好吧，也許我當時是說了，她回答說，但我現在並不恨。他什麼也沒說，一面抽菸，一面低頭看自己的手。然後又說：嘿，妳看我今天上班出了什麼事。他伸出手，讓她看他小指關節下方那道深深的橫切傷口。傷口本身的顏色已經變深了，開始癒合，但周圍的皮膚還是有點發炎紅腫。艾莉絲整張臉皺成一團。菲力克斯手動了動，彷彿從不同角度觀察傷口。我原本沒注意，後來血流得到處都是，我才發現，他說。他抬頭看她，看見她的臉，說：這種屁事我們那裡每天都有，沒那麼痛啦，也沒什麼關係。她默默拉起他的手，貼在自己臉頰。他發出不太確定的笑聲。噢，妳太擔心了，這只是個擦傷，我根本不該讓妳看的。

現在還痛嗎？她問。

不，不怎麼痛。不過洗手的時候會有點刺痛。

太不公平了，艾莉絲說。

妳覺得什麼事都不公平。

他們背後的後門打開，艾莉絲把菲力克斯的手從臉頰上拿開，但還是握在手裡。過一會兒，有個男的走到他們附近的草地上。他很高，一頭略偏紅色的金髮，身穿合身花襯衫。一看見他們，他就開始笑，菲力克斯什麼話也沒說。

我打斷什麼了嗎？那人說。

沒事，菲力克斯說，不知道你在這裡。

那人從口袋掏出一包菸，拿了一根點亮。這一定是你的新女友吧，他說。是艾莉絲，對不對？他們在裡面還談起妳，有人在網路上找到妳的一篇報導。

她看看菲力克斯，但他沒和她有眼神接觸。天哪，她說。

妳在網路上有很多粉絲，那人又說。

是啊，我想是，她回答說，但也有很多人討厭我，恨不得我生病。

那人對這句話沒什麼太大反應。沒看到這樣的，他說，但我想每個人都會被某些人怨恨吧。你怎麼樣呢，菲力克斯？

沒什麼好抱怨的。

你是怎麼找到這麼有名的女朋友？

Tinder 交友軟體。

那人吐出一口煙。是嗎？我在那個網站上混這麼久，從沒碰過名人。你到底要不要介紹我們認識？

艾莉絲不太確定地看看菲力克斯，但他一副輕鬆自在的模樣。

艾莉絲，這位就是我哥，他說，達米安。妳不必和他握手什麼的，只要遠遠對他點個頭就行了。

她有點詫異地轉頭看那名男子。噢，很高興見到你，她說，你們兩個長得一點都不像。

他對她微笑。我會把這句話當成讚美，他說。我聽說你們幾個星期之前一起去羅馬，是眞的嗎？妳一定讓他興奮到了極點，艾莉絲，他可不常有這種浪漫的小假期。

其實他是陪我去工作的，她說。

達米安似乎覺得他們的對話越來越有趣。他陪妳去參加新書活動，對不對？他問。

部分活動，艾莉絲說。

噢，噢，別的不說，打從我上次見過他之後，他想必認眞學會讀書識字了。

哈，才沒有，菲力克斯說，話說回來，我又何必要學呢，反正她會親自說給我聽。

達米安不理會弟弟，用好奇的眼神打量艾莉絲。他深深吸一口菸之後，說：妳幾年前發瘋了，對不對？

大概吧，艾莉絲說。

是啊，我有個朋友是妳的大粉絲，其實。她說妳的電影快要上映了，是眞的嗎？

艾莉絲很客氣地說：那不是我的電影，只是以我的小說爲基礎改編的。

菲力克斯手貼在艾莉絲背後，說：嘿，你別講這些煩她。她不喜歡這樣。

達米安點頭，不受干擾，繼續微笑。她才沒有，他說。他對著艾莉絲繼續說：他這人不太好，妳也知道。他根本搞不清楚妳是誰。他這輩子連一本書也沒讀完。

她不太和愛看書的人在一起，菲力克斯說，因爲他們會一直煩她。

達米安又抽了一口菸。過了一會兒，他對艾莉絲說：妳知道他一直在躲我嗎？

艾莉絲看看菲力克斯，他盯著自己的腳，搖搖頭。

妳知道，我們媽媽死了以後，達米安繼續說，她留給我們兩個一棟房子，是吧？我們兩個。所以我們決定要把房子賣掉。妳聽懂了嗎？妳是位聰明的小姐，我相信妳聽得懂。反正，他得在每一份文件上都簽名，我才有辦法賣掉房子。他就這樣躲得不見人影，已經好幾個星期了。不回我的電話、訊息，什麼都不理。妳覺得這是怎麼回事？
艾莉絲靜靜說，這不關她的事。
有錢進帳，你還以爲他會很開心呢，達米安說，老天在上，他一天到晚缺錢。
你還想講我什麼壞話？菲力克斯說。
別理他，達米安若有所思地說：有段時間，湯姆．赫夫南給了他一大筆錢。那個老傢伙和他老婆住在村裡。很懷疑是爲什麼啊。他們是什麼關係，妳知道嗎？
菲力克斯又開始搖頭，把菸蒂丟到草叢裡，在東方天空的微光下，他臉漲得通紅。
聽我說，妳看起來是個好女孩，達米安說，也許有點太好了，是吧？別讓他把妳當傻瓜耍，這是我的建議。
艾莉絲冷冷回答：我很好奇，你怎麼會認爲我可能需要找你請教人生建議？
菲力克斯聽到這句話就開始笑，高亢狂亂的笑聲。達米安沉默了一會兒，慢慢抽菸。然後他說，妳都搞清楚了，是嗎？
噢，我是說我沒問題，她回答說。
仍然嘻嘻笑的菲力克斯改用安撫的語氣說：嘿，達米安，爲了你，我明天早上上班之前會過去一趟，好嗎？你就別再煩我了。這樣我們算扯平了？

達米安眼睛還是看著艾莉絲，回答說：好。他把菸扔在草地上。老天保佑你們兩個，他說，然後轉身走回屋裡。門在他背後喀噠一聲關上。菲力克斯從車庫後面走出來，彷彿要看看他是不是眞的走了，然後手指交纏，手貼在腦後。她看著他。

呃，他說，達米安。告訴妳，我們誰也不喜歡誰，我不知道我以前有沒有告訴過妳。

你沒有。

噢，好吧，對不起。

菲力克斯雙手從後腦勺放下來，鬆垂在身體兩邊，眼睛仍然盯著他哥哥剛才走出來的那道門。那是一道嵌有黃色玻璃板的木門。

我們從來就不親，他說。但我媽生病那件事是眞的，我不想談，因爲那就要花一整個晚上講細節給妳聽。反正，我和他過去幾年也沒處得太好。要是我知道今天會碰見他，就會事先把背景講給妳聽。

她還是沉默不語。他轉頭看她，她的表情看起來像生氣，或不高興。

對了，我會看書，他說。我不知道他幹嘛一直說我是文盲什麼的。我確實書讀得不多，但我會看書啊。不過我想妳也不在乎。

我當然不在乎。

是啊，他在學校成績一向比我好，所以我想他喜歡在別人面前吹噓。他就是那種人，把別人踩在腳底下，好讓他覺得自己像個大人物。我媽以前常爲了這樣罵他，他不喜歡我媽批評他。反正，無所謂。最白癡的是，他眞的惹火我了，我的意思是，我現在很生氣。

對不起。

他又轉頭看她。不是妳的錯，他說，妳很好。我可以一直看著妳和他爭論，我覺得這眞的很有趣。妳向來咄咄逼人，看妳這樣對其他人，眞的是一大享受。

她垂下目光看地上，輕聲說：我不喜歡。

妳不喜歡？一定有一點點喜歡吧。

不，我不喜歡。

那妳幹嘛那樣做？他問。

咄咄逼人？我沒打算咄咄逼人。

他皺起眉頭。可是妳知道你表現出來的那個模樣，他說，會讓人想起對上帝的敬畏。妳知道我在說什麼吧。我不是在責怪妳。

你或許很難相信，她說，但我見到別人的時候，其實很想表現得親切。

他發出一聲笑聲，對此，艾莉絲嘆口氣，靠在牆上，手遮住雙眼。

這個想法這麼好笑嗎？她說。

如果妳想對人好，為什麼講話老是那麼刻薄？

我才沒有老是這樣。

是沒有，但只要逮到機會，妳就會脫口而出，他說。我並不是說妳是個討人厭的人，只是大家都不想得罪妳。

她語氣變得嚴厲起來：是啊，你已經說得很明白了。

他挑起眉毛，一晌沉寂。最後他放緩語氣說：天哪，我今天晚上腹背受敵。她垂下頭，彷彿心灰意冷，或疲憊不堪，但沒回答。妳不是最容易相處的人，他說，但妳知道自己是什麼樣的人。

菲力克斯，請你不要再對我進行人身攻擊，是很過分的要求嗎？她問。我不希望你說我好話，你根本不必講任何和我有關的話。我只是覺得這些負面意見沒什麼用。

他不太確定地看了她好幾秒鐘。好吧，他說，我不打算惹妳傷心。

她什麼也沒說。她的沉默似乎讓他很困擾，他雙手插進口袋，又抽出來。

是啊，就像達米安說的，他說，妳以爲我不欣賞妳。很有道理，也許我是不欣賞。她還是不說話，瞪著自己的腳。他看起來很不安，焦急，脾氣一觸即發。看，妳習慣別人給妳特殊待遇，他繼續說，那些認識妳，覺得妳很重要還是怎樣的人。所以我用普通的態度對待妳，就顯得不夠好。我想如果要我老實說，我覺得妳可以找到比我更欣賞妳的人，而妳也會更開心。

沉默良久之後，她說：我想，如果可以的話，我要回屋裡去了。

他低頭看地上，蹙起眉頭。我又不能攔妳，他說。

她沿著草地往屋裡走。還沒走到門口，他就清清嗓子，高聲說：妳知道嗎，今天我弄傷手的時候，第一個念頭就是，艾莉絲肯定會不高興。

她轉身，回答說：我是不高興。

是啊，他說，知道有人在乎像這樣的事，眞的很好。我以前也在上班的地方弄傷過手，但沒有什麼人會說噢，一定很痛，怎麼回事？聽我說，妳或許有些事情是我不太欣賞的，有時候我也不喜歡妳對我講話的口氣，我得承認。但如果妳一個人在家，心情不好，或傷害自己什麼的，我很希望能知道。要是妳希望我去找妳，去照顧妳，我也一定會去。我相信妳也會這麼對我。這樣還不夠讓我們兩個在一起？對妳來說也許不夠，但對我來說已經足夠了。

他們看著彼此。讓我想想看，艾莉絲說。

屋裡，有隻大黃蜂飛進客廳，丹妮兒的兩個朋友尖叫大笑，想要引牠飛出窗戶。賽蒙和丹妮兒的表姐潔瑪坐在餐桌旁，她抱在膝上的小女孩就是之前在花園裡踢球的那個孩子。妳比較喜歡上學，賽蒙說，還是放假？愛琳在流理臺前，往塑膠杯裡倒伏特加，剛才和她講話的那個男的說：這不太理想，但反正有得看就好。菲力克斯和艾莉絲從陽臺門進來。菲力克斯給自己切了塊蛋糕，艾莉絲穿上她的針織開襟衫，愉快地說：外面花園很漂亮。她隨意但親暱地把一隻手搭在賽蒙肩上，他抬頭看她，很好奇，半笑不笑的。但兩人都沒開口。

十點鐘，丹妮兒拿湯匙敲玻璃杯，說他們該來唱幾首歌。屋裡慢慢安靜下來，交談聲慢慢停止，客廳的人也走過來聽。丹妮兒的一個表親開始唱〈她穿過市集〉（*She Moved Through the Fair*），記得歌詞的人一起唱，其他人哼著旋律。愛琳站在門口看著賽蒙。他手裡一杯酒，站在艾莉絲旁邊，靠著冰箱。丹妮兒要菲力克斯接著唱首歌。給我們唱個〈卡里克弗格斯〉（*Carrickfergus*）吧，蓋文說。菲力克斯若無其事打個哈欠。我要唱〈奧林姆少女〉（*The Lass of Aughrim*），他說。他放下手裡的紙盤，清清嗓子，開始唱。他嗓音清晰悅耳，音色純淨，悠揚盈滿靜默的室內，接著聲音轉低，非常之低，低到宛如寂靜一般。站在廚房另一頭的艾莉絲看著他。他靠著流理臺站，天花板的燈在他正上方，於是頭髮、臉和傾斜瘦小的身體都沐浴在光裡，眼睛顏色深暗，嘴巴也是。不知爲什麼，或許是他低沉的嗓音，或許是憂傷的歌詞，也或許是這旋律勾起了她之前的心緒，艾莉絲看著他，淚水盈眶。他瞥見她，目光停駐了一會兒才轉開。說來也怪，他的歌聲和平常講話的聲音很類似，發音也一樣，但卻突然有了洪亮的深度。艾莉絲的眼睛淌下淚水，鼻子也開始流鼻水。她微笑，彷彿是笑自己太可笑，但淚水還是流個不停，她用手指抹抹鼻子。她臉變得粉紅，閃著水光。歌唱完了，衆人沉默一會兒之後，響起了歡呼掌聲。蓋文手指貼在嘴唇上吹了聲口哨，表達讚賞。菲力克斯靠在水槽前，看著艾莉絲，她也看著他，差點要聳肩，一臉羞赧。她雙手抹抹臉頰。他微笑。你害她哭了，蓋文說。這時大家紛紛轉頭看艾莉絲，她尷尬地笑了，但笑聲似乎卡在喉嚨裡。她又抹抹臉。她沒事，菲力克斯說。丹妮兒又問誰要唱歌，但沒人自告奮勇。丹妮兒的表姐潔瑪建議唱〈阿萊森田野〉（*The Fields of Athenry*），但大家開始各自交談。菲力克斯繞到餐桌後面，用塑膠杯倒了杯葡萄酒。他遞給艾莉絲說：妳還好吧？她點頭，他安撫似的搓搓她的背。別擔心，他說，聽到這首歌會哭的通常是老太太，但我們也允許妳哭。妳不知道我會唱歌，對不對？說起來，我還沒因爲抽菸弄壞嗓子之前，唱得還更好呢。他講得一派輕鬆，彷彿毫不在乎，手一面撫摸她的背，好像根本沒聽他自己在講什麼。看，賽蒙沒哭，菲力克斯說。他肯定不怎麼佩服我。賽蒙微笑，壓低嗓音說：多才多藝啊。臉皮厚，菲力克斯說。愛琳站在客廳門口看他們，菲力克斯手貼在艾莉絲背後，賽蒙站在她旁邊，他們三個一起談話。窗外，天空猶有幽光，逐漸變暗，廣袤的地球繞著軸心緩緩轉動。

28

他們離開丹妮兒家的時候，天已經全黑，沒有路燈，愛琳打開手機的手電筒功能，帶大家走到車道。上車，關好車門之後，車裡安靜，溫暖。菲力克斯，你唱歌的聲音眞好聽，愛琳說。他打開車子大燈，開始倒車開回馬路上。是啊，是爲妳唱的，他說，呃，應該說是爲你們兩個唱的，因爲你們老家就在那附近。奧林姆。對不對？老實說，我並不知道這首歌究竟在講什麼。我想是個男的唱給女的聽的，但在副歌部分，我覺得是女人唱的。說她的寶寶冰冷躺在她懷裡。很可能像其他老歌一樣，把好幾首歌的歌詞混在一起。不過，不管是唱什麼，都是一首哀傷的歌。賽蒙問他除了唱歌，是不是也玩樂器，菲力克斯回答說：玩一點。主要是小提琴，但如果有必要，我也可以彈吉他。我有幾個朋友一起玩音樂，在婚禮之類的場合演奏。我以前也在婚禮演出，但就音樂來說，那實在不是我的菜，一整個晚上彈席琳·狄翁的歌之類的。艾莉絲說她不知道他竟然這麼有音樂天分。是啊，他說，不過這附近的人都和我差不多，只有在都柏林才會碰到音癡。請恕我無禮。他瞥了艾莉絲一眼，把注意力轉回馬路上，繼續說：所以妳考慮要買下這棟房子，是不是？我並不知道這件事。坐在後座的愛琳抬起頭。不好意思，什麼？她問。艾莉絲正在塗護唇膏，心情很好，有點醉了。我只是在考慮，還沒決定。愛琳迸出笑聲，艾莉絲在座位裡轉身看她。不，太好了，愛琳說，我替妳高興。妳就要搬到鄉下住了。艾莉絲困惑地皺起眉頭，看著她。愛琳，我早就住在鄉下了，艾莉絲說。我們講的是我現在住的這棟房子啊。愛琳微笑，搖搖頭。不，完全不一樣，她回答說。妳到這裡來原本是爲了休假，但妳現在打算要，呃，好像要永遠休假下去。有何不可呢？賽蒙看著愛琳，但愛琳還是對著艾莉絲微笑。是眞的，愛琳又說，太好了。這房子好棒，天花板這麼高，哇。艾莉絲緩緩點頭。沒錯，她回答說，嗯，我還沒做任何決定。她把護唇膏收回皮包裡。我不知道妳爲什麼要說我在休假，她又說。每次只要我去工作，妳就發郵件表達妳的反對，告訴我說我應該待在家。愛琳又笑起來，臉上一點血色都沒有。對不起，她說，我誤解整個情況了，我現在明白了。賽蒙還在看她，她轉頭看他，臉上是毫不眞誠的燦爛微笑，彷彿在說：怎樣？菲力克斯說買下房子之前，艾莉絲應該找人好好檢查一番，艾莉絲說反正會有很多工作得做，絕對是。他們的車子經過旅館，大廳窗戶燈光燦亮。他們沿著濱海路往前開。

回到家裡，其他人還在玄關時，愛琳就直接上樓回房間。她嘴唇慘白，呼吸淺促不均勻，打開床頭櫃的檯燈。暗黑的窗戶映出一個淡灰色的橢圓形，是她的臉。她用力扯上窗簾，勾子刮擦窗簾桿。樓下傳來講話的聲音，艾莉絲說：不，不，不是我。賽蒙答了一句，但聲音很低，聽不清楚，其他人笑起來，高亢的笑聲傳到樓上來。愛琳手指揉揉閉上的眼皮。冰箱門輕輕打開，還有像是玻璃匡噹的聲音。她動手解開洋裝腰部的繫帶，穿了一天之後，亞麻布料顯得皺而軟，聞起來有防曬油和除臭劑的味道。樓下有開門的聲音。她把洋裝從肩膀往下拉，鼻子深深吸一口氣，然後從嘴巴吐出來，穿上藍色條紋睡衣。樓下的噪音變小了，講話聲夾雜在一起。她坐在床墊一側，開始拆下髮夾。樓下有個人邊吹口哨，邊穿過走道。她取下一根黑色長髮夾，丟在床邊的置物櫃上，發出輕輕的喀一聲。她用力縮緊下巴，上下臼齒緊咬在一起。房子外面有海的聲音，低沉，反覆，還有風輕輕吹過樹木的繁密樹葉。頭髮放下之後，她用手指使勁梳開，然後躺在床上，閉起眼睛。樓下傳來清脆的啵一聲，很像是酒瓶塞迸開的聲音。她深吸一口氣，讓肺部漲得飽飽的。她雙手握拳，然後又打開，手指在被子上張得開開的，兩次，三次。又是艾莉絲的聲音。接著是其他兩人的笑聲，那兩個男人在笑，不管艾莉絲究竟說了什麼。愛琳一個迅捷的動作，站了起來。她從椅背抓起鋪棉的黃色睡袍，雙臂穿進衣袖裡。她往樓下走，一面把睡袍腰帶鬆鬆繫在腰際。走道盡頭的廚房門關上了，燈亮著，空氣裡瀰漫濃厚的香甜煙味。她手握門把。艾莉絲的聲音從裡面傳出：噢，我不知道，不是幾個月喔。愛琳打開門。廚房裡很溫暖，燈光幽暗，艾莉絲坐在餐桌一端，菲力克斯和賽蒙一起靠牆坐，共抽一根大麻菸。他們全抬起頭來，似乎都很意外，也有點擔心，看著穿睡袍站在門口的愛琳。她鼓起勇氣對他們微笑。我可以一起嗎？她問。

當然啦，艾莉絲回答說。

愛琳拉開一把椅子坐下，問：大家在聊什麼？

菲力克斯越過桌子上方把大麻菸遞給她。艾莉絲在講她爸媽的事情給我們聽，他說。

愛琳迅速抽一口，吐出煙來，點點頭，她的表情和態度，在在顯示她很努力讓自己表現出開心的模樣。

這個嘛，妳早就知道了，艾莉絲對愛琳說，妳見過他們。

嗯，愛琳說，很久以前。請繼續吧。

艾莉絲轉頭看其他人，接著說：我媽呢，事情比較簡單，因爲她和我弟，應該怎麼說，他們兩個親近的程度簡直要讓人窒息。然後我媽向來就不太喜歡我。

是嗎？菲力克斯說，太怪了。我媽就很愛我，我是她的金童。很遺憾，眞的，因爲我最後變成了笨蛋一個。可是她很寵我，天曉得爲什麼。

你才不是笨蛋，艾莉絲說。

菲力克斯對賽蒙說：那你呢？你是你媽的小可愛？

這個嘛，我是獨生子，賽蒙回答說。我媽當然是很喜歡我，沒錯。我的意思是，她確實很愛我。他在桌面上轉著他的酒杯。但那算不上我人生中最簡單的一段關係，他又說。我覺得她有時候對我很不解，甚至感到挫折。比方我換工作跑道，我人生中所做的一些決定。我想她有些朋友的小孩和我差不多年紀，他們都是醫生或律師，也都已經有自己的小孩了。而我基本上還是個沒有女朋友的國會助理。我的意思是，我媽覺得不能理解，我也不怪她。我自己也不知道我的人生究竟是怎麼回事。

菲力克斯輕咳一聲，問：可是你有份很重要的工作，不是嗎？

賽蒙轉頭看他，彷彿這個問題讓他覺得很詫異，回答說：噢，天哪，不是。絕對不是。我的意思並不是我媽很看重地位，順便告訴你。我相信她是很想要有個當醫生的兒子，但我不覺得她會因爲我不想當醫生而失望。菲力克斯把大麻菸遞給他，他接下。我們其實沒有認眞談過，他又說，你知道的，她不喜歡把事情搞得太嚴肅，她只是希望每個人都處得好好的。我覺得某種程度上，她是認為我這人有點威脅感，這讓我很不好受。他吸一小口，吐出煙來，然後說：我只要一想起我爸媽，心裡就有罪惡感。他們不該有我這樣的兒子，這不是他們的錯。

可是這也不是你的錯啊，艾莉絲說。

愛琳專心觀察他們的對話，下巴咬得緊緊的，臉上半笑不笑。

妳呢，愛琳？菲力克斯說，妳和妳爸媽處得來嗎？

這問題似乎讓她意外。噢，她說。接著，沉吟一下才說：他們人不壞。我有個腦筋不正常的姐姐，他們都很怕她。我們小時候，我姐把我的生活搞得像地獄一樣。除此之外，都還算好。

就是剛結婚的那個姐姐，菲力克斯說。

沒錯，就是那一個，她說，蘿拉。她其實也沒那麼壞，就只是會把事情搞得一團糟而已。也許有點壞吧，有時候。她唸中學的時候很受歡迎，而我很廢。我的意思是，我眞的連一個朋友都沒有。回頭想想，我當年沒自殺還眞是運氣好，因為我不時想要自殺。差不多十四、十五歲的時候。我想和我媽談，但她說我沒什麼問題，是我自己太誇張了。這時她略微遲疑，低頭看看沒擺東西的餐桌桌面，然後又說：我覺得我當時眞的很可能會自殺，但我十五歲的時候，碰見了一個想要和我當朋友的人。他救了我一命。

賽蒙靜靜說：如果這是事實，那我很高興。

菲力克斯吃了一驚，坐直起來。什麼？他說，那個人是你？

愛琳的微笑變得自然了，雖然還是有點蒼白，勉強，但顯然很樂於講述這個熟悉的故事。你知道我們小時候是鄰居，她說。有一年夏天，賽蒙從大學回來過暑假，在我爸的農場打工。我不知道為什麼，我想是你爸媽叫你來的。

賽蒙用低沉幽默的聲音回答說：不是，我想我那時候剛讀完《安娜．卡列妮娜》，我希望去農場工作，變得像列文一樣。妳知道他拿鐮刀割草什麼的時候，有了意義深遠的經驗，讓他得以信靠上主。我不太記得細節，但我當時的想法大概是這樣。

愛琳又笑起來，雙手撥弄頭髮。你來替派特工作，真的只是以為可以像《安娜．卡列妮娜》那樣？她說。我從來都不知道。我想如果你是列文，那我們就是農民了。她轉頭對其他人說，反正，賽蒙和我就是這樣成為朋友的。我是農家的小女兒，就住在他家的莊園附近。賽蒙溺愛似的低聲說：我可不會這樣說。愛琳誇張地揮揮手，不理會他的打岔。我們的爸媽也都認識，當然，她說。我媽對賽蒙的媽媽有某種自卑情結。每年平安夜，賽蒙和他爸媽都會來我們家喝杯酒，我們必須趕在他們來之前，把屋子上上下下打掃得一塵不染。在洗手間裡擺上特別的毛巾，諸如此類的，你們知道。

菲力克斯又抽了口菸，靠回牆邊，說：他們對艾莉絲有什麼看法？

愛琳看著他。誰，我爸媽？她問。他點頭。噢，她說，他們見過她幾次，但其實並不熟，也不太瞭解她。

艾莉絲微笑說：他們不喜歡我。

菲力克斯笑起來。真的嗎？他問。

愛琳搖頭。不，她說，他們沒有不喜歡，他們只是不太瞭解妳。

唸大學的時候，他們不喜歡我們住在一起，艾莉絲繼續說，他們希望愛琳和中產階級的好女孩做朋友。

愛琳吐口氣，發出類似笑聲的嘶啞聲音。她對菲力克斯說：我想他們是覺得艾莉絲的個性有點難應付。

現在我成功了，所以他們討厭我，艾莉絲又說。

我不知道妳這想法是哪裡來的，愛琳說。

這個嘛，他們不喜歡妳去醫院看我，不是嗎？

愛琳又搖搖頭，不經意地拉拉耳垂。這和妳成不成功沒關係，她說。

菲力克斯好像已經忘了自己在抽菸，任由夾在手指之間的大麻菸熄滅。愛琳抬頭看他，說：你知道嗎，艾莉絲從紐約回來的時候，沒告訴我說她回來了。我寄了一大堆信，傳了一大堆訊息，好幾個星期，什麼回音都沒有，害我開始擔心她是不是出了什麼事，非常驚慌。結果那一整段時間，她就住在距離我的公寓才五分鐘的地方。她指著賽蒙，接著說：他知道。我是唯一一個不知道的人。她叫他不要告訴我，所以我對他抱怨說沒收到她音信的時候，他也瞞著沒告訴我，從頭到尾他都知道她就住在該死的克蘭布雷塞爾街。

艾莉絲用克制的口吻說：我那時候情況顯然不太好。

愛琳點點頭，臉上同樣是勉強擠出的愉快笑容。是啊，她說，我的情況也不太好，因爲我交往差不多三年的伴侶正要和我分手，我沒地方可住。而我最要好的朋友又不和我講話，另一個好朋友則行爲詭異，因爲他什麼事情都不准告訴我。

愛琳，艾莉絲平靜地說，我沒有不敬的意思，但我當時精神崩潰了。

是啊，我知道。我記得，因爲妳住院之後，我幾乎每天都待在醫院裡。

艾莉絲沉默不語。

我爸媽之所以不喜歡我那麼常去看妳，和妳成不成功沒有關係，愛琳繼續說。他們只是不認爲妳是個很好的朋友。妳還記得出院的時候，妳告訴我說妳要離開都柏林幾個星期，休息一下嗎？結果妳不是要離開幾個星期，而是要永遠離開。每個人好像都知道，只有我不知道。妳顯然是覺得沒必要把我納進妳的圈圈裡。我就是個大白癡，透支我的銀行帳戶，每天搭公車去醫院看妳的大白癡。看吧，我想我爸媽一定會說妳其實並不在乎我。

愛琳講話的時候，賽蒙低下頭，但菲力克斯還是看著他們兩個。艾莉絲瞪著餐桌另一頭，臉頰一陣紅一陣白。

妳不知道我都經歷了什麼，艾莉絲說。

愛琳笑起來，笑聲高亢刺耳。這句話我是不是也可以拿來對妳說？她說。

艾莉絲閉上眼睛，然後又睜開。可以，她說，妳指的是有個妳根本就不喜歡的人和妳分手，那肯定很難熬。

坐在餐桌另一頭的賽蒙說：艾莉絲。

不，艾莉絲繼續說，你們根本就不懂。別想對我說教。你們沒有人瞭解我的生活，一點都不瞭解。

愛琳猛地站起來，椅子被推得往後倒在地上。她走出廚房，重重摔上門。賽蒙起身，看著她走，艾莉絲不為所動地轉頭看他。去啊，她說，她需要你，我不需要。

賽蒙轉頭看她，用溫和的口吻說：但並不是一直都這樣的，對不對？

去你的，艾莉絲說。

他還是看著她。我知道妳很生氣，他說，但我想妳也知道，妳的說法並不對。

你對我一無所知，她回答說。

他瞪著餐桌桌面，似乎在微笑。好吧，他說。他站起來，離開廚房，悄悄關上背後的門。艾莉絲手指貼著太陽穴，彷彿頭痛似的，但就只有一下下。然後站起來，走向水槽，沖洗她的杯子。你就是不能信任別人，她說，每次你以為你可以相信誰，結果他們就狠狠打你的臉。最惡劣的就是賽蒙。你知道他有什麼毛病嗎？我是認眞的，這叫殉道情結。他從來不需要從任何人身上得到任何東西，他覺得這樣會讓他顯得高人一等。但事實上，他過著平淡無味的可悲生活，整天坐在他的公寓裡，告訴自己說他是個多麼好的人。我病得厲害的時候，有天晚上打電話給他，他帶我去醫院。就只有這樣。現在我每次見到他，就得要聽一遍這件事。他的人生有什麼成就？什麼都沒有。我最起碼還可以說我對這個世界做了一點貢獻。他以為他比我優越，因為他有一次接了我的電話。他到處和情緒不穩定的人做朋友，就只為了讓他自我感覺良好。特別是女人，特別是年輕女人。要是她們沒錢，那就更好了。你知道嗎，他比我大六歲。他的人生究竟有什麼成就？

沉默許久的菲力克斯依舊背靠著牆，坐在長椅上，抓著他那瓶啤酒。什麼也沒有，他回答說。妳已經說過了。我也是什麼成就都沒有啊，所以妳憑什麼以爲我會在乎。艾莉絲站在流理臺前，背對他，看著他映在廚房窗戶上的倒影。他慢慢發現她在看他，兩人目光接觸。幹嘛？他說，我才不怕妳。她垂下目光。也許是因爲你對我瞭解不多，她說。他突然笑起來。她什麼也沒說。他盯著她背後又看了幾秒鐘。她臉色非常之白，從瀝水架上拿起一個空酒杯，拿在手上好一會兒，才用力砸到磁磚上。酒杯的杯狀部分匡噹一聲落在地板上，砸得粉碎，而杯腳則大致保持完整，滾向冰箱。他默默看著她，一動也不動。要是妳想做什麼傷害自己的事，他說，就別自找麻煩了。妳只會鬧出一場風波，事後也不會覺得心情變好。她雙手抓住流理臺，閉上眼睛，非常平靜地回答說：不，不必擔心。你們都在這裡的時候，我什麼也不會做。他挑起眉毛，低頭看他的酒。那我最好待在這裡別走，他說。她用力抓住流理臺，抓得指關節都變白了。說眞的，我才不相信你在乎我的死活呢，她說。菲力克斯喝一口酒，吞下去。妳對我講這樣的話，我應該很生氣才對，他說，但又有什麼必要呢？反正事實上妳也不是在對我講話。在妳心裡，妳還是在對她講。艾莉絲俯身靠近水槽，臉埋進手裡。他站起來走向她。她沒轉身，說：你再靠近我，我就打你，菲力克斯，我眞的會動手。他停在餐桌旁，她就這樣站著，頭埋進自己的臂彎。時間默默流逝，後來他從餐桌旁邊走出來，拉開一張餐椅，撿起磁磚上幾塊較大的玻璃碎片。好幾秒鐘的時間，她就這樣站在水槽前面，彷彿沒聽見他走近，接著，看也沒看他一眼地坐了下來。她在發抖，牙齒喀啦喀啦響。她用彷彿呻吟的聲音低聲說：噢，天哪，我覺得我好像要殺了我自己。他靠在餐桌旁，看著她。是啊，我以前也有過這樣的感覺，他回答說，但我並沒有那樣做，妳也不會。她抬頭看他，臉上的表情是驚恐，是懺悔，是羞愧。是不會，她說，我想你說的沒錯，對不起。他隱隱露出微笑，垂下目光。妳不會有事的，他回答說。順便讓妳知道一下，我確實很在乎妳的死活。妳很清楚，我非常在乎。她就這樣看著他，又看了好幾秒鐘，目光漫無目標地在他的五官、他的手、他的臉游走。對不起，她說，我覺得自己好慚愧。我以爲——我不知道，我以爲我已經開始好轉了，對不起。他坐在餐桌上。是啊，妳是好轉了，他說。這只是個——他們是怎麼說的——只是個小插曲而已。妳有吃藥嗎？抗憂鬱藥還是什麼的。她點頭。有，她說，我吃百憂解。他低頭用同情的目光看坐在椅子上的她。是嗎？他說，那妳用藥的效果還不錯。我以前吃這個藥的時候，完全沒有性衝動。

她笑起來，雙手顫抖，彷彿因爲躲開某場災難而如釋重負。菲力克斯，她說，我不敢相信我竟然說我要打你，我簡直是頭野獸。我不知道自己在說什麼，對不起。他平靜地迎上她的目光。妳只是不希望我靠近妳而已，沒什麼，他說，妳其實不知道自己在講什麼。而且，記住，妳是精神病患。她困惑地低頭看自己顫抖的雙手。可是我以爲我已經不是了，她說。他聳聳肩，從口袋裡掏出打火機。這個嘛，妳還是，他說，可是沒關係，這需要時間。她摸摸自己的嘴唇，看著他。你什麼時候吃百憂解？她問。他沒抬頭看她，回答說：去年，我吃了一兩個月，然後就沒吃了。我做過很多比砸碎幾個酒杯更慘的事，相信我。不時打架，一大堆蠢事。他拇指按下打火機的打火滾輪。妳和妳那個朋友不會有事的，他說。艾莉絲盯著自己的大腿說：我不知道。我覺得在我們的友誼關係裡，其中一個人比另一個人更在乎。他把按鈕壓倒底，點起火，然後放開。妳覺得她不在乎妳？他說。艾莉絲還是看著自己的腿，雙手撫平裙子。她是在乎，她說，但不一樣。他從餐桌上下來，避開較大的玻璃碎片，走向後門。他把門拉得開開的，倚在門框上，望著潮濕的院子，吸進夜晚涼爽的空氣。好一會兒，兩人都沒說話。艾莉絲站起來，從水槽下方拿出畚箕掃帚，開始掃起玻璃碎片。最小最小的碎片飛濺得最遠，在電熱器底下，卡在冰箱和流理臺之間，反射著燈光，閃現銀亮的光澤。她掃完之後，把畚箕裡的碎片倒在報紙上，包起來，放進垃圾桶。菲力克斯靠在門邊，看著外面。妳對我的看法也是一樣的，他說，很有意思，就是一樣。她在屋裡坐直起來，看著他。什麼？她問。他深吸一口氣，又呼出來，然後才回答。妳覺得愛琳不像妳這麼在乎，他說，妳對我的看法也是一樣，妳覺得妳比我在乎。也許這就是妳一開始爲什麼會喜歡我的原因，我不知道。我有時候覺得妳就只是恨妳自己。妳所做的一切，自己一個人搬到這裡來，沒車什麼的，和在網路上隨便認識的人搞感情關係，妳似乎就只是想讓自己的生活變得悲慘而已。也許妳希望有人幹妳，然後傷害妳。至少這樣就說得通，妳爲什麼會挑上我，因爲妳認爲我是會做這種事，或者是想做這種事的人。她站在水槽前，什麼也沒說。他緩緩點頭。嗯，但是我不會這麼做，他說。如果這是妳想要的，那很對不起。他清清嗓子，又說：我不認爲妳喜歡我，多過我喜歡妳。我覺得我們喜歡彼此的程度是一樣的。我知道我並沒有隨時隨地在言行舉止裡表現出來，但我可以試試看，表現得更好一點。而且我會努力嘗試。我愛妳，好嗎？她聽他講這些話，臉上浮現怪異恍惚的表情，一手貼著臉頰。就算我是個精神病患也沒關係，她說。他笑起來，站得挺直，把門在背後關上。是啊，他回答說。就算我們兩個都是也沒關係。

離開廚房之後，賽蒙上樓到樓梯平臺上，在愛琳房門口站了好一會兒。房間裡傳來非常刺耳的抽泣聲，間雜著大口喘氣的聲音。他用手背輕輕敲門，房間裡突然沉默下來。嘿，他大聲說，是我。我可以進去嗎？哭聲又開始了。他打開門，走了進去。愛琳側躺，膝蓋縮到胸前，一手抓著頭髮，一手遮住眼睛。賽蒙把門在背後關上，走過去坐在床邊，靠近枕頭的地方。我不敢相信這就是我的人生，她說。他坐下來低頭看她，臉上浮現友善的表情。過來，他說。她又哭起來，用力扯著頭髮。她嗓音渾濁地回答說：你不愛我。她不愛我。我的生命裡一個人也沒有。一個都沒有。我不敢相信我竟然要過這樣的人生。我不懂。他那寬大方正的手擱在她頭上。妳在說什麼？他說。我當然愛妳。過來。好一會兒，她雙手來回搓著臉，什麼也沒說，然後，用同樣緊繃激動的姿勢挪動身體，把頭靠在他腿上，臉頰貼著他的膝蓋。這樣好多了，他說。她蹙眉，手指揉著眼睛。我把自己人生裡所有美好的一切都毀了，她說。一切的一切。他的手繼續摸她的頭髮，把幾綹散開的髮絲從她臉上拂開。我毀了和艾莉絲的一切，她接著說，還有和你的一切。這時她又哭起來，手遮住眼睛。妳沒毀掉什麼，他說。她不理會他的話，停下來吸一口氣，然後又說：我們昨天晚上在村裡喝酒的時候——她又停下來，大口吸氣，然後費力地繼續說：我眞的感覺到自己的人生好快樂。當時我甚至在心裡暗暗對自己說，我的人生總算有一次眞正覺得快樂了。有時候我覺得自己是被懲罰了，像是上帝故意要懲罰我，又或者是我要懲罰我自己，我不知道。因爲我每次只要高興五分鐘，就會有壞事發生。就像那個星期在你的公寓，我們一起看電視。我早該知道過沒多久我就會毀了一切，因爲我坐在你的沙發上，心裡想，我不記得上次這麼快樂是什麼時候的事了。每一次只要有眞正的好事發生，我的生活就會開始分崩離析。埃登受不了我。現在艾莉絲也是，甚至你也一樣。賽蒙心平氣和，壓低嗓音喃喃說：我受得了。愛琳不耐煩地抹掉流個不停的眼淚。我不知道，也許我不是什麼好人，她說。也許我從來就沒眞正替別人著想，不像我對自己著想那樣。比方和你在一起的時候。我知道你比我痛苦得多，但你從來不說。你總是對我很好。一直都是。卽便是現在，我躺在你腿上哭。你曾經躺在我腿上哭過嗎？沒有，從來沒有。他溫柔俯望她，她顴骨上的雀斑，她深粉紅色的耳朵。沒有，他附和，可是我們是不一樣的人。而且我也不痛苦，別擔心。有時候我會心情不好，但不會有事的。她輕輕搖頭，但還是枕靠在他腿上。可是我沒像你照顧我那樣照顧你，她說。他的拇指緩緩撫摸她的顴骨。這個嘛，也許我不太善於接受照顧，他回答說。她的淚水漸漸止住了，她就這樣躺在他腿上，好一晌沒說話。然後她問：爲什麼？他露出尷尬的微笑。我不知道，他說，反正我們討論的是妳，我想。她轉頭仰望他。我眞希望我們也可以有一次談談你，她說。他低頭看她，沉默了一會兒。妳覺得上帝在懲罰妳，讓我很難過，他說，我不相信祂會這麼做。她仰頭看了他幾秒鐘，然後說：那天我們搭火車的時候，我在車上傳訊息給艾莉絲，說我真希望賽蒙十年前向我求婚。他沉默了很久，顯然是在思索。那時妳才十九歲，他說，妳會接受我的求婚？她發出微弱的笑聲，聳聳肩。她眼睛發熱浮腫。如果我真的有腦袋，就會接受，她回答說，但我不記得我在那個年紀，腦袋是不是清楚。我想我會覺得那太浪漫了，所以也許會答應。那我的人生就會變得更好，你知道的。比我後來過的任何生活都來得更好。他點點頭，苦澀微笑，有點哀傷。對我來說也是，他說，眞的很遺憾。她拉起他的手，兩人沉默良久。我知道艾莉絲讓妳傷心，他說。她的拇指搓著他的指關節。今天早上在廚房裡，菲力克斯問我，爲什麼沒早一點來看她，她說。然後我開始說，這樣啊，那艾莉絲爲什麼不來找我？她都在忙什麼？她看來也沒這麼多事要忙啊。只要她願意，隨時可以跳上火車來看我啊。如果她這麼愛我，一開始爲什麼要搬到這裡來？沒人逼她這樣做。她彷彿故意搬走，讓我們更難相見，然後現在卻忙著撫慰自己受傷的心靈，告訴自己說我不在乎她。事實上，離開的人是她，我不希望她走。講到這最後一句，愛琳又開始哭，雙手掩臉。我不希望她走，她又說了一遍。賽蒙摸摸她的頭髮，什麼話也沒說。她頭也沒抬，用痛苦的聲音說：拜託，不要離開我。他把她的一綹頭髮撥到耳後，低聲說：不會，永遠不會。當然不會。她又繼續哭了一分鐘，兩分鐘，而他靜靜坐著，讓她的頭靠在他膝上，摟著她。最後她直起身來，傍著他一起坐在床墊上，用衣袖擦乾臉。我一向不擅長，他說，被人照顧。她虛弱輕笑，說：那就多看，多學囉。這方面我可是專家。他心不在焉地微笑，低頭看自己的腿。我想我是怕給自己負擔，他繼續說，我的意思是，我不希望別人做某些事情是因爲覺得我希望他們這樣做，或他們覺得有義務這樣做。也許我沒解釋得很妥切。並不是說我從來不想替自己爭取什麼。我顯然有想要的東西，非常想要。他突然住嘴，搖搖頭。啊，我沒辦法把我的想法講清楚，他說。她的目光在他臉上游移。可是賽蒙，她說，你其實並不讓我太接近你。你懂我的意思嗎？不管什麼時候，我只要一靠近你，你就把我推開。他清清嗓子，低頭看自己的手。我們可以改天再談這個問題，他說，我知道妳因爲艾莉絲而傷心，我們不必現在就討論所有的問題。她蹙起眉頭，額頭出現小小的皺紋。可是你這樣就又把我推開了，她說。他露出有點痛苦的微笑。我只是習慣認爲我們之間不會再發生任何問題，他說，倒也不是說事情就這麼簡單。但從某個角度來說，這樣要比不停思索來得容易。他用拇指關節揉著掌心。若是說我爲妳做過任何事情，那其實也都是爲我自己，因爲我希望能接近妳，他繼續說。而且，坦白說，我很希望能感覺到妳需要我，妳不能沒有我。妳明白我在說什麼嗎？我覺得我沒說得很清楚。我的意思是，妳為我做的更多，比我為妳做的多得多，真的。而且我更需要妳。比起妳對我的需要，我對妳的需要其實更多更多。他呼出一口氣。她默默看著他。他心思似乎飄遠了，彷彿自言自語地繼續說：可是也許我說的全部都不對。我覺得很難像這樣講話。他又呼一口氣，宛如嘆息，手摸摸額頭。她還是看著他，只聽，不說。最後他抬頭看她，說：我知道妳很害怕。上回妳提到我們的友誼，說妳希望我們只當朋友就好，妳也許是認真的，如果真是這樣，那我也接受。但我卻覺得妳講這些話也有可能——至少從某個角度來說——是因為妳希望我做出不同的選擇。比方要我坦白說，拜託，愛琳，別這樣對我，我自始至終都愛著妳，沒有妳，我不知道要怎麼活下去。又或者是任何，任何妳希望我講的話。我並不是說這些都不是我的真心話。這當然是真心話。說不定妳生艾莉絲的氣，說她不在乎妳——我不知道，說不定也是基於同樣的道理。在某種程度上，妳希望她說，噢，可是愛琳，我非常愛妳，妳是我最好的朋友。但問題是，向來吸引妳的，都是不善於給妳這種反應的人。我的意思是，任何人都可以告訴妳——菲力克斯和我當然也都知道——艾莉絲目前絕對不可能有這樣的反應。而我或許也一樣。要是妳告訴我說妳不想和我在一起，我大概會覺得很受傷，飽受羞辱，但我不會開始哀求妳，懇求妳。就某個程度來說，我覺得妳也知道我不會這樣做。但妳會因此有個印象，認爲我不愛妳，或我不要妳，因爲妳沒能從我身上得到那樣的反應——妳基本上知道自己根本不可能會得到那樣的反應，因爲我不是能給出那種反應的那種人。我不知道。我並不是在給自己找藉口，也不是在替艾莉絲找藉口。我知道妳一直覺得我在替她辯護，但我想，老實說，我是在替自己辯護。因爲我在她身上看見我自己，而且我替她覺得難過。我看得出來她在把妳往外推，雖然她並不想，而這也傷害了她自己。我知道那是什麼感覺。聽我說，妳說妳希望我們只當朋友，如果是認眞的，我可以理解，眞的。我不是個容易相處的人，我自己知道。但如果妳認爲我有任何一絲機會可以讓妳快樂，那就拜託妳讓我試一試。因爲這是我這輩子眞正唯一想做的事。她伸出雙臂摟住他的脖子，從原本併肩坐在床上的姿勢轉身面對他，臉貼在他喉嚨，輕聲說著只有他能聽見的話。

幾分鐘之後，艾莉絲走到一樓樓梯口，愛琳正好走到二樓樓梯平臺上。在玄關檯燈的幽微燈光裡，她倆看見彼此，停下腳步，愛琳從樓梯頂端往下看，艾莉絲往上看，兩人神色焦躁，小心翼翼，帶點委屈，宛如兩面映照彼此身影的幽暗鏡子，慘白地掛在那裡，懸浮不定，看著時間一秒秒流逝。接著，她們走向彼此，在樓梯中央會合，相互擁抱，緊緊相擁，雙臂用力摟著對方的身體，然後艾莉絲說：對不起，對不起，愛琳則說：不要道歉，對不起，我不知道我們爲什麼要吵架。這時兩人笑了起來，陣陣打嗝似的奇怪笑聲。她們用手抹掉臉上的淚水，說：我甚至不知道我們在吵什麼，對不起。她們坐在樓梯上，筋疲力竭。艾莉絲坐在比愛琳低一階的梯板上，兩人都背靠牆。妳還記得唸大學的時候，我們有一次吵架，妳寫了封刻薄的信給我，愛琳說，寫在回收紙上。我不記得信的內容，但我知道不是什麼好話。艾莉絲又發出打嗝也似的笑聲，但這次聲音微弱。妳是我唯一的朋友，她說。妳有其他的朋友，但我只有妳。愛琳拉起她的手，兩人手指交纏。好一會兒，她們就這樣靜靜坐在樓梯上，沒講什麼，再不然就是講很久很久以前發生的往事，她們至今仍然持不同意見的一些問題，她們以前認識的某些人，曾經逗得她們哈哈大笑的事情。陳年的對話，以前已經重覆過很多次了。接著，沉默再次降臨，但僅只片刻。我只是希望一切都像以前一樣，愛琳說，我們可以再年輕一次，住得離彼此很近，一切都沒有任何改變。艾莉絲露出哀傷的微笑。但如果情況變得不同了，我們還會是朋友嗎？她問。愛琳伸手攬住艾莉絲肩頭。如果妳不是我的朋友，我就不知道我自己是什麼人了，她說。艾莉絲臉貼在愛琳手臂上，閉起眼睛。沒錯，她贊同，我也會不知道我自己是什麼人。事實上，我有段時間確實不知道。愛琳低頭看艾莉絲那披著金髮的小腦袋，窩在她睡袍的衣袖上。我也一樣，她說。凌晨兩點半。屋外，有星月微光。一彎新月低低掛在暗黑的海面上。潮水再次漲起，一次又一次輕輕拍打海灘沙地。另一個地方，另一個時間。

29

哈囉——隨信附上一篇有說明註記的草稿。現在這樣讀起來很順，可是我在想，如果中間那兩個部分對調，妳覺得怎麼樣呢？如此一來，傳略部分就可以在後面才提到。請讀一下，看妳覺得如何。JP的說明送回來給妳沒？我猜他一定比我有用得多！

昨天晚上我躺在床上，完全失去了線性的時間感，心想：賽蒙和愛琳第一次到這裡來，一定是差不多一年前的事——就在這時我突然意識到，我躺在溫暖的羽絨被裡，而不是夏天的薄毯——我這才想起現在已經快到十二月了，你們去年夏天第一次來，都已經是一年半以前的事了!!我們下半輩子是不是都會這樣？時間溶入濃濃黑霧，上個星期發生的事像幾年前般遙遠，而去年發生的事卻恍如昨日。我希望這是封城的副作用，而不只是變老的結果。說到這個：遲到的祝福。我及時寄出禮物，但不知道什麼時候會到，也不知道會不會到……

我們這裡沒什麼新鮮事。菲力克斯還是老樣子，妳想也知道。疫情蔓延，讓他的絕望情緒定期發作，他還陰沉沉地暗示，如果這情況再拖久一點，他就沒把握自己會做出什麼事情來。不過，事後他的情緒通常會再度好轉。同時，他一直在幫村裡的幾位老人家採買生活雜貨，這給了他很多機會抱怨老人。另外他也花很多時間在社區花園，做堆肥，抱怨做堆肥，諸如此類的。至於我，封城和正常生活之間的差別（說來令人沮喪吧？）非常之小。我的日子和以前的相似度高達百分之八十到九十——在家工作，看書，避免社交聚會。但是，就算是非常少量的社交生活也和完全沒有很不一樣——我指的是每兩個星期一次的晚餐聚會，但那也和完全沒有聚會截然不同。我當然還是非常非常想念妳，還有妳的男朋友。對了，有天晚上在新聞裡看見他，讓我們覺得很興奮。菲力克斯堅決相信那條狗也認得他，因爲牠一直對著電視猛叫。

我不知道妳有沒有聽說這件事，但差不多一個月前，我透過電子郵件接受訪問，那位記者問我，我的伴侶對我的書有什麼看法。我想都沒想就回信說，他從來沒讀過我的書。理所當然，這就成爲訪談的標題——〈艾莉絲．凱勒赫：我男友從未讀過我的書〉——事後菲力克斯看到有個推特網紅說什麼「眞是悲慘……她值得擁有更好的」。有天晚上，他用手機螢幕秀出這條推文給我看，什麼也沒說，我問他怎麼想，他就只是聳聳肩。起初我想，這是我們「書籍文化」淺薄且自鳴得意的最好例證，貶低非讀者，認爲他們在心智上遠遠不如我們，覺得你書讀得越多，就比其他人更了不起。但後來我想：不，這是本來應該神智清明正常的人，被名流這個概念搞到腦筋不清楚的典型例證。這是個活生生的例子，某人因爲看過我的照片，讀過我的小說，就認爲她認識我——甚至比我自己更清楚什麼對我的生活比較好。而這很正常！她不只是暗地裡這樣想，而且還公開表達，最後得到積極的回應與注意，這對她來說很正常！她渾然不知——我也不想這麼不客氣——她其實是個不折不扣的瘋子，因爲她周圍的人也和她一樣，都是同樣的瘋子。他們完全分辨不出，他們聽說過的人和眞正認識的人之間，究竟有什麼區別。他們相信，他們對自己所想像出來的這個我所懷抱的感情——親密、怨懟、痛恨或憐憫——就和他們對自己朋友的情感一模一樣。這讓我不禁懷疑，名流文化是不是某種移轉，用來取代信仰所遺留下來的空虛。像個惡性腫瘤，長在原本宗教聖潔所在之處。

另一個消息其實也不算新消息，我可憐的健康情況仍然像以前那樣情節曲折離奇。現在幾乎每天都有這些那些事讓我很痛苦。心情比較好的時候，我會告訴自己，這只是過去幾年累積的壓力和疲憊所造成的結果，靠著時間和耐心終會自動解決。心情不好的時候，我會想：就這樣了，這就是我的人生。我在醫學文獻裡讀過很多關於「壓力」的篇章。每個人似乎都一致認爲，壓力對健康的損害和抽菸差不多，壓力大到一個程度之後，絕對會嚴重損害健康情況。而對於解決壓力，唯一推薦的方法是：從一開始就不要有壓力存在。這不像焦慮或抑鬱，你可以去找醫生，得到治療，期待症狀可以得到某種程度的改善。討論壓力問題就像討論使用非法藥劑一樣——你一開始就不該碰，要是你碰了，那麼就想辦法少碰一點。這個問題沒有可用的藥物可以治療，也沒有具實際證據支持的有效療法。就只是不要有壓力！這很重要，否則你就會讓自己病得很重!!反正，從病因的角度來看，我覺得過去這幾年，我好像被關在一個煙霧瀰漫的房間，成千上萬人不分晝夜對我咆哮著我無法理解的言詞。我不知道這何時能結束，也不知道事過境遷之後，我還要花久的時間才能覺得好一些，又或者我會不會好起來。一方面，我知道人類的身體有不可思議的恢復力。另一方面，我那些身體強健的農夫祖先並沒能讓身爲知名小說家的我做好準備，應付廣受鄙夷的職業生涯。妳覺得呢？是讓身體健康慢慢回復到可以接受的狀態？還是慢慢接受這慢性不良的健康情況，說不定還可以藉此機會取得心靈成長？

說到這裡：菲力克斯看我在寫信給妳，他說：「妳應該告訴她說，妳現在是天主教徒了。」這是因爲他前陣子問我信不信上帝，我說我不知道。之後他就整天搖頭，告訴我說，如果我離開，去加入修女院，別指望他會去看我。毋庸置疑，我當然不會去修女院，就我所知，我甚至連天主教徒都不是。我只是覺得，不管對錯，所有的事物在表面之下都還有另外的意義存在。一個人殺死或傷害另一個人，必定有「某種意義」存在——對不對？並不只是像原子以各種不同的組合結構在空蕩蕩的空間裡飛轉那麼簡單。其實，我也不知道怎麼說清楚我的想法。但我覺得這很重要——不要去傷害其他人，即使是爲了自身的利益也不可以。截至目前爲止，菲力克斯當然也有這樣的感覺，他指出（相當理性的）現在沒有人展開大規模屠殺，是因爲大家都不相信上帝。可是我漸漸覺得這是因爲他們或多或少相信上帝——他們相信萬事萬物表象之下潛藏有愛與善之原則的那個上帝。「善」不在乎報償，不在乎我們自己的欲望，不在乎是不是有人在看，是不是有人知道。如果這是上帝，菲力克斯說好吧，那就只是個名詞罷了，沒有任何意義。當然，這指的不是天堂、天使或耶穌復活——但從某個角度來說，或許這些東西可以幫助我們接觸到它們所代表的意義。在人類歷史上，描述對與錯之間區別的種種努力，最後得到的多半只是微弱、殘酷與不義的結果，然而對與錯的區別依然存在——超越我們自己，超越各種文明，超越曾在這個地球上生活與死亡的每一個人而存在。我們耗費一生試圖去理解其間的區別，並以此爲生活準則，努力去愛其他人，而非恨其他人，在這個世界上，沒有比這更重要的了。

書的進度之前很快，但現在偶爾慢得像涓涓細流。當然啦，我這樂觀的天性讓我不至於把這個情況的變化解讀成惡兆。哈哈！但說真的，這次我努力不再讓自己掉進兔子洞裡——擔心我的腦袋已經停止運轉，再也寫不出任何一本小說來。我的擔心總有一天會成真，到那時，我會難以想像自己竟然提前花了這麼多時間擔心這個問題。我知道從很多方面來說，我都很幸運。只要我忘了，我就提醒自己，想想菲力克斯活著，妳活著，賽蒙活者，然後我就會覺得我幸運到難以置信，甚至令人害怕的地步，暗自禱告不會再有任何壞事發生在你們身上。請回信，告訴我你們好不好。

30

艾莉絲——謝謝妳的信，生日禮物及時送達，一如既往，妳太慷慨了！——不好意思，沒及時回覆。我知道妳會原諒我的，因爲我要告訴妳一個非常重要，也很機密的消息。目前是機密啦，但妳馬上就會知道，這事很快就不是祕密了。這消息是：我懷孕了。我是幾天前發現的。那天賽蒙去參加一場他必須親自出席的實體聽證會，我在他回來之前，用廚房剪刀剪開驗孕組的塑膠包裝，然後到洗手間尿在上面。結果是陽性，我坐在餐桌旁，開始哭。我不確定我爲什麼要哭。我不能說我是被這個結果嚇到了，因爲我的醫生幾個月之前已經讓我停用避孕藥了，而且我的經期晚了三個星期。我不會詳述我之所以懷孕的細節，免得妳覺得無聊或尷尬——我相信我們當朋友這麼久了，我有任何不負責任的行爲，妳都不會意外才是。反正，我不知道他什麼時候會從聽證會回來——是一個鐘頭，兩個鐘頭，還是很晚，讓我一整個晚上獨自坐在公寓的餐桌旁——就在我這麼想的時候，我聽見他的鑰匙插進門鎖的聲音。他走進來，看見我呆坐在餐桌旁，無所事事，我要他陪我坐下。他就這樣站著看我，感覺上看了好久，然後一句話也沒說地走過來，坐下。我還沒開口之前，就知道他知道了。我告訴他說我懷孕了，他問我有什麼打算。說來好像很奇怪，在他問我之前，我完全沒想過這個問題。其實也才過幾分鐘而已，在那段時間裡，我滿腦子想的是他人在哪裡——他是在工作，還是在回家的路上，他是不是會順路到藥妝店或超市——他還要多久才回到家。他問我這個問題時，我覺得很容易回答，我想都不必想：我告訴他說我想生下這個孩子。他哭起來，說他非常開心。我相信他，因爲我也非常開心。

艾莉絲，這是不是我有史以來最蠢的念頭？從某個方面來說，說不定是。如果孕期一切平安，寶寶應該會在明年七月初出生，那時我們或許還在封城，所以我就必須在全球疫情大爆發的情況下，自己一個人在醫院裡生小孩。卽使暫時擱置那個更爲迫切的問題，妳或我都無法確信，在我們有生之年，我們所熟知的文明是不是會走向滅亡。但話說回來，不管我怎麼做，在我這個設想中的嬰兒出生那天，也會有成千上萬的寶寶出生。他們的未來理當和我這個設想中的寶寶的未來同等重要。我這個寶寶和其他寶寶的區別只在於他和我、以及我所愛的那個男人的關係。我想我要強調的是，孩子們無論如何都會出生，從大局來觀看，他們是我的或他的，其實不太重要。無論如何我們都必須努力建構一個他們得以生活的世界。我有種非常奇怪的感覺，想要站在孩子那邊，站在他們母親那邊。和他們一起，不只是個遠遠欣賞他們、推敲他們最佳利益的觀察者，而是真正成為他們之中的一分子。順便一提，我並不是覺得這對每個人都很重要。我只是認為——我沒辦法解釋原因——這對我來說很重要。而且我也沒辦法接受某些人的想法，就只為了怕氣候變遷，所以去墮胎。對我（或許只有對我一個人）而言，那樣做很病態很瘋狂，簡直是以殘害自己真實的生活，去臣服於某種想像的未來。那種會害我對自己身體抱持懷疑驚恐態度的政治運動，我絕對不願意參與。無論我們對於文明的未來懷有什麼樣的想法或恐懼，全世界的女人還是會繼續生小孩，我和她們在一起，而我未來的每一個小孩也會和她們的小孩在一起。我知道稍微從理性主義的觀點來看，我所說的這些並沒有道理。但我感覺得到，我感覺得到，而且我相信這是真的。

另一個問題，這對妳來說可能更迫切——我想知道妳是怎麼想的！拜託快回信告訴我！——我究竟夠不夠格撫養小孩。一方面，我身體健康，我有個很支持我且愛我的伴侶，我們經濟沒問題，我有很好的朋友與家人，我三十幾歲。這樣的條件對孩子來說可能已經算很好了。但另一方面，賽蒙和我才在一起一年半（！）我們的公寓只有一間臥房，我們沒有車，我是個超級大笨蛋，動不動就崩潰大哭，因為我連《大學挑戰賽》

的入門題都答不出來。這樣的行爲適合給孩子當榜樣嗎？我整天在文章上把逗號移來移去，然後煮晚飯，然後洗碗，做完這些簡單工作之後，我就覺得很累，累到可以鑽進地板底下，和泥土合而爲一，像我這種心智狀態的人眞的準備好要生小孩了嗎？我和賽蒙討論過這個問題，他說年過三十，吃完晚飯覺得累應該是正常的，不必擔心，而且「所有的女人」都被下了咒，雖然我知道並非如此，但我發現他對女人的這種父權信念很迷人。有時候我覺得他簡直是個完美的父親，這麼從容，這麼可信賴，又這麼幽默，無論我這人有多糟糕，這孩子肯定不會有問題的——我現在就已經感覺得到他有多開心，多自豪，多興奮了——能以這樣的方式讓他開心，我覺得醺醺然。只要想到他有多愛我，我就很難相信自己人生裡會有什麼眞正的壞事發生。我努力提醒自己，男人對女人的看法可能有多愚蠢。但他或許是對的——也許我沒那麼糟，說不定還算得上是個不錯的人，然後我們會有個幸福的家庭。有些人做到了，不是嗎？我的意思是，擁有幸福的家庭。我知道妳沒有，而我也沒有。但艾莉絲，我還是很慶幸我們被生下來了。至於公寓，賽蒙說不必擔心這個問題，因爲我們可以在沒這麼昂貴的地段買間房子。當然啦，

42 University Challenge，英國長青電視益智競賽節目，自一九六二年開播至今。

他再次建議，我們或許該考慮結婚，如果我想要的話……

妳能想像我的模樣嗎？一個媽媽，一個已婚女人，住在自由區的某棟連排樓房裡？壁紙上有蠟筆塗鴉，地板上到處是樂高積木。寫到這裡，我自己都笑了——妳必須承認，這根本不像我吧。但是，去年，我還無法想像自己會成為賽蒙的女朋友。我指的不只是很難想像我的家人會怎麼說，或我的朋友們會怎麼想。我的意思是，我無法想像我們會幸福生活在一起。我以為這會和我人生裡的其他事情一樣——棘手且悲哀——因為我就是個棘手且悲哀的人。但我想，就算我以前是這樣，現在也已經不是了。人生不像我以為的那麼難以改變。我的意思是，人生可能有很長一段時間痛苦難熬，但之後就變得幸福快樂了。這並不是非黑卽白的問題——並不是固定在名之為「個性」的軌道上，然後就一路走到底。但我以前眞的相信是這樣的。現在每天晚上我們下班之後，賽蒙就打開電視看新聞，我做晚飯，或是我打開電視看新聞，他做晚飯，我們一起討論最新的公衛準則，還有新聞播報的每個內閣閣員的說法，以及他私下聽說的閣員說法。然後我們就吃飯，洗碗，之後躺在沙發上，我唸一章《塊肉餘生記》給他聽，接著在各個串流平臺上看一個鐘頭的影片預告，直到我們兩個或其中一個睡著，然後就上床。早晨我起床的時候，總是覺得快樂得要命。和我眞心所愛、且尊重的人住在一起，而他也眞的愛我，尊重我——這讓我的生活產生了多大的改變啊。當然，目前的情況很可怕，我非常想念妳，而且我想念我的家人，我想念派對、新書發表會和看電影，但這一切正足以表示我熱愛我的生活，我會爲重拾生活而興奮，會爲感覺到這樣的生活將持續不斷而興奮，新的事情會持續發生，一切都未結束，我眞的很興奮。

我很希望知道妳對這一切的想法。我對未來的發展還沒有任何概念——這會是什麼感覺，日子會怎麼過，我是不是還能寫或還想寫，我的人生會變成什麼樣子。我猜我的想法只是，生個小孩是我想得出來能做的最最正常的一件事。而且我也想這麼做——證明人類最正常的狀態不是暴力或貪婪，而是愛與關懷。但是要證明給誰看，我並不知道。或許是我自己也說不定。反正：目前還沒有人知道，除了妳和菲力克斯之外，我們要再過幾個星期才會告訴其他人。妳可以告訴他，如果妳想說的話，當然，不然賽蒙也會自己打電話給他。我知道這不是妳爲我想像勾勒的人生，艾莉絲——買間房子，和我青梅竹馬的男生養小孩。這也不是我以前爲自己想像勾勒的人生。但這就是我的人生，唯一的人生。寫這封信給妳的時候，我非常快樂。愛妳。

致謝

本書書名譯自弗里德里希・席勒[43]一七八八年出版的詩作《希臘諸神》（*Die Götter Griechenlandes*）。這句詩的德文原文是：「Schöne Welt, wo bist du？」一八一九年，舒伯特取部分詩句譜成樂曲。而《美麗的世界，你在哪裡》也是二〇一八年利物浦雙年展的主題。那年十月，我出席利物浦文學節時，也去參觀了雙年展。

我想要藉此機會感謝我在寫作本書期間所得到的支持助力。首先，我要感謝外子，是他讓我得以用我自己的方式生活與工作。約翰，我只能透過寫作稍稍表達你爲我的人生所帶來的愛與幸福。我也要感謝好友伊菲・康邁（Aoife Comey）與凱特・奧利佛（Kate Oliver）：因著你們的友誼，我每一天都心存感激，再多的言語也無法表達我的

43 Friedrich Schiller，1759-1805，德國啟蒙文學的代表人物，被推崇為德意志文學史上地位僅次於歌德的偉大作家。

謝意。

我要深深感謝約翰・派崔克・麥克休（John Patrick McHugh），他在初期提供的絕佳意見，讓這本書找到最需要的新方向。我也同樣感謝我的編輯彌特茲・安吉（Mitzi Angel），從寫作初期就讓我明白這小說好在哪裡，而且還能如何變得更好。謝謝亞力克斯・鮑勒（Alex Bowler）詳盡且深具見解的註記。無論在個人或專業層面，我都要謝謝湯瑪斯・莫里斯（Thomas Morris），也要謝謝我的經紀人兼好友翠西・波罕（Tracy Bohan）。有很多位朋友——包括上述諸位——透過對話協助我梳理出書中的問題，在某些情況下，甚至提出具體且務實的疑問，因此我也要謝謝下列幾位：席拉（Sheila）、愛蜜麗（Emily）、莎蒂（Zadie）、珊妮瓦（Sunniva）、威廉（William）、凱蒂（Katie）和瑪莉（Marie）。

寫作這部小說期間，我在托斯卡尼的聖馬德萊納度過一段美好時光，謝謝碧翠絲・蒙提・戴拉・寇帝・范・雷索利（Beatrice Monti della Corte von Rezzori）和聖馬德萊納基金會（Santa Maddalena Foundation）盛情邀請擔任駐村作家。也要謝謝拉希卡（Rasika）、席安（Sean）、尼可（Nico）、凱特（Kate）、菲德列克（Fedrik）——那段宛若天堂的時光，我怎麼感謝都不夠。

我也要謝謝我在二〇一九到二〇二〇年間擔任研究員的紐約公共圖書館卡爾曼中心，不僅要感謝中心傑出的工作人員，更要感謝我的研究員同事，特別是肯恩·陳（Ken Chen）、賈斯汀·史密斯（Justin E. H. Smith）和約瑟芬·昆恩（Josephine Quinne）。約瑟芬二〇一六年有關青銅時代崩潰的研究（〈是你自己的船造成的！〉載於《倫敦書評》）形成了愛琳在小說第十六章提出的想法（當然，若有任何錯誤，都應該是愛琳和我的錯）。

最後，我謹對協助本書出版、經銷與銷售的每一位，致上我最熱忱的謝意。

推薦跋

《美麗的世界，你在哪裡》——獻給不美世界的情書

◎曾麗玲（臺灣大學外文系教授）

莎莉・魯尼二〇一八年出版的小說《正常人》在全球新冠疫情正值大幅肆虐的二〇二〇年，被BBC改編成同名之電視劇，不僅捧紅飾演男女主角的兩位新生代演員，同時也讓小說再度竄紅。以電視劇帶動捧紅小說成功的模式，緊接著在二〇二二年複製到魯尼於二〇一七年出版的第一部小說《聊天紀錄》。二〇二一年秋季魯尼第三部小說《美麗的世界，你在哪裡》一問世，應該就被預期將會依循相同的模式，繼續強化魯尼身爲引領千禧世代作家、在文壇形成「魯尼現象」的神話，而這可預見的成功模版竟然在她最新的著作裡被魯尼「自我指涉」地消耗殆盡，此乃《美麗的世界，你在哪裡》的「女一」艾莉絲明顯就是作者魯尼的分身，艾莉絲早在二十四歲時，因簽下一紙價值二十五萬美元的書約而發跡，滿三十歲前可說聲名已如日中天，並擁有個人維基百科專

頁。但小說一開始卻是艾莉絲才在紐約經歷精神崩潰，完成住院治療之後回到西愛爾蘭休養的情節，這樣的結局會是作者自況「魯尼現象」終了的預言嗎？答案也許就在本小說的形式實驗當中。

《美麗的世界，你在哪裡》與魯尼前兩部小說有著類似的「標配」——出生於千禧年、左傾、知性的女主角與異性發展出兼具理性與感性的羅曼史。小說屬於感性的部分，仍然保有魯尼的正字標記——聳動的性愛場景卻搭配極其幽微隱晦的情意鋪陳；理性的部分，則由於艾莉絲如此直逼自傳等級的「人設」，反而讓魯尼得以進行難得的小說形式實驗，即使是寫實主義的部分也可見到魯尼於小說敘述觀點的變化創新。

首先，在《美麗的世界，你在哪裡》裡，以受限的第三人稱爲主要的敘述觀點，故保持了魯尼前二部小說裡說故事時刻意「淺嘗爲止」、接近「無爲」的風格，只是在這本小說裡，敘述者顯然自我克制的情形更加明顯，使讀者產生一股不知角色所爲何來的茫然感。例如，敘述者描述到愛琳在辦公室裡查看自己社群媒體動態時，採取一種「無知論」，說「沒有任何人能透過觀察而得知她眼前所見的感受」；描述菲力克斯獨自在羅馬閒逛，當他伸長手臂握著手機，敘述者又大發其「無知論」，因爲敘述者直言他這個動作「看不出來」是何目的；艾莉絲無意間發現菲力克斯手機裡有從色情網站下載的色情圖片之後，兩人坐在床上長談，菲力克斯坦承曾讓十四歲女生懷孕這件惡劣的事，該段落以敘述者說到此番對話「似乎對彼此都產生了些許影響」作結，至於該如何解讀箇中意義，敘述者則又直言「沒有既定答案」，因爲「賦予意義的工作仍待完成」。

相對於這股刻意的平淡、疏離風，魯尼在《美麗的世界，你在哪裡》卻也偶爾實驗性地穿插頗爲突兀的全知觀點，例如有一章的開頭就先描述賽蒙家裡客廳還沒有人在的場景，而該章結尾在描寫完愛琳與賽蒙進去臥室後打住，此時敘述觀點從角色身上抽離，突然回到描寫這個空無一人的客廳場景。另一更特別的例子則是艾莉絲與經紀人通電話、討論她的打書行程的描寫，與菲力克斯在倉庫做著掃描並分類包裝袋工作的描述並置，敘述者刻意拿掉轉換場景所需的提示，讓兩者互不搭界的情節似乎理所當然地同時交叉發生，頗有實驗性電影蒙太奇（montage）技巧的效果。

不諱言，許多批評家頒給魯尼式文采一句褒貶並陳的評語——「平易近人」，但從以上小說裡兩種觀點變化的表現，可看出魯尼開始進行形式實驗的企圖心。不過，本小說最具實驗性的形式變革應當是幾乎佔據小說篇幅一半、兩位女主角互e給對方的電郵信件了，也就是小說客觀的第三人稱觀點幾乎每隔一章就切換成第一人稱的內心獨白，而小說以自然寫實主義爲主軸的敘事文體也切換成哲學思辨式的散文體。這些郵件儼然形成分批連載的哲學論述，讓艾莉絲與愛琳於寫給對方「長長的郵件」裡，暢所欲言地辯證消費資本主義當道、世界政經秩序崩壞、僞善的新自由主義崛起、氣候變遷災難頻仍、各國處置難民潮之正當性、乃至無所從商業主義遁逃的美學與小說之於當代文化之功能等等「舉世」議題，試圖爲她們「私人」的生活「賦予意義」。然而，兩人一致體會到她們生命世界裡「哲學的虛無之境」，更揪心於「美麗的世界」是否仍存於當代文化之中。

對艾莉絲而言，當代歐美小說早與眞實無涉，小說家（包含她自己）在意的只是他們的書是否大賣，因此她坦承痛恨「自己的工作在道德或政治上都一文不值」，藝術不過就是個「絕對無用的東西」。有關這部分的論述讀者可以後見之明地在歷史當中驗證魯尼在艾莉絲身上賦予強烈的「自我指涉」，話說二〇二一年出版《美麗的世界，你在哪裡》時，魯尼拒絕將小說的希伯來文版權出售給以色列的版權代理商，以表達她對以色列當局處理巴勒斯坦問題不公不義的抗議，此事件可能就是魯尼身體力行她所服膺的左派馬克思主義最劇烈的行動表現，但當時喧騰一時的事件以新書立刻遭到以色列兩大書店聯合抵制無法上市而落幕，這個不了了之的行動劇結局看來早被艾莉絲以上的預言命中。

不過，在認知值此當代文明面臨崩壞之時，艾莉絲也說她最後只能關心「性愛與友誼之類的瑣事」，作為創作者，她坦言寫小說像談一場戀愛，她極其享受讓「某些東西具體成形，成為前所未見的一種存在」的快感；也曾經是學霸文青之流、大學畢業後就在文學性雜誌擔任編輯的愛琳，與艾莉絲長時間紙上辯論之後，在小說的結尾做出將生下她與賽蒙孕育愛的結晶的決定，要以此來證明「人類最正常的狀態」是「愛與關懷」。「正常的狀態」這幾個字出現在小說結尾，直指二〇一九年來造成人類文明巨變的新冠疫情，而《美麗的世界，你在哪裡》可視為一部非關疫情（的確，在小說倒數第二章裡，艾莉絲有輕描淡寫地提到封城與疫情蔓延中的生活）的疫情小說，此乃魯尼更能精確地描繪角色經歷類似各地人類在此巨變當中，所共感到發生於存在本質裡的內爆與極端的不確定性。

魯尼在書出版時接受加拿大國家廣播公司的專訪裡，說她願意持續努力讓小說的文學表達形式在當代文化裡仍保有一席之地。當代文化充斥著淺碟、速成的媒體現象，魯尼最新的小說也不斷反芻如此的媒體文化氛圍，可以看見小說裡所有角色頻頻刷新網路社群動態，此時屬於個人的小世界便會遭到不管是在地或國際即時新聞的橫行介入，而角色（雖然常為無力的）互動方式也極度依賴手機螢幕上訊息的反覆輸入與刪除。儘管當代文明具有「分子化」的唯物傾向，魯尼還是在《美麗的世界，你在哪裡》透過與虛構小說平行的論說文類，藉由艾莉絲的口與筆，道出當代創作者如她（與魯尼自己）仍不放棄對「美」的信念，這是「從偉大小說裡所得到的共感」，因為理想主義者如她（們）「會對純粹虛構的人物……產生情感連結」，甚至「愛上虛構的人物，知道他們不可能回報我們（指小說創作者）的愛」，於是趨近神祕主義、具宗教情懷般地「實踐耶穌呼籲我們努力實踐的無私之愛」。小說也向許多文學家致敬：包含席勒（小說的標題即出自其一首詩，後被舒伯特譜進他的音樂裡）、里爾克、奧登、弗蘭克．奧哈拉、普魯斯特、杜斯妥也夫斯基、托爾斯泰、亨利．詹姆斯、T．S．艾略特、狄更斯、以及喬伊斯等，而小說裡很多時候會指名道姓地提及上列屬於小說家他們的「偉大小說」著作。由此，我們也當以文學的角度來解讀《美麗的世界，你在哪裡》：本書終究是作者魯尼獻給這個儘管無法從情感、文學、經濟、政治、生態、倫理、道德等面向稱之為美的世界，一封「長長的」的情書。

二〇二二年七月

特別收錄

莎莉・魯尼專訪

我們可否從書名開始談起？（妳在書中指出，書名是從德國詩人席勒的詩句翻譯而來。這個詩句曾由舒伯特改編為歌曲，也是二〇一八年利物浦雙年展的主題，因此引起妳的注意。）我想請教，這書名對妳來說是不是有什麼弦外之音，妳認為這書名會給讀者帶來什麼樣的感受或想法？

我第一次聽到這句詩，是在BBC廣播節目報導利物浦雙年展的時候。那個名爲《週六評論》的廣播節目，播放了男高音伊恩・博斯崔吉（Ian Bostridge）和鋼琴家朱利爾斯・德瑞克（Julius Drake）合作演出的舒伯特歌曲《希臘諸神》（舒伯特作品D677），我覺得實在太美了。所以這句詩就此留在我心裡。那是二〇一八年的夏天，我剛著手進行後來發展成這部小說的寫作計畫。那年秋天，我去參觀雙年展，也就差不多在那個時候，我決定要用這句詩作爲書名。

這句詩顯然隱含著對當代生活的某種理想幻滅。如果抽離脈絡來看，這種理想幻滅或許可以直接視爲一種懷舊——在想像之中，這個「美麗的世界」也許只存在於某個特定的歷史時刻，又或者更模糊不清，更晦澀漫散。有段時間我對文學史上這種主題復現相當著迷——拉丁詩的「ubi sunt」（何處是）傳統，盎格魯薩克遜文學裡瀰漫的傾頹毀滅氣息，以及十八世紀詩人如席勒，把當代生活和想像中燦爛輝煌的古代生活相互比較，凸顯當代美學的貧乏。我認爲這種美麗世界消逝的感覺，非常貼近現代生活，因爲我們目前所處的政治現況，也因爲我們目前所面臨的氣候危機。但事實上，描述這個經驗的文化術語早在當前環境尚未出現之前卽已存在，我覺得這非常有意思。

《美麗的世界，你在哪裡》的故事圍繞四個角色發展，透過他們的互動，勾勒了既有的關係和嶄新的關係，包括同性與異性的友誼，浪漫的愛情，以及比較難以界定的柏拉圖式愛情。妳用非常有趣的方式刻劃角色之間彼此羈絆與愛戀的種種不同形式，可以說說妳是怎麼做到的嗎？

我花了很長的時間才找到講述這部小說故事的方式。對我來說，任何小說家必須回答的基本問題都很難回答，例如：這是誰的故事，從什麼時候開始，到什麼時候結束，由誰來說等等。前兩部小說所用到的敘事技巧——第一部小說是第一人稱過去式，第二部小說則是接近第三人稱現在式——在這一部小說裡似乎都派不上用場。我必須找出新的敘事聲音（至少對我來說是新的）才能讓我想說的這個故事合理發展。另一方面，這也是個很簡單的故事。四個角色，以及他們彼此之間關係的故事。我只是必須努力賦予這個故事合適的形貌、結構與聲音，來傳達這部我知道自己非寫不可的小說。

四位主角之中有一位艾莉絲——我們可能會認為她是小說的主角——是小說家。有小說家角色的小說通常很不易處理，是什麼原因吸引妳這麼做？

首先，或許值得一提的是，我認爲這部小說並沒有主角！整本小說大部分的篇幅都嚴格限制在以四章作爲一個「回合」，平均分配給小說的四條敘事線。我上一本小說也有類似的固定結構，在兩個主角的不同視角間交替進行。但有些讀者仍然認爲其中的一位才是「真正的」主角。我想就某種程度來說，這是主觀的判斷。

但我還是要回答這個問題：所有的小說裡面都有小說家的存在。小說家或許以敘事者為掩護，甚至隱藏得更深，是藏匿在敘事者背後結構性的作家意識。但不管是不是藏匿，作家都不可能在小說裡缺席。從某方面來說，寫書就只是一份工作，我認為大部分的讀者並不太在乎小說裡的主要角色是做什麼工作的，只要小說讀來有趣就行。我不知道是不是有讀者真的反對閱讀以小說家為主角的小說，但倘若有，那麼這部小說就不是適合他們的類型。

至於是什麼原因吸引我寫小說家：我前兩部小說設定的場景主要是在高中和大學，最重要的原因是我在寫那兩部小說的時候，生活圈還沒離開高中與大學太遠。但在那之後，我大部分的時間都在寫作，當編輯。所以這部小說的主要角色有一個是作家，還有一個是編輯，我想可以這麼說，我就是寫我所知道的世界。小說的情節，就像前兩部小說一樣，全部是虛構的，但書裡的世界是以我真實生活的世界為基礎。我的世界經驗當然非常有限，而我的虛構作品寫的也是非常有限的事情。但我不在乎——許多其他的事情有許多其他的作家寫。

艾莉絲和愛琳常透過長長的電子郵件討論政治與社會議題，讓我們想起《聊天紀錄》裡法蘭希絲與玻碧的對話。在虛構作品裡呈現理念和辯論有時非常困難，妳是怎麼做到的？

我認爲主要角色的知性生活在這部小說裡的重要性遠超過我的其他小說。部分原因是這部小說裡的角色年齡較大，也有時間閱讀更多書籍文獻，培養出更多理念。另一方面是因爲這兩位女性角色都在知識界工作——一個是作家，一個是編輯。但我也認爲這部小說更深入探討知性友誼的本質。我特別感興趣的是愛琳和艾莉絲之間的友誼與理念互動——她們的思想與看法如何影響她們的友誼，而她們友誼的特質又如何型塑她們理念的發展。所以這本書裡有種來來回回——思想與情感之間的來回牽動——我覺得這樣的牽動正是小說情節的一部分（可以這麼說吧）。

艾莉絲經歷精神崩潰，之後從都柏林移居海濱，過著更加離群索居的生活。她和其他角色似乎都覺得很矛盾的問題是：這是生活的一種退縮，抑或是踏進嶄新生活的一步？妳有什麼看法呢？

艾莉絲決定離開都柏林，從某個角度來說，正是這部小說開展的觸因。我們從小說一開頭就知道，愛琳和艾莉絲二十幾歲的時候住在一起好幾年，之後也繼續住在同一個城市，或許認為彼此的近在咫尺非常理所當然。小說的開場，是艾莉絲已移居梅奧郡的濱海小村，而愛琳和以前一樣，在都柏林生活與工作。她們之間的距離是幾個鐘頭的車程，但她們兩人都不開車，而大眾運輸又很不便捷，所以她們就面臨了何時與如何再次見面的問題。往來行程的問題其實只是小小的不便，但隨著小說情節開展，卻有了不成比例的重要性。

至於艾莉絲遠離朋友與家人，搬到濱海小村，究竟是不是「正確」的決定——我想我並無意下這樣的價值判斷。在這個新環境裡，她顯然相當孤單。但也許相對的孤單正是她所需要的。我比較有興趣的不是她這樣的生活究竟是好是壞，而是去觀察她如何努力為自己打造新生活。這是她所擁有的生活，這部小說所關切的重點僅只於此。

如同《正常人》一書，都柏林和愛爾蘭其他地區存在的差異，以及都柏林人視其他地方的人為「鄉下人」（其他地區的人也對都柏林人有成見）的觀點，是這部小說背景的重要部分。這對妳寫作的內在結構有什麼樣的重要性？

在這部小說裡，我認為城市與鄉村存在著重大差異。但這種差異是實質上的差異，而非存在於想像中的差異——兩個角色住在小村，兩個角色在首都城市過著非常不同的生活。分隔他們的實質地理距離，以及生活型態無可避免的差異，是這部小說的重要部分。但文化差距的感受並沒有這麼重要。四個敘事者有三個（就像我自己一樣）出身西愛爾蘭，而唯一的都柏林人現在卻住在梅奧郡。都柏林是個大都會，顯然有許多在那裡生活的人並非在那裡出生。我覺得這本書側重的主要是關於選擇（或被迫選擇）要在哪裡生活，以及要過哪一種生活。

艾莉絲和她在網路上認識的菲力克斯展開有些曖昧的關係。他們似乎關係緊密，但同時又相互對抗。他們的故事裡有階級動力、經濟和教育狀況的差距——這也是妳在《正常人》裡觸及的問題。妳想探索的是什麼呢？

菲力克斯沒上過大學，在當地的倉庫工作，他和艾莉絲的關係當然有部分是建立在經濟不平等之上。但仔細想想，我認爲小說裡的這幾段主要關係，全都有階級動力貫穿其間。賽蒙和愛琳從小就認識，他們兩人的家庭之間存在某種階級差異。愛琳和艾莉絲在學生時代結識，兩人的關係似乎比較平等，但艾莉絲寫作事業的成功，讓她取得了極大的經濟優勢地位，而愛琳卻還在爲付房租苦苦掙扎。我覺得有意思的是，這些不平等對小說角色的生活與關係所產生的壓力。我並不是眞的想對階級不平等的不公不義提供任何評論，但我個人相信這確實極不符合公義。讀者可以對此得出他們自己的結論。我覺得有意思的是，我筆下的角色必須忍受這樣的不公，無論他們自認智識有多高。他們感情生活和他們自我意識所產生的後果，在某個程度上成爲這部小說的動力。

艾莉絲和愛琳對愛情關係與母親身分有非常複雜的感受。當然，這並非新的難題，但我很好奇，妳認為對於妳筆下角色的這個世代而言，這是不是特別的議題？

我向來對歷史與文化如何型塑我們的親密關係很感興趣。我確實認爲，因爲科技與文化變遷的快速步伐，書中角色對愛與母親身分的感受，都和以前的世代有所不同。她們兩人都擔心在氣候危機的特殊環境中成爲母親的問題，也都面對和她們父母親世代極爲不同的性與愛的文化。另一方面，我也不希望讓她們的問題顯得太過特殊。每個世代都經歷變化，也都必須想辦法因應變化。但我對當前文化的某些挑戰，以及小說角色如何回應這些挑戰特別感到興趣。

小說角色的家人在書中大多是間接出現——愛琳正準備結婚的姐姐，菲力克斯的哥哥——但他們和主角之間的關係也很複雜。妳是否想擺脫以核心家庭為小說動力的概念，用朋友群取而代之？

我認爲愛情是我小說的主要動力，雖然小說裡也有其他的元素並行。愛情小說原本就是常見的小說類型。例如《艾瑪》、《安娜．卡列妮娜》、《慾望之翼》、《追憶似水年華》都以愛情與性推動敘事，讓這些小說具有更豐富的深度與複雜度。我覺得基本上來說，這就是我的作品努力追求的方向。二十世紀晚期，小說或許逐漸擺脫愛情，趨向家庭生活，同時也出現了很美且很有意義的作品。但是家庭小說雖然脫離婚姻小說而自成重要的類型，但這兩者並沒有高下之分。我認爲從愛情的觀點出發，仍然可以完成有趣的作品。至於我是不是做到了，並不該由我來判斷。

大半本書裡，愛琳和賽蒙都和艾莉絲相距遙遠，而重逢之後，又有許多感情的重建過程。這在此時此刻似乎格外貼切，因為我們都曾和心愛的人隔離。這個經驗在妳的寫作過程中也發揮了影響嗎？

是的，我認爲是。小說的最後一個部分也是我最後才寫的部分，動筆期間正是幾近全面封城的時期，我有很長一段時間見不到任何朋友或親人。我想這也是我寫到四個角色全聚在同一個地方的那幾章時，會體驗到如此強烈感受的原因。和朋友同在一個屋簷下原本是很普通的經驗——一起吃飯，等著用浴室，熬夜聊天——但在這段期間卻比以往更形重要，讓人更加有感。我只是很想念朋友。我原本就一直計劃讓四個角色在小說結尾的時候團聚，但我寫作當下的環境肯定對小說最後一部分情節的發展有影響。

在妳的筆下，我們感覺到這幾個角色有非常強烈的情緒。他們努力想理解這些情緒，理解自己。但同時，小說裡也有滑稽的層面，彷彿妳想讓我們去思索，我們有可能多荒謬。這樣的解讀是正確的嗎？妳認為妳是個逗趣的作家？

我覺得人生非常好笑。所以描寫人生，即便是在虛構作品裡，不想辦法刻劃人生有多麼好笑，顯然不夠坦誠。當然，我筆下的角色常想逗另一個角色笑，但是否成功。則程度不一而足。我必須承認，寫這些段落的時候，我自己也常大笑。對我來說，在友情或愛情關係裡沒有彼此共享的幽默感存在，是很難想像的，而這也包括自嘲逗趣的能力。但我儘量避免挖苦這些角色。我不覺得他們比我更荒謬可笑——也就是說，我的確認爲他們有時候很荒謬，而我自己也是。

妳認為妳的作品之間具有某種主題或風格的連貫關係嗎？是不是每一本小說都活在「魯尼的世界」？又或者每本小說都各自獨立？

我確實認爲這些小說彼此互有關聯，因爲很不幸的，它們全都是我的作品。我從來沒有刻意去發展某種「風格」，但我身爲作家，也有許多侷限。這些侷限或許可以形容爲「風格」——這很可能是最善意的詮釋了。我寫作的主題主要是愛情關係和友情。對我來說，這似乎是大得足以傾盡一生之力去探索的議題，但我也相信有其他人抱持不同的看法。說我的作品每一部都很類似，倒也不盡有失公允。我承認這些作品有些相似之處，但對於這個問題，我不像有些人那麼在意，因爲我最喜歡的幾位小說家也都是如此。例如，亨利．詹姆斯的很多小說都很類似，而情節的主軸本質上幾乎都是物質或性欲。但就我看來，詹姆斯仍然是英文文學最偉大的小說家之一——不是因爲他的小說本本不同，部分原因反倒是他的每一部作品都沒什麼不同。

妳在寫自己的小說時，會不會停止閱讀其他虛構作品？妳認為妳的這部小說是否和哪一部小說，無論是過去或現在的，有格外密切的關係？

我寫作的時候，很少讀當代小說。大致上來說，比起其他作家，我讀的當代小說可能比較少。部分原因是有很多偉大的古典小說我還沒讀過，特別是以英文以外的語文所寫的小說。閱讀對建構小說形式卓有貢獻的作品，對我來說是一種教育。但閱讀新的作品則不一樣，雖然也仍然很愉快，很有價值。我只是覺得自己在寫新作的時候，不太喜歡讀當代小說罷了。

我確實覺得這部小說和其他小說密切相關。但對這個問題，我想我必須更謹慎回答，因爲我不希望讓人以爲我拿自己和世上最偉大的小說家相提並論。我最喜愛的書確實影響了我，但這並不代表我刻意運用這些影響力。反正：我寫《美麗的世界》寫到一半的時候，讀了娜塔莉亞．金茲柏格的小說《幸福》（*Happiness*）。她的小說實在太好，好到讓我差點要放棄寫作。我覺得那是一部眞正完美的書。我寫這部小說的時候，也讀了杜斯妥也夫斯基的《卡拉馬助夫兄弟們》，而且非常喜歡。當然也少不了亨利．詹姆斯，在寫作過程裡，我第一次讀了《金缽記》——又一部描繪兩對互有關係的情侶，如何涉入彼此生活的故事。「菲力克斯」這個名字甚至是從詹姆斯的小說《歐洲人》（*The Europeans*）裡面拿來用的，雖然他的菲力克斯和我的菲力克斯南轅北轍。我在想，也許我潛意識裡想起另一部文學作品裡我所愛的菲力克斯——莎娣．史密斯《西北》裡的角色。這部小說我讀第一次，就覺得是我最愛的當代作品。也許把這些影響形容爲「關係密切」是扯得太遠了。但老實說，如果沒有我所讚佩的其他小說家樹立典範指引，我絕對無法寫出這本書。

妳在這本書前面引了一段娜塔莉亞·金茲柏格的話，非常之好。妳可以談談那段話對妳具有什麼意義嗎？

娜塔莉亞·金茲柏格的隨筆〈我的職業〉對於寫作這項工作的描繪，是我所讀過寫得最好的作品。我經常反覆閱讀。金茲柏格在這篇隨筆裡想做的，是用極度嚴肅的態度寫出作家的生活，絲毫不浮誇炫耀任何隱密生活或成就。對名垂千古的偉大小說家和詩人來說，寫作當然是一種職業。但對無數隱身暗處默默工作的人來說，這也是他們的職業。而自己究竟是屬於哪一類，並非作家本人可以決定，或必須在乎的。他們要做的就只是，以他們的理念，無論大小，儘量寫出最好的作品。這對我來說很重要，對這本書也很重要，重要到我必須引用爲書首獻詞。

（本文由記者 Alex Clark 採訪）

國際好評

「莎莉．魯尼截至目前最具企圖心的作品。透過這部愛爾蘭當代小說，親身體會她的成就，是極令人興奮的經驗。她對角色刻劃觀察入微，富同理心，而對文氣、語言和豐富理念的掌握游刃有餘。同時，她也透過意識型態墮落、體系崩壞與溝通不良的人類世，交織成愛、性與友誼的故事。」

——達爾基文學獎評審

「魯尼對於性愛的描寫明快且直接。她的敍事風格讓我想起安德魯．海格與裘安娜．霍格，這兩位出色的視覺詩人在電影中所表現出來的社交焦慮與沉默。魯尼的對話通常很完美……《美麗的世界，你在哪裡》是她迄今最好的作品。有趣，聰慧，充滿性與愛，以及竭盡所能尋求相互連結的人。」

——布蘭登．泰勒，《紐約時報》書評

美麗的世界，你在哪裡
Beautiful World, Where Are You

「我今年所讀過最精彩的小說。莎莉．魯尼瞭解愛的複雜，愛的極度親密，以及權力在人與人之間的轉移。她講述故事的方法既新穎又古老。這部作品出色、簡練，令人著迷，以如此生動鮮活的方式，讓我回到自己的人生早期，栩栩如生回憶起那段時期（初戀），那些我以爲自己早已遺忘的感覺，藉由這本書重生了。」

——席拉．赫迪（Sheila Heti），加拿大作家

「精彩絕技。對話流暢生動，燦爛文采躍然書頁。」

——安．瑞特，《衛報》

「這本書讓我數度感動落淚……魯尼最好的一部作品。」

——詹姆斯．馬利奧特，《泰晤士報》

「精彩絕倫……魯尼是最優異的年輕小說家——也已躋身最頂尖小說家之林——這是我幾年來讀過最好的作品。」

——奧莉薇亞．萊恩，《新政治家雜誌》

「魯尼截至目前最強的作品……書中的眞誠坦率感人至深，靜靜煥發文采。」

——黛安娜．伊凡斯，《金融時報》

「魯尼以格外清晰、燦爛與細膩的小說刻劃了在破碎世界中長大成人的故事……魯尼的文字、對情緒的敏銳感知與場景節奏，讓這些關係如此引人入勝……這是我近年來所讀過，最有自信、最詩意，也最具水準的一本作品。」

——巴拉爾．庫賴希，《華盛頓郵報》

「這部作品證明魯尼身爲作家的罕見知性天賦，她不僅引領讀者歷經漫長的沉默省思，也爲他們帶來許多閱讀樂趣。我們感覺到末日焦慮並非我們自己獨有……這部洋溢感性與理念的小說企圖宏大，魯尼探討最新的全球關注議題，但卻諷刺地回歸最古老的小說形式，也就是書信體，來述說她的故事……魯尼的小說，和所有偉大的虛構作品一樣，都有開放的結局。」

——莫琳．柯立根，美國全國公共廣播電臺

美麗的世界，你在哪裡
Beautiful World, Where Are You

「比《正常人》和《聊天紀錄》更動人……《美麗的世界，你在哪裡》仍然充滿辯證，馬克思主義與政治辯論。但這也是一封情書，寫給藝術形式的小說，進一步延伸到人與人彼此關聯的種種方式……《美麗的世界，你在哪裡》是寫給我們每一個人，寫給我們所愛的生活種種的一封情書。」

——康斯坦絲·葛拉帝，Vox評論網

「魯尼解析了現代小說與現代生活的問題與希望——讓我們注意到她分析親密關係的獨特風格……魯尼因而成為成熟的藝術家，準備好捍衛她自己寫作方法的有效與原創性……《美麗的世界，你在哪裡》結合了魯尼的引人注目風格——例如她對筆下角色的同情，她簡約的文字——與她的日益成熟。」

——《君子雜誌》

「連續閱讀魯尼的小說，彷彿看著她筆下的角色長大成熟，踏進人際關係複雜的生活。魯尼最特別的技巧就是讓讀者與角色、情節平視，宛如踏入某個房間一般，悄悄踏進她故事的世界裡……她以她知名的素樸文句吸引讀者，創造一種彷彿站在角色肩頭窺探的親密感。」

——李京美，《波士頓環球報》

「莎莉．魯尼的作品讀來都非常愉快……《美麗的世界，你在哪裡》有足夠的創新——戲謔的風格，更加知性的新模式，不同視角的轉換——證明她在嘗試新的寫作途徑。」

——凱特．羅菲，《華爾街日報》

「莎莉．魯尼繼《正常人》與《聊天紀錄》之後的第三部重磅小說，是描述性與友誼的卓越作品……魯尼善於在平凡與緊張的日常中找出深刻的意義，也擅長在最細微的互動之中不斷蓄積能量。閱讀這部作品宛如閱讀驚悚小說，一頁一頁飛快往下翻，想知道這些年輕人能不能找出生存下去的方法與理由。」

——芭芭拉．范．登堡，《今日美國》

「從很多方面來說，這部融合哲學與浪漫，探討人如何去愛，又如何傷害彼此的悲喜交集故事，是我們期待魯尼身處過去幾年的政治環境會書寫的類型。但正因爲這部小說如此具有個人特色，所以魯尼保留了作品中的強大力量……這部小說極為出色，且感情豐沛，讓人欲罷不能。」

——《科克斯書評》（星級評論）

「動人的出色故事……魯尼描寫艾麗絲與愛琳最親密的時刻，和角色之間保持距離，創造出一種隱密感。對她的寫作風格來說，這是個大膽的改變，文中一出現這樣的片段，總讓人驚豔。一如既往，魯尼不斷挑戰，不斷激發創意。」

——《出版人週刊》（星級評論）

「以極其卓越技巧寫就，煥發無比精彩才華的小說。」

——《愛爾蘭時報》

藍小說 329

美麗的世界，你在哪裡

作　者—莎莉・魯尼
譯　者—李靜宜
編　輯—張瑋庭
封面設計—賴佳韋
內頁排版—邵麗如
插畫授權—Manshen Lo
總 編 輯—嘉世強
董 事 長—趙政岷
出 版 者—時報文化出版企業股份有限公司
108019臺北市和平西路三段二四〇號三樓
發行專線—（〇二）二三〇六—六八四二
讀者服務專線—〇八〇〇—二三一—七〇五・（〇二）二三〇四—七一〇三
讀者服務傳真—（〇二）二三〇四—六八五八
郵撥—一九三四四七二四時報文化出版公司
信箱—一〇八九九臺北華江橋郵局第九九信箱
時報悅讀網—http://www.readingtimes.com.tw
電子郵件信箱—liter@readingtimes.com.tw
法律顧問—理律法律事務所　陳長文律師、李念祖律師
印　刷—勁達印刷有限公司
初版一刷—二〇二二年八月二十六日
定　價—新臺幣四五〇元
（缺頁或破損的書，請寄回更換）

時報文化出版公司成立於一九七五年，
並於一九九九年股票上櫃公開發行，於二〇〇八年脫離中時集團非屬旺中，
以「尊重智慧與創意的文化事業」為信念。

美麗的世界，你在哪裡/莎莉・魯尼(Sally Rooney) 著；李靜宜譯 . –
初版 . – 臺北市：時報文化, 2022.8
面；公分 . –（藍小說；329）
譯自：Beautiful World, Where Are You
ISBN 978-626-335-800-3

884.157　　111012600

ISBN 978-626-335-800-3
Printed in Taiwan